DATE DUE

Fecha Para Retornar

EL PALACIO DE LA MEDI

CARLOS RUIZ ZAFÓN

EL PALACIO DE LA MEDIANOCHE

rayo *Una rama de* HarperCollins*Publishers*

🌐 **Planeta**

Para MariCarmen

Este libro fue publicado originalmente en español en el año 2006 en España
por Editorial Planeta.

PRIMERA EDICIÓN RAYO, 2006

ISBN-13: 978-0-06-128437-3
ISBN-10: 0-06-128437-8

06 07 08 09 10 DT/RRD 10 9 8 7 6 5 4 3 2 1

UNA NOTA DEL AUTOR

Amigo lector:

Soy una de esas personas que siempre se saltan los prólogos y las introducciones, puesto que prefieren ir directos al grano. Si éste es también tu caso, escapa ahora mismo de esta página y lánzate de lleno a la novela, que es lo que en realidad cuenta. Pero si eres de ese otro tipo de lectores (y yo confieso que, a veces, también lo soy) a los que les pica la curiosidad, permíteme que te cuente brevemente algo de esta novela que confío, te ayudará a ponerla en perspectiva.

El Palacio de la Medianoche es la segunda novela que publiqué, allá por 1994, y que forma parte, junto con *El Príncipe de la Niebla, Las Luces de Septiembre* y *Marina,* de la serie de novelas «juveniles» que escribí antes de *La Sombra del Viento.* A decir verdad, nunca he sabido muy bien qué significa eso de «novela juvenil». Lo único que sé es que cuando las escribí yo era bastante más joven de lo que soy ahora y que mi idea al publicarlas era que, si había hecho mi trabajo correctamente, debían interesar a lectores jóvenes de edades comprendidas entre los nueve y los noventa años. Son historias de misterio y aventura, novelas que quizá el Julián Carax de *La Sombra del Viento* podría haber escrito desde su ático en el barrio latino de París, mientras pensaba en su amigo Daniel Sempere.

El Palacio de la Medianoche, después de muchos años de ediciones lamentables, ve hoy por fin la luz como a su autor le pareció que debería haberlo hecho cuando fue publicada por primera vez. Han pasado unos cuantos años, y un novelista se siente tentado de rehacer los pasos perdidos y corregir los muchos defectos que plagan una obra temprana para que dé la impresión de que uno poseía más talento del que en realidad tenía. Me ha parecido más honesto dejarlo tal cual la escribí, con los recursos y el oficio de aquel momento.

Una de las mayores satisfacciones que me ha deparado esta profesión a lo largo de los años han sido los numerosos lectores jóvenes que se han acercado a estas cuatro novelas «juveniles» y que han tenido la amabilidad de escribirme para contarme que se aficionaron a la lectura, y algunos incluso a la escritura, después de vivir sus aventuras.

A ellos, y a esos jóvenes y no tan jóvenes que hoy se aventuran por primera vez en estas novelas y sus misterios, el más sincero agradecimiento de este contador de historias. Feliz lectura.

CARLOS RUIZ ZAFÓN

JUNIO DE 2006.

Nunca podré olvidar la noche en que nevó sobre Calcuta. El calendario del orfanato St. Patrick's desgranaba los últimos días de mayo de 1932 y dejaba atrás uno de los meses más calurosos que recordaba la historia de la ciudad de los palacios.

Día a día esperábamos con tristeza y temor la llegada de aquel verano en que cumpliríamos los dieciséis años y que habría de significar nuestra separación y la disolución de la Chowbar Society, aquel club secreto y reservado a siete miembros exclusivos que había sido nuestro hogar durante nuestros años en el orfanato. Allí crecimos sin otra familia que nosotros mismos y sin otros recuerdos que las historias que contábamos al llegar la madrugada en torno al fuego, en el patio de la vieja casa abandonada que se alzaba en la esquina de Cotton Street y Brabourne Road, un caserón en ruinas al que habíamos bautizado como el Palacio de la Medianoche. No sabía entonces que aquélla sería la última vez que vería el lugar en cuyas calles me crié y cuyo embrujo me ha perseguido hasta hoy.

No volví a Calcuta después de aquel año, pero siempre fui fiel a la promesa que todos hicimos en silencio bajo la lluvia blanca a orillas del río Hooghly: no olvidar jamás lo que habíamos presenciado. Los años me han enseñado a atesorar en la memoria cuanto sucedió durante aquellos días, y a conservar las cartas que recibía desde la ciudad maldita y que han mantenido viva la llama de mi recuerdo. Supe así que nuestro antiguo Palacio fue derribado para alzar sobre sus cenizas un edificio de oficinas y que Mr. Thomas Carter, el director del St. Patrick's, falleció tras haber pasado los últimos años de su vida en la oscuridad, después de producirse el incendio que cerró sus ojos para siempre.

Lentamente, tuve noticia de la progresiva desaparición de los escenarios en que vivimos aquellos días. La furia de una ciudad que se devoraba a sí misma y el espejismo del tiempo acabaron por borrar el rastro de los miembros de la Chowbar Society.

De este modo, sin elección, tuve que aprender a vivir con el temor de que esta historia se perdiera para siempre por falta de un narrador.

La ironía del destino ha querido que sea yo, el menos indicado, el peor dotado para la tarea, quien emprenda la labor de relatarla y desvelar el secreto que hace ya tantos años nos unió y nos separó a la vez para siempre en la antigua estación de ferrocarril de Jheeter's Gate. Hubiera preferido que fuese otro el encargado de rescatar esta historia del olvido, pero una vez más la vida me ha mostrado que mi papel era el de testigo, no el de protagonista.

Durante todos estos años he guardado las escasas cartas de Ben y Roshan, atesorando los documentos que daban luz al destino de cada uno de los miembros de nuestra sociedad particular, releyéndolos una y otra vez en voz alta en la soledad de mi estudio. Quizá porque de algún modo intuía que la fortuna me había hecho depositario de la memoria de todos nosotros. Quizá porque comprendía que, de entre aquellos siete muchachos, yo siempre fui el más reticente al riesgo, el menos brillante y osado y, por tanto, el que más posibilidades tenía de sobrevivir.

Con ese espíritu, en la confianza de que no me traicionará el recuerdo, trataré de revivir los misteriosos y terribles sucesos que acontecieron durante aquellos cuatro ardientes días de mayo de 1932.

No será tarea fácil y apelo a la benevolencia de mis lectores hacia mi torpe pluma a la hora de rescatar del pasado aquel verano de tinieblas en la ciudad de Calcuta. He puesto todo mi empeño en reconstruir la realidad y en remontarme a los turbios episodios que habrían de trazar inexorablemente la línea de nuestro destino. No me queda ya más que desaparecer de la escena y permitir que sean los propios hechos los que hablen por sí mismos.

Nunca podré olvidar los rostros de aquellos muchachos asustados la noche en que nevó sobre Calcuta. Pero, como mi amigo Ben me enseñó que siempre debía hacerse, empezaré mi historia por el principio...

EL RETORNO DE LA OSCURIDAD

Calcuta, mayo de 1916.

Poco después de la medianoche, una barcaza emergió de la neblina nocturna que ascendía de la superficie del río Hooghly como el hedor de una maldición. A proa, bajo la tenue claridad que proyectaba un candil agonizante asido al mástil, podía adivinarse la figura de un hombre envuelto en una capa bogando trabajosamente hacia la orilla lejana. Más allá, al oeste, el perfil de Fort William en el Maidán se erguía bajo un manto de nubes de ceniza a la luz de un infinito sudario de faroles y hogueras que se extendía hasta donde alcanzaba la vista. Calcuta.

El hombre se detuvo unos segundos para recuperar el aliento y contemplar la silueta de la estación de Jheeter's Gate, que se perdía definitivamente en la tiniebla que cubría la otra orilla del río. A cada metro que se adentraba en la bruma, la estación de acero y cristal se confundía con otros tantos edificios anclados en esplendores olvidados. Sus ojos vagaron entre aquella selva de mausoleos de mármol ennegrecido por décadas de abandono y paredes desnudas a las que la furia del monzón había arrancado su piel ocre, azul y dorada y las había desdibujado como acuarelas desvaneciéndose en un estanque.

Tan sólo la certeza de que apenas le quedaban unas horas de vida, quizá unos minutos, le permitió continuar la marcha, abandonando en las entrañas de aquel lugar maldito a la mujer a quien había jurado proteger con su propia vida. Aquella noche, mientras el teniente Peake emprendía su último viaje a Calcuta a bordo de una vieja barcaza, cada segundo de su vida se desvanecía bajo la lluvia que había llegado al amparo de la madrugada.

Al tiempo que luchaba por arrastrar la nave hacia la orilla, el teniente podía oír el llanto de los dos niños ocultos en el interior de la sentina. Peake volvió la vista atrás y comprobó que las luces de la otra barcaza parpadeaban apenas un centenar de metros tras él, ganando terreno. Podía imaginar la sonrisa de su perseguidor, saboreando la caza, inexorable.

Ignoró las lágrimas de hambre y frío de los niños y dedicó todas las fuerzas que le restaban a pilotar la nave hasta el margen del río que venía a morir en el umbral del laberinto insondable y fantasmal de las calles de Calcuta. Doscientos años habían bastado para transformar la densa jungla que crecía alrededor del Kalighat en una ciudad donde Dios no se habría atrevido a entrar jamás.

En pocos minutos la tormenta se había cernido sobre la ciudad con la cólera de un espíritu destructor. A mediados de abril y hasta bien entrado el mes de junio, la ciudad se consumía en las garras del llamado verano indio. Durante esos días, la ciudad soportaba temperaturas de 40 grados y un nivel de humedad al filo de la saturación. Minutos después, bajo el influjo de violentas tormentas eléctricas que convertían el cielo en un lienzo de pólvora, los termómetros podían descender treinta grados en cuestión de segundos.

El manto torrencial de la lluvia velaba la visión de los raquíticos muelles de madera podrida que se balanceaban sobre el río. Peake no cejó en su empeño hasta sentir el impacto del casco contra los maderos del muelle de pescadores y, sólo entonces, caló la vara en el fondo fangoso y se apresuró a buscar a los niños, que yacían envueltos en una manta. Al tomarlos en sus brazos, el llanto de los bebés impregnó la noche como el rastro de sangre que guía al depredador hasta su presa. Peake los apretó contra su pecho y saltó a tierra.

A través de la espesa cortina de agua que caía con furia se podía observar la otra barcaza aproximándose lentamente a la orilla como una nave funeraria. Sintiendo el latigazo del pánico, Peake corrió hacia las calles que bordeaban el Maidán por el sur y desapareció en las sombras de aquel tercio de la ciudad al que sus privilegiados habitantes, europeos y británicos en su mayoría, denominaban la *ciudad blanca*.

Tan sólo albergaba una esperanza de poder salvar la vida de los niños, pero estaba aún lejos del corazón del sector Norte de Calcuta, donde se alzaba la morada de Aryami Bosé. Aquella anciana era la única que podía ayudarle ahora. Peake se detuvo un instante y oteó la inmensidad tenebrosa del Maidán en busca del brillo lejano de los pequeños faroles que dibujaban estrellas parpadeantes al Norte de la ciudad. Las calles oscuras y enmascaradas por el velo de la tormenta serían su mejor escondite. El teniente asió a los niños con fuerza y se alejó de nuevo en dirección Este, en busca del cobijo de las sombras de los grandes edificios palaciegos del centro de la ciudad.

Instantes después, la barcaza negra que le había dado caza se detuvo junto al muelle. Tres hombres saltaron a tierra y amarraron la nave. La compuerta de la cabina se abrió lentamente y una oscura silueta envuelta en un manto negro recorrió la pasarela que los hombres habían tendido desde el muelle, ignorando la lluvia. Una vez en tierra firme, alargó su mano envuelta en un guante negro y, señalando hacia el punto donde Peake había desaparecido, esbozó una sonrisa que ninguno de sus hombres pudo ver bajo la tormenta.

✳   ✳   ✳

La carretera oscura y sinuosa que cruzaba el Maidán y bordeaba la fortaleza se había transformado en un barrizal bajo los embates de la lluvia. Peake recordaba vagamente haber cruzado aquella parte de la ciudad durante sus tiempos de luchas callejeras a las órdenes del coronel Llewelyn, a plena luz del día y a las riendas de un caballo junto con un escuadrón del ejército sediento de sangre. El destino, irónicamente, le llevaba ahora a recorrer aquella extensión de campo abierto que Lord Clive había hecho arrasar en 1758 para que los cañones de Fort William pudieran disparar libremente en todas direcciones. Pero esta vez él era la presa.

El teniente corrió desesperadamente hacia la arboleda, mientras sentía sobre él las miradas furtivas de silenciosos vigilantes ocultos entre las sombras, habitantes nocturnos del Maidán.

Sabía que nadie saldría a su paso para asaltarle y tratar de arrebatarle la capa o los niños que lloraban en sus brazos. Los moradores invisibles de aquel lugar podían oler el rastro de la muerte pegada a sus talones y ninguna alma osaría interponerse en el camino de su perseguidor.

Peake saltó las verjas que separaban el Maidán de Chowringhee Road y se internó en la arteria principal de Calcuta. La majestuosa avenida se extendía sobre el antiguo trazado del camino que, apenas trescientos años antes, cruzaba la jungla bengalí en dirección Sur, hacia el templo de Kali, el Kalighat, que había dado origen al nombre de la ciudad.

El habitual enjambre nocturno que merodeaba en las noches de Calcuta se había retirado ante la lluvia, y la ciudad ofrecía el aspecto de un gran bazar abandonado y sucio. Peake sabía que la cortina de agua que ahogaba la visión y le servía de cobertura en la noche cerrada podía desvanecerse tan rápidamente como había aparecido. Las tempestades que se adentraban desde el océano hasta el delta del Ganges se alejaban rápidamente hacia el Norte o hacia el Oeste tras descargar su diluvio purificador sobre la península de Bengala, dejando un rastro de brumas y calles anegadas por charcas ponzoñosas donde los niños jugaban sumergidos hasta la cintura y donde los carromatos se quedaban varados igual que buques a la deriva.

El teniente corrió rumbo al extremo Norte de Chowringhee Road hasta sentir que los músculos de sus piernas flaqueaban y que apenas era capaz de seguir sosteniendo el peso de los niños en sus brazos. Las luces del sector Norte parpadeaban en las proximidades bajo el telón aterciopelado de la lluvia. Peake era consciente de que no podría seguir manteniendo aquel ritmo mucho más tiempo y de que la casa de Aryami Bosé aún se encontraba lejos de allí. Precisaba hacer un alto en la marcha.

Se detuvo a recuperar el aliento oculto bajo la escalinata de un viejo almacén de telas cuyos muros estaban sembrados de carteles que anunciaban su pronto derribo por orden oficial. Recordaba vagamente haber inspeccionado aquel lugar años atrás bajo la denuncia de un rico comerciante que afirmaba que en su interior se ocultaba un importante fumadero de opio.

Ahora, el agua sucia se filtraba entre los escalones desvencijados, recordaba sangre negra brotando de una herida profunda. El lugar aparecía desolado y desierto. El teniente alzó a los niños hasta su rostro y contempló los ojos aturdidos de los bebés; ya no lloraban, pero se estremecían de frío. La manta que los cubría estaba empapada. Peake tomó las diminutas manos en las suyas con la esperanza de darles calor mientras oteaba entre las rendijas de la escalinata en dirección a las calles que emergían del Maidán. No recordaba cuántos asesinos había reclutado su perseguidor, pero sabía que sólo quedaban dos balas en su revólver, dos balas que debía administrar con tanta astucia como fuera capaz de conjurar; había disparado el resto en los túneles de la estación. Envolvió de nuevo a los niños en la manta con el extremo menos húmedo del tejido y los dejó unos segundos en un espacio de suelo seco que se adivinaba bajo una oquedad en la pared del almacén.

Peake extrajo su revólver y asomó la cabeza lentamente bajo los escalones. Al Sur, Chowringhee Road, desierta, semejaba un escenario fantasmal esperando el inicio de la representación. El teniente forzó la vista y reconoció la estela de luces lejanas al otro lado del río Hooghly. El sonido de unos pasos apresurados sobre el empedrado anegado por la lluvia le sobresaltó y se retiró de nuevo a las sombras.

Tres individuos emergieron de la oscuridad del Maidán, un oscuro reflejo de Hyde Park esculpido en plena jungla tropical. Las hojas de los cuchillos brillaron en la penumbra como lenguas de plata candente. Peake se apresuró a tomar a los niños de nuevo en sus brazos e inspiró hondo, consciente de que, si huía en ese momento, los hombres caerían sobre él al igual que una jauría hambrienta en cuestión de segundos.

El teniente permaneció inmóvil contra la pared del almacén y vigiló a sus tres perseguidores, que se habían detenido un instante en busca de su rastro. Los tres asesinos a sueldo intercambiaron unas palabras ininteligibles y uno de ellos indicó a los otros que se separaran. Peake se estremeció al comprobar que uno de ellos, el que había dado la orden de desplegarse, se dirigía directamente hacia la escalera bajo la que se ocultaba. Por un segundo, el teniente pensó que el olor de su temor le conduciría hasta su escondite.

Sus ojos recorrieron desesperadamente la superficie del muro bajo la escalinata en busca de alguna abertura por la que huir. Se arrodilló junto a la oquedad donde había dejado reposar a los niños segundos antes y trató de forzar los tablones desclavados y reblandecidos por la humedad. La lámina de madera, herida por la podredumbre, cedió sin dificultad, y Peake sintió una exhalación de aire nauseabundo que emanaba del interior del sótano del edificio ruinoso. Volvió la vista atrás y observó al asesino, que apenas se encontraba a una veintena de metros del pie de la escalinata y blandía el cuchillo en sus manos.

Rodeó a los niños con su propia capa para protegerlos y reptó hacia el interior del almacén. Una punzada de dolor, a unos centímetros por encima de la rodilla, le paralizó súbitamente la pierna derecha. Peake se palpó con manos temblorosas y sus dedos rozaron el clavo oxidado que se hundía dolorosamente en su carne. Ahogando el grito de agonía, Peake asió la punta del frío metal, tiró de él con fuerza y sintió que la piel se desgarraba a su paso y que la tibia sangre brotaba entre sus dedos. Un espasmo de náusea y dolor le nubló la visión durante varios segundos. Jadeante, tomó de nuevo a los niños y se incorporó trabajosamente. Ante él se abría una fantasmal galería con cientos de estanterías vacías de varios pisos formando una extraña retícula que se perdía en las sombras. Sin dudarlo un instante, corrió hacia el otro extremo del almacén, cuya estructura herida de muerte crujía bajo la tormenta.

*　*　*

Cuando Peake emergió de nuevo al aire libre después de haber atravesado cientos de metros en las entrañas de aquel edificio ruinoso, descubrió que se hallaba a un centenar escaso de metros del Tiretta Bazar, uno de los muchos centros de comercio del área Norte. Bendijo su fortuna y se dirigió hacia el complejo entramado de calles estrechas y sinuosas que componían el corazón de aquel abigarrado sector de Calcuta, en dirección a la morada de Aryami Bosé.

Empleó diez minutos en recorrer el camino hasta el hogar de la última dama de la familia Bosé. Aryami vivía sola en un antiguo caserón de estilo bengalí que se alzaba tras la espesa vegetación salvaje que había crecido en el patio durante años, sin la intervención de la mano del hombre, y que le confería el aspecto de un lugar abandonado y cerrado. Sin embargo, ningún habitante del Norte de Calcuta, un sector también conocido como la *ciudad negra*, hubiera osado traspasar los límites de aquel patio y adentrarse en los dominios de Aryami Bosé. Quienes la conocían la apreciaban y respetaban tanto como la temían. No había una sola alma en las calles del Norte de Calcuta que no hubiera oído hablar de ella y de su estirpe en algún momento de su vida. Entre las gentes de aquel lugar, su presencia era comparable a la de un espíritu: poderosa e invisible.

Peake corrió hasta el portón de lanzas negras que abría el sendero tomado por los arbustos en el patio y se apresuró hasta la escalinata de mármol quebrado que ascendía a la puerta de la casa. Sosteniendo a los dos niños con un brazo, llamó repetidamente a la puerta con el puño, esperando que el fragor de la tormenta no ahogase el sonido de su llamada.

El teniente golpeó la puerta por espacio de varios minutos, con la vista fija en las calles desiertas a su espalda y alimentando el temor de ver aparecer a sus perseguidores en cualquier momento. Cuando la puerta cedió ante él, Peake se volvió y la luz de un candil le cegó mientras una voz que no había oído en cinco años pronunciaba su nombre en voz baja. Peake se cubrió los ojos con una mano y reconoció el semblante impenetrable de Aryami Bosé.

La mujer leyó en su mirada y observó a los niños. Una sombra de dolor se extendió sobre su rostro. Peake bajó la mirada.

—Ella ha muerto, Aryami —murmuró Peake—. Ya estaba muerta cuando llegué...

Aryami cerró los ojos y respiró profundamente. Peake comprobó que la confirmación de sus peores sospechas se abría camino en el alma de la dama como una salpicadura de ácido.

—Entra —le dijo finalmente, cediéndole el paso y cerrando la puerta a sus espaldas.

Peake se apresuró a depositar a los niños sobre una mesa y a despojarlos de las ropas mojadas. Aryami, en silencio, tomó paños secos y envolvió a los niños mientras Peake avivaba el fuego para hacerles entrar en calor.

—Me siguen, Aryami —dijo Peake—. No puedo quedarme aquí.

—Estás herido —indicó la mujer señalando la punzada que el clavo del almacén le había producido.

—Es solamente un rasguño superficial —mintió Peake—. No me duele.

Aryami se acercó hasta él y tendió su mano para acariciar el rostro sudoroso de Peake.

—Tú siempre la quisiste...

Peake desvió la mirada hasta los pequeños y no respondió.

—Podrían haber sido tus hijos —dijo Aryami—. Quizá así hubiesen tenido mejor suerte.

—Debo irme ya, Aryami —concluyó el teniente—. Si me quedo aquí, no se detendrán hasta encontrarme.

Ambos intercambiaron una mirada derrotada, conscientes del destino que esperaba a Peake tan pronto volviese a las calles. Aryami tomó las manos del teniente entre las suyas y las apretó con fuerza.

—Nunca fui buena contigo —le dijo—. Temía por mi hija, por la vida que podía tener junto a un oficial británico. Pero estaba equivocada. Supongo que nunca me lo perdonarás.

—Eso ya no tiene ninguna importancia —respondió Peake—. Debo irme. Ahora.

Peake se acercó un último instante a contemplar a los niños que descansaban al calor del fuego. Los bebés le miraron con curiosidad juguetona y ojos brillantes, sonrientes. Estaban a salvo. El teniente se dirigió hasta la puerta y suspiró profundamente. Tras aquel par de minutos en reposo, el peso de la fatiga y el dolor palpitante que sentía en la pierna cayeron sobre él implacablemente. Había apurado hasta el último aliento de sus fuerzas para conducir a los bebés hasta aquel lugar y ahora dudaba de su capacidad para hacer frente a lo inevitable. Afuera, la lluvia seguía azotando la maleza y no había señal de su perseguidor ni de sus esbirros.

—Michael... —dijo Aryami a sus espaldas.

El joven se detuvo sin volver la vista atrás.

—Ella lo sabía —mintió Aryami—. Lo supo desde siempre y estoy segura de que, de alguna manera, te correspondía. Fue por mi culpa. No le guardes rencor.

Peake asintió en silencio y cerró la puerta a sus espaldas. Permaneció unos segundos bajo la lluvia y después, con el alma en paz, reemprendió el camino al encuentro de sus perseguidores. Deshizo sus pasos hasta llegar al lugar por donde había salido del almacén abandonado para internarse de nuevo en las sombras del viejo edificio en busca de un escondite donde disponerse a esperar.

Mientras se ocultaba en la oscuridad, el agotamiento y el dolor que sentía se fundieron paulatinamente en una embriagadora sensación de abandono y paz. Sus labios dibujaron un amago de sonrisa. Ya no tenía ningún motivo, ni esperanza, para seguir viviendo.

∗ ∗ ∗

Los dedos largos y afilados del guante negro acariciaron la punta ensangrentada del clavo que asomaba del madero roto, al pie de la entrada al sótano del almacén. Lentamente, mientras sus hombres esperaban en silencio a su espalda, la esbelta figura que ocultaba su rostro tras la capucha negra se llevó la yema del índice a los labios y lamió la gota de sangre oscura y espesa saboreándola como si se tratase de una lágrima de miel. Tras unos segundos, se volvió hacia aquellos hombres que había comprado horas antes por unas simples monedas y la promesa de un nuevo pago al término de su labor y señaló hacia el interior del edificio. Los tres esbirros se apresuraron a introducirse a través de la trampilla que Peake había abierto minutos antes. El encapuchado sonrió en la oscuridad.

—Extraño lugar has elegido para venir a morir, teniente Peake —murmuró para sí mismo.

Oculto tras una columna de cajas vacías en las entrañas del sótano, Peake observó a las tres siluetas introducirse en el edificio y, aunque no podía verle desde allí, tuvo la certeza de que su amo estaba esperando al otro lado del muro. Presentía su presencia. Peake extrajo su revólver e hizo girar el barrilete hasta situar una de las dos balas en la recámara, amortiguando el sonido del arma bajo la túnica empapada que le cubría. Ya no sentía reparos en emprender el camino hacia la muerte, pero no pensaba recorrerlo en solitario.

La adrenalina que corría por sus venas había mitigado el dolor punzante de su rodilla hasta convertirlo en un latido sordo y distante. Sorprendido ante su propia serenidad, Peake sonrió de nuevo y permaneció inmóvil en su escondite. Contempló el lento avance de los tres hombres a través de los pasillos entre las estanterías desnudas, hasta que sus verdugos se detuvieron a una decena de metros. Uno de los hombres alzó la mano en señal de alto e indicó unas marcas en el suelo. Peake colocó su arma a la altura del pecho, apuntando hacia ellos, y tensó el gatillo del revólver.

A una nueva señal, los tres hombres se separaron. Dos de ellos rodearon lentamente el camino que conducía hasta la pila de cajas, y el tercero caminó en línea recta hacia Peake. El teniente contó mentalmente hasta cinco y, de súbito, empujó la columna de cajas sobre su atacante. Las cajas se desplomaron encima de su oponente y Peake corrió hacia la abertura por la que habían entrado.

Uno de los asesinos a sueldo salió a su encuentro en una intersección del corredor, blandiendo la hoja del cuchillo a un palmo de su rostro. Antes de que aquel criminal de alquiler pudiera sonreír victorioso, el cañón del revólver de Peake se clavó bajo su barbilla.

—Suelta el cuchillo —escupió el teniente.

El hombre leyó los ojos glaciales del teniente e hizo lo que se le ordenaba. Peake lo asió brutalmente del pelo y, sin retirar el arma, se volvió hacia sus aliados escudándose con el cuerpo de su rehén. Los otros dos matones se acercaron lentamente hacia él, acechantes.

—Teniente, ahórranos la escena y entréganos lo que buscamos —murmuró una voz familiar a su espalda—. Estos hombres son honrados padres de familia.

Peake volvió la vista al encapuchado que sonreía en la penumbra a escasos metros de él. Algún día no muy lejano había aprendido a apreciar aquel rostro como el de un amigo. Ahora apenas podía reconocer en él a su asesino.

—Voy a volar la cabeza de este hombre, Jawa-hal —gimió Peake.

Su rehén cerró los ojos, temblando.

El encapuchado cruzó las manos pacientemen-te y emitió un leve suspiro de fastidio.

—Hazlo si te complace, teniente —repuso Ja-wahal—, pero eso no te sacará de aquí.

—Hablo en serio —replicó Peake hundiendo la punta del cañón bajo la barbilla del matón.

—Claro, teniente —dijo Jawahal en tono con-ciliador—. Dispara si tienes el valor necesario para matar a un hombre a sangre fría y sin el permiso de su majestad. De lo contrario, suelta el arma y así podremos llegar a un acuerdo provechoso para ambas partes.

Los dos asesinos armados se habían detenido y permanecían inmóviles, dispuestos a saltar sobre él a la primera señal del encapuchado. Peake sonrió.

—Bien —dijo finalmente—. ¿Qué te parece este acuerdo?

Peake empujó a su rehén al suelo y se volvió ha-cia el encapuchado, con el revólver en alto. El eco del primer disparo recorrió el sótano. La mano enguantada del encapuchado emergió de la nube de pólvora con la palma extendida. Peake creyó ver el proyectil aplastado brillando en la penumbra y fundiéndose lentamente en un hilo de metal líqui-do que resbalaba entre los dedos afilados al igual que un puñado de arena.

—Mala puntería, teniente —dijo el encapuchado—. Vuélvelo a intentar, pero esta vez, más cerca.

Sin darle tiempo a mover un músculo, el encapuchado tomó la mano armada de Peake y llevó la punta de la pistola a su rostro, entre los ojos.

—¿No te enseñaron a hacerlo así en la academia? —le susurró.

—Hubo un tiempo en que fuimos amigos —dijo Peake.

Jawahal sonrió con desprecio.

—Ese tiempo, teniente, ha pasado —respondió el encapuchado.

—Que Dios me perdone —gimió Peake, presionando de nuevo el gatillo.

En un instante que le pareció eterno, Peake contempló cómo la bala perforaba el cráneo de Jawahal y le arrancaba la capucha de la cabeza. Durante unos segundos, la luz atravesó la herida sobre aquel rostro congelado y sonriente. Luego, el orificio humeante abierto por el proyectil se cerró lentamente sobre sí mismo y Peake sintió que su revólver le resbalaba entre los dedos.

Los ojos encendidos de su oponente se clavaron en los suyos y una lengua larga y negra asomó entre sus labios.

—Todavía no lo entiendes, ¿verdad, teniente? ¿Dónde están los niños?

No era una pregunta; era una orden.

Peake, mudo de terror, negó con la cabeza.

—Como quieras.

Jawahal atenazó su mano y Peake sintió que los huesos de sus dedos estallaban bajo la carne. El espasmo de dolor le derribó al suelo de rodillas, sin respiración.

—¿Dónde están los niños? —repitió Jawahal.

Peake trató de articular unas palabras, pero el fuego que ascendía del muñón ensangrentado que segundos antes había sido su mano le había paralizado el habla.

—¿Quieres decir algo, teniente? —murmuró Jawahal, arrodillándose frente a él.

Peake asintió.

—Bien, bien —sonrió su enemigo—. Francamente, tu sufrimiento no me divierte. Ayúdame a ponerle fin.

—Los niños han muerto —gimió Peake.

El teniente advirtió la mueca de disgusto que se dibujaba en el rostro de Jawahal.

—No, no. Lo estabas haciendo muy bien, teniente. No lo estropees ahora.

—Han muerto —repitió Peake.

Jawahal se encogió de hombros y asintió lentamente.

—Está bien —concedió—. No me dejas otra opción. Pero antes de que te vayas permíteme recordarte que, cuando la vida de Kylian estaba en tus manos, fuiste incapaz de hacer nada por salvarla. Hombres como tú fueron la causa de que ella

muriera. Pero los días de esos hombres han acabado. Tú eres el último. El futuro es mío.

Peake alzó una mirada suplicante a Jawahal y,
lentamente, advirtió que las pupilas de sus ojos se
afilaban en un estrecho corte sobre dos esferas do-
radas. El hombre sonrió y con infinita delicadeza
empezó a quitarse el guante que le cubría la mano
derecha.

—Lamentablemente, tú no vivirás lo suficiente
para verlo —añadió Jawahal—. No creas ni por un
segundo que tu heroico acto ha servido de nada.
Eres un estúpido, teniente Peake. Siempre me diste
esa impresión, y a la hora de morir no haces más
que confirmármela. Espero que haya un infierno
para los estúpidos, Peake, porque ahí es adonde voy
a enviarte.

Peake cerró los ojos y oyó el siseo del fuego a
unos centímetros de su rostro. Luego, tras un instante interminable, sintió unos dedos ardientes que
se cerraban sobre su garganta y segaban su último
aliento de vida. Mientras, en la lejanía, oía el sonido de aquel tren maldito y las voces espectrales de
cientos de niños aullando entre las llamas. Después, la oscuridad.

*　*　*

Aryami Bosé recorrió la casa y fue apagando
una a una las velas que iluminaban su santuario.

Dejó tan sólo la tímida lumbre del fuego, que proyectaba halos fugaces de luz sobre las paredes desnudas. Los niños dormían ya al calor de las brasas y apenas el repiqueteo de la lluvia sobre los postigos cerrados y el crujir de las briznas del fuego rompían el silencio sepulcral que reinaba en toda la casa. Lágrimas silenciosas resbalaron sobre su rostro y cayeron sobre su túnica dorada mientras Aryami tomaba con manos temblorosas el retrato de su hija Kylian de entre los objetos que atesoraba en un pequeño cofre de bronce y marfil.

Un viejo fotógrafo itinerante procedente de Bombay había tomado aquella imagen un tiempo antes de la boda sin aceptar pago alguno a cambio. La imagen la mostraba tal y como Aryami la recordaba, envuelta en aquella extraña luminosidad que parecía emanar de Kylian y que embelesaba a cuantos la conocían, del mismo modo en que había embrujado al ojo experto del retratista, que la bautizó con el apodo con que todos la recordaban: la princesa de luz.

Por supuesto, Kylian nunca fue una verdadera princesa ni tuvo más reino que las calles que la habían visto crecer. El día que Kylian dejó la morada de los Bosé para vivir con su esposo, las gentes del Machuabazaar la despidieron con lágrimas en los ojos mientras veían pasar la carroza blanca que se llevaba para siempre a la princesa de la *ciudad negra*. Era apenas una chiquilla cuando el destino se la llevó y jamás volvió.

Aryami se sentó junto a los niños frente al fuego y apretó la vieja fotografía contra su pecho. La tormenta rugió de nuevo y Aryami rescató la fuerza de su ira para decidir qué debía hacer ahora. El perseguidor del teniente Peake no se contentaría con acabar con él. El valor del joven le había granjeado unos minutos preciosos que no podía desperdiciar bajo ningún concepto, ni siquiera para llorar la memoria de su hija. La experiencia ya le había enseñado que el futuro le reservaría más tiempo del tolerable para lamentarse de los errores cometidos en el pasado.

* * *

Dejó la fotografía de nuevo en el cofre y tomó la medalla que había hecho forjar para Kylian años atrás, una joya que jamás llegó a lucir. La medalla se componía de dos círculos de oro, un sol y una luna, que encajaban el uno con el otro formando una única pieza. Presionó en el centro de la medalla y ambas partes se separaron. Aryami engarzó cada una de las dos mitades de la medalla en sendas cadenas de oro y las colocó en torno al cuello de cada uno de los niños.

Mientras lo hacía, la dama meditaba en silencio las decisiones que debía tomar. Sólo un camino parecía apuntar hacia su supervivencia: debía separarlos y alejarlos el uno del otro, borrar su pasado y ocultar su identidad al mundo y a sí mismos, por doloroso que ello pudiera resultar. No era posible mantenerlos juntos sin delatarse tarde o temprano. Aquél era un riesgo que no podía asumir a ningún precio. Y necesariamente debía afrontar aquel dilema antes del amanecer.

Aryami tomó a los dos bebés en sus brazos y los besó suavemente en la frente. Las manos diminutas acariciaron su rostro y sus dedos minúsculos palparon las lágrimas que cubrían sus mejillas mientras las miradas risueñas de ambos la escrutaban sin comprender. Los estrechó de nuevo en sus brazos y los devolvió a la pequeña cuna que había improvisado para ellos.

Tan pronto como los hubo dejado reposar, prendió la lumbre de un candil y tomó pluma y papel. El futuro de sus nietos estaba ahora en sus manos. Inspiró profundamente y empezó a escribir. A lo lejos podía oír la lluvia que ya amainaba y los sonidos de la tormenta que se alejaban hacia el Norte, tendiendo sobre Calcuta un infinito manto de estrellas.

* * *

Thomas Carter había creído que, al cumplir la cincuentena, la ciudad de Calcuta, su hogar durante los últimos treinta y tres años, ya no reservaría más sorpresas para él.

Al amanecer de aquel día de mayo de 1916, tras una de las tormentas más furiosas que recordaba fuera de la época del monzón, la sorpresa llegó a las puertas del orfelinato St. Patrick's en forma de una cesta con un niño y una carta lacrada dirigida a su exclusiva atención personal.

La sorpresa venía por partida doble. En primer lugar, nadie se molestaba en abandonar a un niño en Calcuta a las puertas de un orfelinato; había callejones, vertederos y pozos por toda la ciudad para hacerlo más cómodamente. Y, en segundo lugar, nadie escribía misivas de presentación como aquélla, firmadas y sin duda posible respecto a su autoría.

Carter examinó sus lentes al trasluz y exhaló el vaho de su aliento sobre los cristales para facilitar su limpieza con un pañuelo de algodón crudo y envejecido que empleaba para tal tarea no menos de veinticinco veces al día, treinta y cinco durante los meses del verano indio.

El niño descansaba abajo, en el dormitorio de Vendela, la enfermera jefe, bajo su atenta vigilancia, tras haber sido reconocido por el doctor Woodward, que fue arrancado del sueño poco antes del alba y a quien, a excepción de su deber hipocrático, no se le dieron más explicaciones.

El niño estaba esencialmente sano. Mostraba ciertos signos de deshidratación, pero no parecía estar afectado por ninguna fiebre del amplio catálogo que acostumbraba a segar las vidas de miles de criaturas como aquélla y les negaba el derecho a alcanzar la edad necesaria para aprender a pronunciar el nombre de su madre. Todo cuanto venía con él era la medalla en forma de sol de oro que Carter sostenía entre sus dedos y aquella carta. Una carta que, si había de dar por verdadera, y le costaba encontrar una alternativa a esa posibilidad, le colocaba en una situación comprometida.

Carter guardó la medalla bajo llave en el cajón superior de su escritorio, y tomó de nuevo la misiva y la releyó por décima vez.

Apreciado Mr. Carter,

Me veo obligada a solicitar su ayuda en las más penosas circunstancias, apelando a la amistad que me consta le unió a mi difunto marido durante más de diez años. Durante ese período, mi esposo no escatimó elogios para con su honestidad y la extraordinaria confianza que usted siempre le inspiró. Por ello, hoy le ruego que atienda mi súplica, por extraña que pueda parecerle, con la mayor urgencia y, si cabe, con el mayor de los secretos.

El niño que me veo obligada a entregarle ha perdido a sus padres a manos de un asesino que juró matar a ambos y acabar igualmente con su descendencia. No puedo ni creo oportuno revelarle los motivos que le llevaron a cometer tal acto. Bastará con decirle que el hallazgo del niño debe ser mantenido en secreto y que bajo ningún concepto debe usted dar parte del mismo a la policía o a las autoridades británicas, puesto que el asesino dispone de conexiones en ambos organismos que no tardarían en llevarle hasta él.

Por motivos obvios, no puedo criar al niño a mi lado sin exponerle a sufrir el mismo destino que acabó con sus padres. Por ello le ruego que se haga cargo de él, le dé un nombre y le eduque en los rectos principios de su institución para hacer de él el día de mañana una persona tan honrada y honesta como lo fueron sus padres.

Soy consciente de que el niño no podrá conocer jamás su pasado, pero es de vital importancia que así sea.

No dispongo de mucho tiempo para brindarle más detalles, y me veo de nuevo en la obligación de recordarle la amistad y la confianza que tuvo usted en mi esposo para legitimar mi petición.

Le suplico que, al término de la lectura de esta misiva, la destruya, así como cualquier signo que pudiera delatar el hallazgo del niño. Siento no poder efectuar esta petición en persona, pero la gravedad de la situación me lo impide.

En la confianza de que sabrá tomar la decisión adecuada, reciba mi eterna gratitud.

ARYAMI BOSÉ

Una llamada a su puerta le arrancó de la lectura. Carter se quitó los lentes, dobló cuidadosamente la carta y la depositó en el cajón de su escritorio, que cerró con llave.

—Adelante —indicó.

Vendela, la enfermera jefe del St. Patrick's, se asomó a su despacho con su sempiterno semblante adusto y oficioso. Su mirada no inspiraba buenos augurios.

—Hay un caballero abajo que desea verle — dijo escuetamente.

Carter frunció el ceño.

—¿De qué se trata?

—No me ha querido dar detalles —respondió la enfermera, pero su expresión parecía insinuar claramente que su instinto olfateaba que tales detalles, de haberlos, resultaban vagamente sospechosos.

Tras una pausa, Vendela entró en el despacho y cerró la puerta a su espalda.

—Creo que se trata de lo del niño —dijo la enfermera con cierta inquietud—. No le he dicho nada.

—¿Ha hablado con alguien más? —inquirió Carter.

Vendela negó con la cabeza. Carter asintió y guardó la llave de su escritorio en el bolsillo de su pantalón.

—Puedo decirle que no está aquí en este momento —apuntó Vendela.

Carter consideró la opción por un instante y

determinó que, si las sospechas de Vendela apuntaban en la dirección correcta (y solían hacerlo), aquello no haría más que reforzar la apariencia de que el St. Patrick's tenía algo que ocultar. La decisión se fraguó al instante.

—No. Le recibiré, Vendela. Hágale pasar y asegúrese de que nadie del personal habla con él. Discreción absoluta sobre este asunto. ¿De acuerdo?

—Comprendido.

Carter oyó alejarse por el pasillo los pasos de Vendela mientras limpiaba de nuevo sus lentes y comprobaba que la lluvia volvía a golpear en los cristales de su ventana con impertinencia.

* * *

El hombre vestía una larga capa negra y su cabeza estaba envuelta en un turbante sobre el que se apreciaba un medallón oscuro que emulaba la silueta de una serpiente. Sus estudiados ademanes sugerían los de un próspero comerciante del Norte de Calcuta y sus rasgos parecían vagamente hindúes, aunque su piel reflejaba una palidez enfermiza, la piel de alguien a quien nunca alcanzaran los rayos del sol. El mestizaje de razas nacido de Calcuta había fundido en sus calles a bengalíes, armenios, judíos, anglosajones, chinos, musulmanes e innumerables grupos llegados hasta el campo de Kali en busca de fortuna o refugio. Aquel rostro podría haber pertenecido a cualquiera de esas etnias y a ninguna.

Carter sintió los ojos penetrantes en su espalda, inspeccionándole cuidadosamente, mientras servía las dos tazas de té en la bandeja con que Vendela les había provisto.

—Siéntese, por favor —indicó Carter amablemente al desconocido—. ¿Azúcar?

—Lo tomaré como usted.

La voz del desconocido no mostraba acento ni expresión alguna. Carter tragó saliva, fijó una sonrisa cordial en sus labios y se volvió tendiendo la taza de té al sujeto. Dedos enfundados en un guante negro, largos y afilados como garras, se cerraron sobre la porcelana ardiente sin vacilación. Carter tomó asiento en su butaca y removió el azúcar en su propia taza.

—Siento importunarle en estos momentos, Mr. Carter. Imagino que tendrá usted mucho que hacer, por lo que seré breve —afirmó el hombre.

Carter asintió cortésmente.

—¿Cuál es entonces el motivo de su visita, señor...? —empezó Carter.

—Mi nombre es Jawahal, Mr. Carter —explicó el desconocido—. Le seré muy franco. Tal vez mi pregunta le parezca extraña, pero ¿han encontrado un niño, un bebé de apenas unos días, durante la noche pasada o durante el día de hoy?

Carter frunció el ceño y lució su mejor semblante de sorpresa. Ni demasiado obvio ni demasiado sutil.

—¿Un niño? Creo que no comprendo.

El hombre que afirmaba llamarse Jawahal sonrió ampliamente.

—Verá. No sé por dónde empezar. Lo cierto es que se trata de una historia un tanto embarazosa. Confío en su discreción, Mr. Carter.

—Cuente con ella, señor Jawahal —repuso Carter tomando un sorbo de su taza de té.

El hombre, que no había probado la suya, se relajó y se dispuso a aclarar sus demandas.

—Poseo un importante negocio textil en el Norte de la ciudad —explicó—. Soy lo que podríamos llamar un hombre de posición acomodada. Algunos me llaman rico y no les falta razón. Tengo muchas familias a mi cargo y me honra tratar de ayudarlas en cuanto está a mi alcance.

—Todos hacemos cuanto podemos, tal como están las cosas —añadió Carter, sin apartar su mirada de aquellos dos ojos negros e insondables.

—Claro —continuó el desconocido—. El motivo que me ha traído a su honorable institución es un penoso asunto al que quisiera poner solución cuanto antes. Hace una semana una muchacha que trabaja en uno de mis talleres dio a luz a un niño. El padre de la criatura es, al parecer, un bribón angloindio que la frecuentaba y cuyo paradero, una vez tuvo noticia del embarazo de la muchacha, es desconocido. Al parecer, la familia de la joven es de Delhi, musulmanes y gentes estrictas, que no estaban al corriente del asunto.

Carter asintió gravemente, mostrando su conmiseración por la historia referida.

—Hace dos días supe por uno de mis capataces que la muchacha, en un rapto de locura, huyó de la casa donde vivía con unos familiares con la idea de, al parecer, vender al niño —prosiguió Jawahal—. No la juzgue mal, es una muchacha ejemplar, pero la presión que pesaba sobre ella la desbordó. No debe extrañarle. Este país, al igual que el suyo, Mr. Carter, es poco tolerante con las debilidades humanas.

—¿Y cree usted que el niño puede estar aquí, señor Jahawal? —preguntó Carter, buscando reconducir el hilo de vuelta a la madeja.

—Jawahal —corrigió el visitante—. Verá. Lo cierto es que, una vez tuve conocimiento de los hechos, me sentí en cierto modo responsable. Después de todo, la muchacha trabajaba bajo mi techo. Yo y un par de capataces de confianza recorrimos la ciudad y averiguamos que la joven había vendido al niño a un despreciable criminal que comercia con criaturas para mendigar. Una realidad tan lamentable como habitual hoy día. Dimos con él pero, por circunstancias que ahora no vienen al caso, escapó en el último momento. Esto sucedió anoche, en las inmediaciones de este orfelinato. Tengo motivos para pensar que, por miedo a lo que pudiera sucederle, este individuo quizá abandonó al niño en la vecindad.

—Comprendo —dictaminó Carter—. ¿Y ha puesto este asunto en conocimiento de las autoridades locales, señor Jawahal? El tráfico de niños está duramente castigado, como sabrá.

El desconocido cruzó las manos y suspiró levemente.

—Confiaba en poder solucionar el tema sin necesidad de llegar a ese extremo —dijo—. Francamente, si lo hiciese, implicaría a la joven y el niño quedaría sin padre, ni madre.

Carter calibró cuidadosamente la historia del desconocido y asintió lenta y repetidamente en señal de comprensión. No creía ni una sola coma de toda la narración.

—Siento no poder serle de ayuda, señor Jawahal. Por desgracia, no hemos encontrado a ningún niño ni hemos tenido noticia de que ello haya ocurrido en la zona —explicó Carter—. De todos modos, si me proporciona sus datos, me pondría en contacto con usted en caso de que hubiese cualquier noticia, aunque me temo que me vería obligado a informar a las autoridades en el caso de que un niño fuese abandonado en este hospital. Es la ley, y yo no puedo ignorarla.

El hombre contempló a Carter en silencio durante unos segundos, sin parpadear. Carter le sostuvo la mirada sin alterar su sonrisa un ápice, aunque sentía cómo se le encogía el estómago y su pulso se aceleraba igual que lo hubiese hecho de hallarse frente a una serpiente dispuesta a saltar sobre él. Finalmente, el desconocido sonrió con cordialidad y señaló la silueta del Raj Bhawan, el edificio del gobierno británico, de aspecto palaciego, que se alzaba en la distancia bajo la lluvia.

—Ustedes, los británicos, son admirablemente observadores de la ley y eso los honra. ¿No fue Lord Wellesley quien decidió cambiar la sede del gobierno en 1799 a ese magnífico enclave para darle nueva envergadura a su ley? ¿O fue en 1800? —inquirió Jawahal.

—Me temo que no soy un buen conocedor de la historia local —apuntó Carter, desconcertado por el extravagante giro que Jawahal había dado a la conversación.

El visitante frunció el ceño en señal de amable y pacífica desaprobación de su declarada ignorancia.

—Calcuta, con apenas doscientos cincuenta años de vida, es una ciudad tan desprovista de historia que lo menos que podemos hacer por ella es conocerla, Mr. Carter. Volviendo al tema, yo diría que fue en 1799. ¿Sabe la razón del traslado? El gobernador Wellesley dijo que la India debía ser gobernada desde un palacio y no desde un edificio de contables; con las ideas de un príncipe y no las de un comerciante de especias. Toda una visión, diría yo.

—Sin duda —corroboró Carter, incorporándose con la intención de despedir al extraño visitante.

—Más, si cabe, en un imperio donde la decadencia es un arte y Calcuta su mayor museo —añadió Jawahal.

Carter asintió vagamente sin saber muy bien a qué.

—Siento haberle hecho perder su tiempo, Mr. Carter —concluyó Jawahal.

—Al contrario —repuso Carter—. Tan sólo lamento no poder serle de mayor ayuda. En casos así, todos tenemos que hacer cuanto esté en nuestra mano.

—Así es —corroboró Jawahal, incorporándose a su vez—. Le agradezco su amabilidad de nuevo. Tan sólo quisiera formularle una pregunta más.

—La contestaré con sumo gusto —replicó Carter, rogando internamente la llegada del momento en que poder librarse de la presencia de aquel individuo.

Jawahal sonrió maliciosamente, como si hubiese leído sus pensamientos.

—¿Hasta qué edad permanecen los muchachos que recogen con ustedes, Mr. Carter?

Carter no pudo ocultar su gesto de extrañeza ante la cuestión.

—Confío en no haber cometido ninguna indiscreción —se apresuró a matizar Jawahal—. Si así fuera, ignore mi cuestión. Es simple curiosidad.

—En absoluto. No es ningún secreto. Los internos del St. Patrick's permanecen bajo nuestro techo hasta el día que cumplen los dieciséis años. Pasado ese plazo, concluye el período de tutela legal. Ya son adultos, o así lo cree la ley, y están en disposición de emprender su propia vida. Como verá, ésta es una institución privilegiada.

Jawahal le escuchó atentamente y pareció meditar sobre el tema.

—Imagino que debe de ser doloroso para usted verlos partir tras tenerlos todos esos años a su cuidado —observó Jawahal—. De algún modo, usted es el padre de todos esos chicos.

—Forma parte de mi trabajo —mintió Carter.

—Por supuesto. Sin embargo, perdone mi atrevimiento, pero ¿cómo saben ustedes cuál es la verdadera edad de un chico que carece de padres y familia? Un tecnicismo, supongo...

—La edad de cada uno de nuestros internos se fija en la fecha de su ingreso o por un cálculo aproximado que la institución aplica —explicó Carter, incómodo ante la perspectiva de discutir procedimientos del St. Patrick's con aquel desconocido.

—Eso le convierte en un pequeño Dios, Mr. Carter —comentó Jawahal.

—Es una apreciación que no comparto —respondió secamente Carter.

Jawahal saboreó el desagrado que había aflorado al rostro de Carter.

—Disculpe mi osadía, Mr. Carter —repuso Jawahal—. En cualquier caso, me alegra haberle conocido. Es posible que le visite en el futuro y pueda hacer una contribución a su noble institución. Tal vez vuelva dentro de dieciséis años y pueda así conocer a los muchachos que hoy mismo entrarán a formar parte de su gran familia...

—Será un placer recibirle entonces, si así lo desea —dijo Carter, acompañando al desconocido hasta la puerta de su despacho—. Parece que la lluvia arrecia otra vez. Tal vez prefiera usted esperar a que amaine.

El hombre se volvió hacia Carter y las perlas negras de sus ojos brillaron intensamente. Aquella mirada parecía haber estado calibrando cada uno de sus gestos y expresiones desde el momento en que había penetrado en su despacho, husmeando en las fisuras y analizando pacientemente sus palabras. Carter lamentó haber hecho aquel ofrecimiento de extender la hospitalidad del St. Patrick's.

En aquel preciso instante, Carter deseaba pocas cosas en el mundo con la misma intensidad con que ansiaba perder de vista a aquel individuo. Poco le importaba si un huracán estaba arrasando las calles de la ciudad.

—La lluvia cesará pronto, Mr. Carter —respondió Jawahal—. Gracias de todos modos.

Vendela, precisa como un reloj, estaba esperando en el pasillo el fin de la entrevista, y escoltó al visitante hasta la salida. Desde la ventana de su despacho, Carter contempló aquella silueta negra alejándose bajo la lluvia hasta verla desaparecer al pie de la colina entre las callejuelas. Permaneció allí, frente a su ventana, con la mirada fija en el Raj Bhawan, la sede del gobierno. Minutos después, la lluvia, tal como Jawahal había predicho, cesó.

Thomas Carter se sirvió otra taza de té y se sentó en su butaca a contemplar la ciudad. Se había criado en un lugar similar al que ahora dirigía, en las calles de Liverpool. Entre los muros de aquella institución había aprendido tres cosas que iban a presidir el resto de su vida: a apreciar el valor de lo material en su justa medida, a amar a los clásicos y, en último lugar pero no por ello menos importante, a reconocer a un mentiroso a una milla de distancia.

Saboreó el té sin prisa y decidió empezar a celebrar su cincuenta aniversario, a la vista de que Calcuta todavía tenía sorpresas reservadas para él. Se acercó hasta su armario de vitrinas y extrajo la caja de cigarros que reservaba para las ocasiones memorables. Prendió un largo fósforo y encendió el valioso ejemplar con toda la parsimonia que requería el ceremonial.

Luego, aprovechando la llama providencial de aquella cerilla, extrajo la carta de Aryami Bosé del cajón de su escritorio y le prendió fuego. Mientras el pergamino se reducía a cenizas en una pequeña bandeja grabada con las iniciales del St. Patrick's,

Carter se deleitó con el tabaco y, en honor a uno de sus ídolos de juventud, Benjamin Franklin, decidió que el nuevo inquilino del orfelinato St. Patrick's crecería con el nombre de Ben y que él personalmente pondría todo su empeño en que el muchacho encontrase entre aquellas cuatro paredes a la familia que el destino le había robado.

A ntes de proseguir con mi narración y entrar a detallar los acontecimientos realmente signi-ficativos de este relato, que tuvieron lugar die-ciséis años más tarde, debo detenerme brevemente para presentar a algunos de sus protagonistas. Bas-te decir que, mientras todo esto sucedía en las calles de Calcuta, algunos de nosotros aún no habíamos nacido y otros contábamos con apenas unos días de vida. Sólo una circunstancia nos era común y acaba-ría por unirnos bajo el techo del St. Patrick's: nunca tuvimos una familia ni un hogar.

Aprendimos a sobrevivir sin ninguna de las dos cosas o, mejor, inventando nuestra propia familia y creando nuestro propio hogar. Una familia y un ho-gar elegidos libremente, donde no cabían el azar ni la mentira. Ninguno de los siete conocía más padre que a Mr. Thomas Carter y sus discursos sobre la sabidu-ría que escondían las páginas de Dante y Virgilio, ni más madre que la ciudad de Calcuta, con los misterios que albergaban sus calles bajo las estrellas de la península de Bengala.

Nuestro club particular tenía un nombre pintoresco, cuyo origen verdadero sólo conocía Ben, que lo bautizó a su capricho, aunque algunos manteníamos la sospecha de que había tomado la denominación prestada de un viejo catálogo de importadores por correo de Bombay. Sea como fuere, la Chowbar Society se constituyó en algún momento de nuestras vidas, a partir del cual los juegos del orfanato ya no ofrecían desafíos tentadores. Por el contrario, nuestra astucia estaba lo suficientemente desarrollada como para lograr escabullirnos impunemente del edificio al filo de la madrugada, pasado el toque de queda de la venerable Vendela, rumbo a nuestra sede social, la muy secreta y rumoreadamente encantada casa abandonada que ocupó durante décadas la esquina de Cotton Street y Brabourne Road, en plena ciudad negra y a tan sólo un par de bloques del río Hooghly.

En honor a la verdad, debo decir que aquel caserón, al que nosotros denominábamos con orgullo el Palacio de la Medianoche (en consideración al horario de nuestras sesiones plenarias), nunca estuvo encantado. La fama de su embrujo, empero, no era ajena a nuestra labor subterránea. Uno de nuestros miembros fundadores, Siraj, asmático profesional y experto erudito en historias de fantasmas, aparecidos y encantamientos de la ciudad de Calcuta, tramó una leyenda convenientemente siniestra y verosímil respecto a un supuesto antiguo inquilino. Esto ayudaba a mantener limpio y libre de intrusos nuestro refugio secreto.

La historia, en breves palabras, versaba sobre un viejo comerciante que se aparecía envuelto en un manto blanco y recorría el caserón levitando sobre el suelo, con los ojos encendidos como brasas y largos colmillos lobunos asomando entre sus labios, sediento de almas incautas y fisgonas. El matiz de los ojos y los colmillos, por supuesto, era una aportación personal e intransferible de Ben, aficionado irredento a urdir tramas cuya truculencia colocaba a los clásicos de Mr. Carter, Sófocles y el sangriento Homero incluidos, a la altura del betún.

Pese a las resonancias jocosas de su nombre, la Chowbar Society era un club tan selecto y estricto como los que poblaban los edificios eduardianos del centro de Calcuta y emulaban a sus homónimos en Londres; salones donde vegetar, brandy en mano, era patrimonio de los más altos patricios sajones. Nuestro propósito, sin embargo, a falta de escenario más glorioso, era más noble.

La Chowbar Society había nacido con dos misiones irrenunciables. La primera, garantizar a cada uno de sus siete miembros la ayuda, la protección y el apoyo incondicional de los demás, bajo cualquier circunstancia, peligro o adversidad. La segunda, compartir los conocimientos que cada uno de nosotros iba *adquiriendo y ponerlos al alcance de los otros, armándonos para el día en que cada uno tuviéramos que enfrentarnos al mundo en solitario.*

Cada miembro había jurado por su nombre y su honor (no disponíamos de parientes próximos a los que hipotecar en juramentos) cumplir con estos dos propósitos y guardar el secreto de la sociedad. En los siete años de su existencia ininterrumpida, jamás se aceptó un nuevo miembro. Miento, hicimos una excepción, pero relatarla ahora sería adelantar acontecimientos...

Nunca hubo un club donde sus miembros estuviesen más unidos y donde la importancia del juramento tuviese tanto peso. A diferencia de los clubes de los caballeros adinerados de Mayfair, ninguno de nosotros tenía un hogar o una querida que nos esperaba a la salida del Palacio de la Medianoche. Y también en clara divergencia con los vetustos montepíos para ex alumnos de Cambridge, la Chowbar Society admitía mujeres.

Empezaré pues por la primera mujer que suscribió el juramento como miembro fundador de la Chowbar Society, aunque cuando la ceremonia tuvo lugar, ninguno de nosotros (la aludida incluida, a sus nueve años) pensaba en ella como en una mujer. Su nombre era Isobel y, tal como ella decía, había nacido para las candilejas. Isobel soñaba con convertirse en la sucesora de Sarah Bernhardt, seducir a los públicos desde Broadway a Shafestbury, y colocar en el desempleo a las divas de la naciente industria del cine en Hollywood y Bombay. Coleccionaba recortes y pro-

gramas de teatro, escribía sus propios dramas («monólogos activos», decía ella) y los representaba para todos nosotros con notable éxito. Sobresalían sus excelentes composiciones de mujer fatal al borde del abismo. Bajo su talante extravagante y melodramático, Isobel poseía, con la probable excepción de Ben, el mejor cerebro del grupo.

Las mejores piernas, sin embargo, pertenecían a Roshan. Nadie corría como Roshan, que había crecido en las calles de Calcuta al cuidado de ladrones, mendigos y toda una suerte de fauna de aquella jungla de pobreza que eran los nacientes barrios en expansión al sur de la ciudad. A los ocho años, Thomas Carter lo trajo al St. Patrick's y, tras varias fugas y retornos, Roshan decidió quedarse con nosotros. Entre sus talentos estaba la cerrajería. No había en la Tierra un cerrojo que se resistiera a sus artes.

Ya he hablado de Siraj, nuestro especialista en casas encantadas. Siraj, amén de su asma, su complexión débil y su salud enfermiza, poseía una memoria enciclopédica, especialmente en lo tocante a historias tenebrosas de la ciudad (y las había a cientos). En los relatos fantasmales que adornaban nuestras veladas señaladas, Siraj era el documentalista y Ben el fabulador. Desde el fantasma cabalgante de Hastings House al espectro del líder revolucionario del motín de 1857, pasando por el horripilante suceso del llamado agujero negro de Calcuta (donde murieron más de cien hombres asfixiados tras ser apresados en un asedio al antiguo Fort William), no había cuento ni episodio macabro de la historia de la ciudad que escapase al control, análisis y archivo de Siraj. Huelga decir que, para los demás, su pasión era motivo de regocijo y celebración. Para su desgracia, sin embargo, Siraj sentía una adoración por Isobel rayana en lo enfermizo. No pasaban seis meses sin que sus propuestas de matrimonio futuro (invariablemente declinadas) fueran causa de tormenta romántica en el grupo y agudizasen el asma del pobre amante ignorado.

Los afectos de Isobel eran competencia exclusiva de Michael, un muchacho alto, delgado y taciturno que se entregaba a largas melancolías sin motivo aparente y que tenía el dudoso privilegio de haber llegado a conocer y recordar a sus padres, muertos en unas inundaciones en el delta del Ganges al volcar una barcaza sobreocupada. Michael hablaba poco y sabía escuchar. Sólo existía un modo de llegar a conocer sus pensamientos: observar las decenas de dibujos que hacía durante el día. Ben solía decir que, si hubiese más de un Michael en el mundo, él invertiría su fortuna (por ganar, todavía) en acciones de compañías papeleras.

El mejor amigo de Michael era Seth, un muchacho bengalí fuerte y de semblante severo que sonreía unas seis veces al año y aun así con reparos. Seth era un estudioso de cuanto se pusiera en su línea de tiro, devorador incansable de los clásicos de Mr. Carter y aficionado a la Astronomía. Cuando no estaba con nosotros, dedicaba todos sus empeños a la construcción de un extraño telescopio con el que Ben solía decir que no llegaría a verse ni la punta de los pies. Seth nunca apreció el sentido del humor vagamente cáustico de Ben.

Tan sólo me queda Ben y, aunque le he dejado para el final, me resulta muy difícil hablar de él. Había un Ben diferente para cada día. Su humor cambiaba a la media hora y pasaba de largos silencios con el rostro triste a períodos de hiperactividad que acababan por agotarnos a todos. Un día quería ser escritor; al siguiente, inventor y matemático; al otro, navegante o buceador; y el resto, todo junto y algunas cosas más. Ben inventaba teorías matemáticas que ni él mismo conseguía recordar, y escribía historias de aventuras tan disparatadas que acababa por destruirlas a la semana de terminarlas, avergonzado de haberlas firmado. Ametrallaba constantemente a todos cuantos le rodeábamos con ocurrencias extravagantes y con enrevesados juegos de palabras que siempre se negaba a repetir. Ben era como un baúl sin fondo, lleno de sorpresas y también de misterios, de luces y sombras. Ben era, y supongo que sigue siéndolo, aunque haga décadas que no nos vemos, mi mejor amigo.

En cuanto a mí, hay poco que contar. Llamadme simplemente Ian. Sólo tuve un sueño, un sueño modesto: estudiar Medicina y llegar a ejercer como médico. La fortuna fue amable conmigo y me lo concedió. Como escribió una vez Ben en una de sus cartas, «yo pasaba por allí y vi lo que estaba sucediendo».

Recuerdo que, en los últimos días de aquel mes de mayo de 1932, los siete miembros de la Chowbar Society íbamos a cumplir los dieciséis años. Aquélla era una edad fatídica, temida y a la vez esperada con ansia por todos.

A los dieciséis años, el St. Patrick's nos devolvía, según rezaban sus estatutos, a la sociedad, para que creciéramos como hombres y mujeres y nos convirtiésemos en adultos responsables. Aquella fecha tenía otro significado que todos comprendíamos muy bien: significaba la disolución definitiva de la Chowbar Society. A partir de aquel verano, nuestros caminos se separaban, y pese a nuestras promesas y a las amables mentiras que nos habíamos llegado a vender a nosotros mismos, sabíamos que el vínculo que nos había unido no tardaría en desvanecerse como un castillo de arena a la orilla del mar.

Son tantos los recuerdos que conservo de aquellos años en el St. Patrick's, que incluso hoy me sorprendo a mí mismo sonriendo ante las ocurrencias de Ben y las fantásticas historias que compartimos en el Palacio de la Medianoche. Pero quizá, de todas aquellas imágenes que se resisten a perderse en la corriente del tiempo, la que siempre he recordado con más intensidad era la de aquella figura que tantas veces creí ver al anochecer en el dormitorio que compartíamos casi todos los chicos del St. Patrick's, una larga estancia, oscura y de techos altos y abovedados que hacía pensar en la sala de un hospital. Supongo que, una vez más, el insomnio que siempre padecí hasta pasados dos años de mi viaje a Europa me convirtió en espectador de cuanto sucedía a mi alrededor mientras los demás dormían plácidamente.

Fue allí, en aquella sala desangelada, donde tantas veces me pareció ver aquella pálida luz cruzar la habitación. Sin saber cómo reaccionar, trataba de incorporarme y seguir el reflejo hasta el extremo de la estancia, y en ese momento la observaba de nuevo, del modo en que había soñado con verla en tantas otras ocasiones. La silueta evanescente de una mujer envuelta en mantos de luz espectral se inclinaba con lentitud sobre la cama en la que Ben dormía profundamente. Yo luchaba por mantener los ojos abiertos y creía ver a la dama de luz acariciar maternalmente a mi amigo. Contemplaba su rostro ovalado y transparente envuelto en un halo brillante y vaporoso. La dama alzaba los ojos y me miraba. Lejos de sentir miedo, yo me perdía en el pozo de aquella mirada triste y herida. La princesa de luz me sonreía y luego, tras acariciar de nuevo el rostro de Ben, su silueta se desvanecía en el aire en una lluvia de lágrimas de plata.

Siempre mantuve la fantasía de que aquella visión encarnaba la sombra de una madre que Ben nunca llegó a conocer y, en algún lugar de mi corazón, albergaba la esperanza infantil de que, si algún día lograba rendirme al sueño, una aparición como aquélla velara también por mí. Ése fue el único secreto que nunca compartí con nadie, ni siquiera con Ben.

LA ÚLTIMA NOCHE
DE LA CHOWBAR SOCIETY

Calcuta, 25 de mayo de 1932.

En todos los años que Thomas Carter había estado al frente del St. Patrick's, había impartido clases de Literatura, Historia y Aritmética con la destreza altanera del experto en nada y entendido en todo. La única materia en la que nunca fue capaz de preparar a sus alumnos fue en la de decir adiós. Año tras año, desfilaban ante él los rostros entre ilusionados y aterrados de aquellos a quienes la ley pronto pondría lejos de su influencia y de la protección de la institución que dirigía. Al verlos cruzar las puertas del St. Patrick's, Thomas Carter solía comparar a aquellos jóvenes con libros en blanco, en cuyas páginas él era el encargado de escribir los primeros capítulos de una historia que nunca se le permitiría acabar.

Bajo su semblante adusto y severo, poco proclive a los despliegues emotivos y a los discursos efectistas, nadie temía más que Thomas Carter la fecha fatídica en que aquellos *libros* escapaban para siempre de su *escritorio*. Pronto pasarían a manos desconocidas y plumas poco escrupulosas a la hora de escribir epílogos sombríos y alejados de los sueños y las expectativas con que sus pupilos alzaban el vuelo en solitario por las calles de Calcuta.

La experiencia le había forzado a renunciar a su deseo de conocer los pasos que sus alumnos emprendían una vez que a su mano ya no se le permitía guiarlos. Para Thomas Carter, el adiós solía venir acompañado del sabor amargo de la decepción, al comprobar, tarde o temprano, que cuando la vida había privado de pasado a aquellos muchachos, parecía haberles robado también su futuro.

Aquella calurosa noche de mayo, mientras oía las voces de los chicos en la modesta fiesta organizada en el patio delantero del edificio, Thomas Carter contempló desde la oscuridad de su despacho las luces de la ciudad brillando bajo la bóveda de estrellas y las bandadas de nubes negras que se escapaban hacia el horizonte, manchas de tinta en una copa de agua cristalina.

Una vez más, había declinado la invitación a acudir a la fiesta y había permanecido en silencio postrado en su butaca, sin más lumbre que los reflejos multicolores de los faroles de velas y papel con que Vendela y los chicos habían decorado los árboles del patio y la fachada del St. Patrick's al modo de un buque engalanado para su botadura. Tiempo habría de pronunciar sus palabras de despedida en los días que restaban para el cumplimiento de la ordenanza oficial de devolver a los chicos a las calles de las que los había rescatado.

Tal como venía siendo costumbre en los últimos tiempos, Vendela no tardó en llamar a su puerta. Por una vez, entró sin esperar respuesta y cerró la puerta a sus espaldas. Carter observó el rostro excepcionalmente risueño de la enfermera jefe y sonrió en la penumbra.

—Nos hacemos viejos, Vendela —dijo el director del orfanato.

—Usted se hace viejo, Thomas —corrigió Vendela—. Yo maduro. ¿No piensa bajar a la fiesta? A los chicos les gustaría verle. Les he dicho que no era usted exactamente el alma de una fiesta... Pero si no me han escuchado en todos estos años, no iban a empezar a hacerlo hoy.

Carter encendió la lamparilla de su escritorio e invitó a Vendela a que tomara asiento con un gesto.

—¿Cuántos años llevamos juntos, Vendela? —preguntó Carter.

—Veintidós, Mr. Carter —precisó ella—. Más de lo que soporté a mi difunto esposo, que en gloria esté.

Carter rió la broma de Vendela.

—¿Cómo ha conseguido aguantarme todo este tiempo? —quiso saber Carter—. No se reprima. Hoy es fiesta y me siento benevolente.

Vendela se encogió de hombros y jugueteó con una tira de serpentina escarlata que se había enredado en sus cabellos.

—La paga no está mal y los chicos me agradan. ¿No piensa bajar, verdad?

Carter negó lentamente.

—No quiero aguar la fiesta a los muchachos —explicó Carter—. Además, no sería capaz de soportar ni un minuto las bromas extravagantes de Ben.

—Ben está calmado esta noche —dijo Vendela—. Triste, supongo. Los chicos ya le han entregado a Ian su billete.

El rostro de Carter se iluminó. Los miembros de la Chowbar Society (cuya existencia clandestina, contra todo pronóstico, había sido largamente conocida por Carter) llevaban meses reuniendo dinero para adquirir un billete de barco a Southampton con el que se proponían obsequiar a su amigo Ian como despedida. Ian había manifestado su deseo de estudiar Medicina durante años, y Carter, a sugerencia de Isobel y Ben, había escrito a varias escuelas inglesas recomendando al muchacho y auspiciando la concesión de una beca. La notificación de la beca había llegado un año atrás, pero el costo del viaje hasta Londres excedía todas las previsiones.

Ante el problema, Roshan sugirió cometer un robo en las oficinas de una compañía naviera a dos bloques del orfanato. Siraj propuso organizar una rifa. Carter extrajo una suma de su parca fortuna personal y Vendela hizo lo propio. No era suficiente.

Por ello, Ben decidió escribir un drama en tres actos titulado *Los Espectros de Calcuta* (un fantasmagórico galimatías donde morían hasta los tramoyistas), el cual, con Isobel como primera figura en el papel de Lady Windmare, el resto del grupo en papeles secundarios y una puesta en escena subida de tono a cargo del propio Ben, se representó con notable éxito de público, aunque no de crítica, en diversas escuelas de la ciudad. Como resultado, se recaudó la suma restante para financiar el viaje de Ian. Tras el estreno, Ben se entregó a un encendido panegírico sobre el arte comercial y el infalible instinto del público para reconocer una obra maestra.

—Se le saltaban las lágrimas al recibirlo —explicó Vendela.

—Ian es un muchacho formidable, un tanto inseguro, pero formidable. Hará buen uso de ese billete y de la beca —afirmó Carter con orgullo.

—Preguntó por usted. Quería agradecerle su ayuda.

—¿No le habrá dicho que puse dinero de mi bolsillo? —preguntó Carter, alarmado.

—Lo hice, pero Ben lo desmintió alegando que

se había gastado usted todo el presupuesto de este año en deudas de juego —apuntó Vendela.

La algarabía de la fiesta seguía chispeando en el patio. Carter frunció el ceño.

—Ese muchacho es el diablo. Si no se marchase de aquí ya, le echaría.

—Usted adora a ese muchacho, Thomas —rió Vendela, incorporándose—. Y él lo sabe.

La enfermera se dirigió hacia la puerta y se volvió al llegar al umbral. No se rendía fácilmente.

—¿Por qué no baja?

—Buenas noches, Vendela —atajó Carter.

—Es usted un viejo soso.

—No toquemos el tema de la edad o me veré obligado a perder mi condición de caballero...

Vendela murmuró unas palabras ininteligibles ante la inutilidad de su insistencia y dejó a solas a Carter. El director del St. Patrick's apagó de nuevo la luz de su escritorio y, sigilosamente, se acercó a la ventana a vislumbrar el escenario de la fiesta entre las rendijas de la persiana, un jardín de bengalas encendidas y la luz cobriza de los faroles que teñía rostros familiares y sonrientes bajo la luna llena. Carter suspiró. Aunque ninguno de ellos lo sabía, todos tenían un billete de ida a algún lugar, pero sólo Ian conocía el destino del suyo.

* * *

—Veinte minutos y será medianoche —anunció Ben.

Sus ojos brillaban mientras observaba las tracas de fuego dorado que esparcían una lluvia de briznas encendidas en el aire.

—Espero que Siraj tenga buenas historias para hoy —dijo Isobel examinando el fondo del vaso que sostenía a contraluz, como si esperase encontrar algo en él.

—Tendrá las mejores —aseguró Roshan—. Hoy es nuestra última noche. El fin de la Chowbar Society.

—Me pregunto qué será del Palacio —señaló Seth.

Ninguno de ellos se refería al caserón abandonado bajo otra denominación que aquélla desde hacía años.

—Adivina —sugirió Ben—. Una comisaría o un banco. ¿No es eso lo que construyen siempre que derriban algo en cualquier ciudad del mundo?

Siraj se había unido a ellos y consideró las funestas predicciones de Ben.

—Quizá abran un teatro —apuntó el enclenque muchacho mirando a su amor imposible, Isobel.

Ben puso los ojos en blanco y meneó la cabeza. En lo concerniente a adular a Isobel, Siraj no conocía los límites de la dignidad.

—Tal vez no lo toquen —dijo Ian, que había estado escuchando en silencio a sus amigos, disimulando sus ojeadas furtivas al dibujo que Michael estaba plasmando en una pequeña cuartilla.

—¿De qué va la lámina, Canaleto? —inquirió Ben sin malicia en el tono de voz.

Michael alzó por primera vez los ojos de su dibujo y miró a sus amigos, que le observaban como si acabase de caer del cielo. Sonrió tímidamente y exhibió la lámina a su público.

—Somos nosotros —explicó el retratista residente del club de los siete muchachos.

Los seis miembros restantes de la Chowbar Society escrutaron el retrato durante cinco largos segundos envestidos en un silencio religioso. El primero en apartar sus ojos del dibujo fue Ben. Michael reconoció en el rostro de su amigo el impenetrable semblante que lucía cuando le azotaban sus extraños ataques de melancolía.

—¿Ésa es mi nariz? —preguntó Siraj—. ¡Yo no tengo esa nariz! ¡Parece un anzuelo!

—No tienes otra cosa —precisó Ben, esbozando una sonrisa que no engañó a Michael, pero sí a los demás—. No te quejes; si te hubiese sacado de perfil, sólo se vería una línea recta.

—Déjame ver —dijo Isobel, haciéndose con el dibujo y estudiándolo detalladamente a la luz de un farol parpadeante—. ¿Así es como nos ves?

Michael asintió.

—Te has dibujado a ti mismo mirando en otra dirección que los demás —observó Ian.

—Michael siempre mira lo que los demás no ven —dijo Roshan.

—¿Y qué has visto en nosotros que nadie más es capaz de observar, Michael? —preguntó Ben.

Ben se unió a Isobel y analizó el retrato. Los trazos del lápiz graso de Michael los habían situado juntos frente a un estanque donde se reflejaban sus rostros. En el cielo había una gran luna llena y, en la lejanía, un bosque que se perdía en la distancia. Ben examinó los rostros reflejados y difusos sobre la superficie del estanque y los comparó con los de las figuras que posaban frente a la pequeña laguna. Ni uno solo tenía la misma expresión que su reflejo. La voz de Isobel junto a él le rescató de sus pensamientos.

—¿Puedo quedármelo, Michael? —preguntó Isobel.

—¿Por qué tú? —protestó Seth.

Ben apoyó su mano sobre el hombro del fornido muchacho bengalí y le dirigió una mirada breve e intensa.

—Deja que se lo quede —murmuró.

Seth asintió y Ben le palmeó cariñosamente la espalda mientras observaba por el rabillo del ojo a una anciana dama elegantemente ataviada y acompañada por una joven de una edad similar a la suya y a la de sus amigos que cruzaba el umbral del patio del St. Patrick's en dirección al edificio principal.

—¿Pasa algo? —preguntó Ian en voz baja junto a él.

Ben negó lentamente.

—Tenemos visita —apuntó sin apartar los ojos de aquella mujer y de la muchacha—. O algo parecido.

* * *

Cuando Bankim llamó a su puerta, Thomas Carter ya se había percatado de la llegada de aquella mujer y su acompañante a través de la ventana desde la cual contemplaba la fiesta del patio. Encendió la luz del escritorio y ordenó a su ayudante que entrase.

Bankim era un joven de rasgos acusadamente bengalíes y ojos vivos y penetrantes. Tras crecer en el St. Patrick's, había vuelto como maestro de Física y Matemáticas al orfanato después de varios años de trabajo en diversas escuelas de la provincia. La afortunada resolución de la historia de Bankim era una de las excepciones con las que Carter alimentaba su moral año tras año. Verle allí como adulto formando a otros jóvenes sentados en las aulas que él había compartido años atrás era la mejor recompensa que podía imaginar a su esfuerzo.

—Siento molestarle, Thomas —dijo Bankim—. Pero hay una dama abajo que afirma necesitar hablar con usted. Le he dicho que no estaba y que hoy celebrábamos una fiesta, pero no ha querido escucharme y ha insistido enérgicamente, por no decir otra cosa.

Carter miró a su ayudante con extrañeza y consultó su reloj.

—Es casi medianoche —dijo—. ¿Quién es esa mujer?

Bankim se encogió de hombros.

—No sé quién es, pero sé que no se marchará hasta que la reciba.

—¿No ha dicho qué quería?

—Sólo me ha dicho que le entregue esto —respondió Bankim tendiendo una pequeña cadena brillante a Carter—. Dijo que usted sabría lo que era.

Carter tomó la cadena en sus manos y la examinó bajo la lámpara de su escritorio. Era una medalla, un círculo que representaba una luna de oro. La imagen tardó unos segundos en encender su memoria. Carter cerró los párpados y sintió cómo un nudo se formaba lentamente en la boca del estómago. Poseía una medalla muy similar a aquélla, oculta en el cofre que guardaba bajo llave en la vitrina de su despacho. Una medalla que no había visto en dieciséis años.

—¿Algún problema, Thomas? —preguntó Bankim, visiblemente preocupado por el cambio de expresión que había advertido en Carter.

El director del orfanato sonrió débilmente y negó con la cabeza, guardando la cadena en el bolsillo de su camisa.

—Ninguno —contestó lacónicamente—. Hazla subir. La recibiré.

Bankim le observó con extrañeza y por un instante Carter creyó que su antiguo pupilo formularía la pregunta que no quería escuchar. Finalmente, Bankim asintió y salió del despacho cerrando la puerta con suavidad. Dos minutos después, Aryami Bosé entraba en el santuario privado de Thomas Carter y retiraba de su rostro el velo que lo cubría.

* * *

Ben observó detenidamente a la muchacha que esperaba pacientemente bajo la arcada de la entrada principal del St. Patrick's. Bankim había vuelto a aparecer y, tras indicar a la anciana dama que la acompañaba que le siguiera, ésta, con gestos inequívocamente autoritarios, había instruido a su vez a la chica para que permaneciese a la espera de su retorno junto a la puerta como una estatua de piedra. Era obvio que la anciana había acudido a visitar a Carter y, teniendo en cuenta la escasa frivolidad con que el director del orfanato sazonaba su vida social, se atrevió a suponer que las visitas a medianoche de bellezas misteriosas, cualquiera que fuese su edad, entraban de lleno en el capítulo de imprevistos. Ben sonrió y se concentró de nuevo en la muchacha. Alta y esbelta, vestía ropas sencillas aunque poco comunes, atavíos que se dirían tejidos por alguien con un estilo personal e intransferible y, obviamente, no adquiridos en cualquier bazar de la *ciudad negra*. Su rostro, que no alcanzaba a ver con claridad desde el lugar en que se encontraba, parecía cincelado en rasgos suaves, una piel pálida y brillante.

—¿Hay alguien ahí? —susurró Ian en su oído.

Ben señaló hacia la muchacha con la cabeza, sin pestañear.

—Es casi medianoche —añadió Ian—. Nos vamos a reunir en el Palacio dentro de unos minutos. Sesión de cierre, te recuerdo.

Ben asintió, ausente.

—Espera un segundo —dijo, y echó a caminar con pasos decididos hacia la muchacha.

—Ben —llamó Ian a sus espaldas—. Ahora, no, Ben...

Él ignoró la llamada de su amigo. La curiosidad por desvelar aquel enigma podía más que las exquisiteces protocolarias de la Chowbar Society. Adoptó su sonrisa beatífica de alumno ejemplar y se dirigió en línea recta hacia la chica. La muchacha le vio acercarse y bajó la mirada.

—Hola. Soy el ayudante de Mr. Carter, rector del St. Patrick's —dijo Ben en tono exultante—. ¿Puedo hacer algo por ti?

—En realidad, no. Tu... compañero ya ha llevado a mi abuela ante el director —dijo la muchacha.

—¿Tu abuela? —preguntó Ben—. Entiendo. Espero que no pase nada grave. Quiero decir que es medianoche y me preguntaba si ocurría algo.

La muchacha sonrió débilmente y negó con la cabeza. Ben le correspondió. No era presa fácil.

—Mi nombre es Ben —ofreció amablemente.

—Sheere —contestó la muchacha, mirando a la puerta, como si esperase que su abuela emergiese de nuevo en cualquier momento.

Ben se frotó las manos.

—Bien, Sheere —dijo—. Mientras mi colega Bankim conduce a tu abuela al despacho de Mr. Carter, tal vez yo pueda ofrecerte nuestra hospitalidad. El jefe siempre insiste en que debemos ser amables con los visitantes.

—¿No eres un poco joven para ser ayudante del rector? —inquirió Sheere, evitando los ojos del chico.

—¿Joven? —preguntó él—. Me halaga el cumplido, pero siento decirte que cumpliré los veintitrés muy pronto.

—Nunca lo habría dicho —repuso Sheere.

—Es algo de familia —explicó Ben—. Todos tenemos una piel resistente al envejecimiento. Mi madre, por ejemplo, cuando va conmigo por la calle, imagínate, la toman por mi hermana.

—¿De veras? —preguntó Sheere, reprimiendo una risa nerviosa; no había creído ni una sola palabra de su historia.

—¿Qué hay de lo de aceptar la hospitalidad del St. Patrick's? —insistió Ben—. Hoy celebramos una fiesta de despedida para algunos de los muchachos que nos van a dejar ya. Es triste, pero toda una vida se abre ante ellos. También es emocionante.

Sheere clavó sus ojos perlados en Ben y sus labios dibujaron lentamente una sonrisa de incredulidad.

—Mi abuela me ha pedido que la espere aquí.

Ben señaló la puerta.

—¿Aquí? —preguntó—. ¿Precisamente aquí?

Sheere asintió, sin comprender.

—Verás —empezó Ben, gesticulando con las manos—, siento decírtelo pero, bueno, pensaba que no sería necesario comentarlo. Estas cosas no son buenas para la imagen del centro, pero no me dejas opción: hay un problema de desprendimientos. En la fachada.

La joven le miró, atónita.

—¿Desprendimientos?

Ben asintió gravemente.

—Efectivamente —corroboró con semblante consternado—. Algo lamentable. Aquí, en este mismo punto en que te hallas, no hará hoy ni un mes en que Mrs. Potts, nuestra anciana cocinera a la que Dios guarde muchos años, recibió el impacto de un fragmento de ladrillo caído desde el altillo del segundo piso.

Sheere rió.

—No me parece que ese infortunado incidente sea motivo de chanza, si me permites la observación —dijo Ben con seriedad glacial.

—No creo nada de lo que me has dicho. Ni eres ayudante del rector, ni tienes veintitrés años ni la cocinera sufrió una lluvia de ladrillos hace un mes —desafió Sheere—. Eres un embustero y no has pronunciado una sola palabra cierta desde que has empezado a hablar.

Ben sopesó cuidadosamente la situación. La primera parte de su estratagema, tal como era previsible, hacía aguas, y se imponía un giro prudente pero ladino a su discurso.

—Bueno, admito que tal vez me haya dejado llevar por mi imaginación, pero no todo lo que he dicho era falso.

—¿Ah, no?

—No te he mentido respecto a mi nombre. Me llamo Ben. Y lo de ofrecerte nuestra hospitalidad también es cierto.

Sheere sonrió ampliamente.

—Me gustaría aceptarla, Ben, pero debo esperar aquí. En serio.

El muchacho se frotó las manos y adoptó un aire de flemática resignación.

—Bien. Esperaré contigo —anunció solemnemente—. Si ha de caer algún adoquín, que me caiga a mí.

Sheere se encogió de hombros con indiferencia y asintió, volviendo su mirada de nuevo a la puerta. Un largo minuto de silencio transcurrió sin que ninguno de los dos se moviese ni despegase los labios.

—Una noche calurosa —comentó Ben.

Sheere se volvió y le dedicó una mirada vagamente hostil.

—¿Vas a quedarte ahí toda la noche? —preguntó.

—Hagamos un pacto. Ven a tomar un vaso de deliciosa limonada helada conmigo y mis amigos y luego te dejaré en paz —ofreció él.

—No puedo, Ben. De verdad.

—Estaremos solamente a veinte metros de aquí —añadió Ben—. Podemos poner un cascabel en la puerta.

—¿Es tan importante para ti? —preguntó Sheere. Ben asintió.

—Es mi última semana en este lugar. He pasado toda mi vida aquí y dentro de cinco días volveré a estar solo. Solo de verdad. No sé si podré pasar otra noche como ésta, entre amigos. Tú no sabes lo que es eso.

Sheere le observó un largo instante.

—Sí que lo sé —dijo finalmente—. Llévame hasta esa limonada.

* * *

Una vez Bankim le hubo dejado a solas en su despacho, no sin cierto reparo, Carter se sirvió una pequeña copa de brandy y ofreció otra a su visitante. Aryami declinó la invitación y esperó a que Carter tomase asiento en su butaca, de espaldas al ventanal bajo el cual los muchachos celebraban su fiesta ajenos al silencio glacial que flotaba en aquella habitación. Carter humedeció los labios en el licor y dirigió una mirada inquisitiva a la anciana. El tiempo no había mermado un ápice la autoridad de sus rasgos, y todavía podía advertirse en sus ojos el fuego interno que recordaba en la que había sido esposa de su mejor amigo, en una época que ahora se revelaba demasiado lejana. Ambos se miraron largamente en silencio.

—La escucho —dijo finalmente Carter.

—Hace dieciséis años me vi obligada a confiarle la vida de un muchacho, Mr. Carter —empezó Aryami en voz baja pero firme—. Fue una de las decisiones más difíciles de mi vida y me consta que durante estos años no ha defraudado usted la confianza que deposité en sus manos. En este tiempo nunca quise interferir en la vida del muchacho, consciente de que no estaría mejor en ningún lugar que aquí, bajo su protección. Nunca tuve la oportunidad de agradecerle lo que hizo por el chico.

—Me limité a cumplir con mi obligación —repuso Carter—. Pero no creo que sea ése el tema del que ha venido a hablarme hoy, de madrugada.

—Me gustaría poder decir que lo es, pero no es así —dijo Aryami—. He venido aquí porque la vida del muchacho está en peligro.

—Ben.

—Ése es el nombre que usted le dio. Cuanto sabe y cuanto es se lo debe a usted, Mr. Carter —dijo Aryami—. Pero hay algo de lo que ni usted ni yo podremos protegerle durante más tiempo: el pasado.

Las agujas del reloj de Thomas Carter se unieron en la vertical de la medianoche. Carter apuró el brandy que se había servido y dirigió una mirada desde la ventana hacia el patio. Ben hablaba con una muchacha a la que no conocía.

—Como le he dicho antes, la escucho —reiteró Carter.

Aryami se incorporó y, cruzando sus manos, inició su relato...

* * *

«Durante dieciséis años he recorrido este país en busca de refugios pasajeros y escondites. Hace dos semanas, cuando me detuve durante apenas un mes en el domicilio de unos familiares a restablecerme de una enfermedad, recibí una carta en mi residencia provisional en Delhi. Nadie sabía ni podía saber que mi nieta y yo estábamos allí. Cuando la abrí, comprobé que contenía una hoja de papel en blanco, sin una sola letra sobre ella. Pensé que se trataba de un error o tal vez de una broma, hasta que examiné el sobre. Llevaba el matasellos de la oficina postal de Calcuta. La tinta del sello estaba borrosa y resultaba difícil apreciar parte de lo que figuraba en él, pero fui capaz de descifrar la fecha. Era el 25 de mayo de 1916.

»Guardé la carta que según todo indicaba había tardado dieciséis años en cruzar la India hasta la puerta de aquella casa en un lugar al que sólo yo tengo acceso, y no volví a examinarla hasta aquella misma noche. Mi vista cansada no me había jugado una mala pasada: la fecha era la misma que había creído entrever en aquel sello desdibujado, pero algo había cambiado. La cuartilla que horas antes estaba en blanco contenía una frase, escrita en tinta roja y fresca, tanto que la caligrafía se esparcía sobre el papel poroso al simple roce de los dedos. "Ya no son niños, anciana. He vuelto a por lo que es mío. Apártate de mi camino." Ésas eran las palabras que leí en aquella carta antes de lanzarla al fuego.

»Supe entonces quién había enviado la carta y supe también que había llegado el momento de desenterrar viejos recuerdos que había aprendido a ignorar durante estos últimos años. No sé si alguna vez le hablé de mi hija Kylian, Mr. Carter. No soy ahora más que una anciana que espera el fin de sus días, pero hubo un tiempo en que yo también fui una madre, la madre de la más maravillosa de las criaturas que han pisado esta ciudad.

»Recuerdo aquellos días como los más felices de mi vida. Kylian había contraído matrimonio con uno de los hombres más brillantes que había dado este país, y fue a vivir con él a la casa que él mismo había construido en el Norte de la ciudad, una casa como nunca se había conocido. El esposo de mi hija, Lahawaj Chandra Chatterghee, era ingeniero y escritor. Él fue uno de los primeros en diseñar la red telegráfica de este país, Mr. Carter, uno de los primeros en diseñar el sistema de electrificación que escribirá el futuro de nuestras ciudades, uno de los primeros en construir una red de ferrocarril en Calcuta... Uno de los primeros en todo aquello que se proponía.

»Pero la felicidad de ambos no duró mucho. Chandra Chatterghee perdió la vida en el terrible incendio que destruyó la antigua estación de Jheeter's Gate, al otro lado del Hooghly. Usted habrá visto ese edificio alguna vez. Hoy en día está abandonado, pero en su tiempo fue una de las más gloriosas construcciones que se alzaban en Calcuta. Una estructura de hierro revolucionaria, surcada por túneles, múltiples niveles y sistemas de conducción de aire y de conexión hidráulica a los raíles que ingenieros de todo el mundo venían a visitar y a admirar con asombro. Todo ello, creación del ingeniero Chandra Chatterghee.

»La noche de la inauguración oficial, Jheeter's Gate ardió inexplicablemente y un tren que transportaba a más de trescientos niños abandonados rumbo a Bombay prendió en llamas y quedó enterrado en las tinieblas de los túneles que se hundían en la tierra. Ninguno salió con vida de aquel tren, que sigue varado en las sombras de algún punto del laberinto de galerías subterráneas de la orilla oeste de Calcuta.

»La noche en que el ingeniero murió en aquel tren será recordada por las gentes de esta ciudad como una de las mayores tragedias que ha vivido Calcuta. Muchos lo consideraron un símbolo de que las sombras se cernían para siempre sobre esta ciudad. No faltaron los rumores de que el incendio había sido provocado por un grupo de financieros británicos a los que la nueva línea de ferrocarril podía perjudicar al demostrar que el transporte marítimo de mercancías, uno de los grandes negocios de Calcuta desde los tiempos de Lord Clive y la compañía colonial, estaba en vísperas de su caducidad. El tren era el futuro. Los raíles eran el camino sobre el cual algún día este país y esta ciudad podrían emprender el rumbo hacia un mañana libre de la invasión británica. La noche que ardió Jheeter's Gate, aquellos sueños se convirtieron en pesadillas.

»Días después de la desaparición del ingeniero Chandra, mi hija Kylian, que esperaba dar a luz a su primer hijo, fue objeto de las amenazas de un extraño personaje salido de las tinieblas de Calcuta, un asesino que había jurado matar a la esposa y a la descendencia del hombre a quien acusaba de todas sus desgracias. Ese hombre, ese criminal, fue el causante del incendio donde Chandra perdió la vida. Un joven oficial del ejército británico, un antiguo pretendiente de mi hija, el teniente Michael Peake, se propuso detener a aquel loco, pero la tarea demostró ser mucho más compleja de lo que él había creído.

»La noche en que mi hija iba a dar a luz a su hijo, unos hombres entraron en la casa y se la llevaron de allí. Asesinos a sueldo. Gentes sin nombre ni conciencia que, por unas monedas, son fáciles de encontrar en las calles de esta ciudad. Durante una semana, el teniente —al borde de la desesperación—, recorrió todos los rincones de la ciudad en busca de mi hija. Tras aquella dramática semana, Peake tuvo una terrible intuición, que resultó ser cierta. El asesino había llevado a mi hija hasta las entrañas de las ruinas de Jheeter's Gate. Allí, entre la inmundicia —y los restos de la tragedia—, mi hija había dado a luz al muchacho al que usted ha convertido en un hombre, Mr. Carter.

»A él, Ben, y a su hermana, a quien yo he tratado de convertir en una mujer y a la que, al igual que usted, di un nombre, el nombre que su madre siempre soñó para ella: Sheere.

»El teniente Peake, poniendo en peligro su vida, consiguió arrebatar a los dos niños de las manos del asesino. Pero aquel criminal, ciego de rabia, juró perseguir su rastro y acabar con su vida tan pronto como alcanzaran la edad adulta para vengarse de su padre fallecido, el ingeniero Chandra Chatterghee. Tal era su único propósito: destruir cualquier vestigio de la obra y la vida de su enemigo, a cualquier precio.

»Kylian murió con la promesa de que su alma no descansaría hasta saber que sus hijos estaban a salvo. El teniente Peake, el hombre que la había amado en silencio tanto como su propio esposo, dio su vida por hacer que la promesa que selló sus labios pudiera hacerse realidad. El 25 de mayo de 1916 el teniente Peake consiguió cruzar el Hooghly y entregarme a los niños. Su destino, a día de hoy, me es todavía desconocido.

»Decidí que el único modo de salvar la vida de los niños era separarlos y ocultar su identidad y su paradero. El resto de la historia de Ben usted la conoce mejor que yo. En cuanto a Sheere, la tomé a mi cuidado y emprendí un largo viaje por todo el país y crié a la niña en la memoria del gran hombre que fue su padre y de la gran mujer que le dio la vida, mi hija. Nunca le conté más de lo que creí necesario. En mi ingenuidad llegué a pensar que la distancia en el espacio y en el tiempo borraría la huella del pasado, pero nada puede cambiar nuestros pasos perdidos. Cuando recibí aquella carta, supe que mi huida había tocado fin y que era el momento de volver a Calcuta para advertirle de lo que estaba sucediendo. No fui sincera con usted aquella noche en la carta que le escribí, Mr. Carter, pero obré de corazón, creyendo en conciencia que aquello era lo que debía hacer.

»Tomé a mi nieta, incapaz de dejarla sola ahora que el asesino ya conocía nuestro paradero, y emprendimos el viaje de vuelta. Durante todo el trayecto, no podía apartar de mi mente una idea que cobraba una evidencia obsesiva a medida que nos acercábamos a nuestro punto de destino. Tenía la certeza de que ahora, en el momento en que Ben y Sheere dejaban atrás su infancia y se convertían en adultos, aquel asesino había despertado de la oscuridad de nuevo para cumplir su vieja promesa y supe, con la claridad que sólo la cercanía de la tragedia nos otorga, que esta vez no se detendría ante nada ni ante nadie...»

* * *

Thomas Carter permaneció en silencio durante un largo intervalo de tiempo, sin apartar los ojos de sus manos sobre el escritorio. Cuando alzó la vista, comprobó que Aryami seguía allí, que cuanto había escuchado no eran imaginaciones suyas, y resolvió que la única decisión razonable que se sentía capaz de tomar en aquel momento era la de escanciar de nuevo un chorro de brandy en su copa y brindar en solitario a su propia salud.

—No me cree...

—No he dicho eso —puntualizó Carter.

—No ha dicho nada —matizó Aryami—. Eso es lo que me preocupa.

Carter saboreó el brandy y se preguntó bajo

qué infausto pretexto había tardado diez años en desentrañar los embriagadores encantos del licor espirituoso que guardaba en su vitrina con el celo reservado a una reliquia sin utilidad práctica.

—No es fácil creer lo que acaba de contarme, Aryami —respondió Carter—. Póngase en mi lugar.

—Sin embargo, usted se hizo cargo del muchacho hace dieciséis años.

—Me hice cargo de un niño abandonado, no de una historia improbable. Ése es mi deber y mi trabajo. Este edificio es un orfanato y yo su director. Eso es todo y no hay más.

—Sí lo hay, Mr. Carter —replicó Aryami—. Me tomé la molestia de hacer mis indagaciones en su día. Nunca denunció la aparición de Ben. Nunca dio parte. No existen documentos que acrediten su ingreso en esta institución. Debía de haber algún motivo para que obrase así, habida cuenta de que lo que usted denomina una *historia improbable* no le merecía credibilidad alguna.

—Siento contradecirle, Aryami, pero existen esos documentos. Con otras fechas y otras circunstancias. Ésta es una institución oficial, no una casa de misterios.

—No ha respondido a mi pregunta —atajó Aryami—. O mejor dicho, no ha hecho más que darme más motivos para hacérsela de nuevo: ¿qué le llevó a falsear la historia de Ben si no creía en los hechos que le exponía en mi carta?

—Con todo respeto, no veo por qué he de responder a eso.

Los ojos de Aryami se posaron en los suyos y Carter trató de esquivar su mirada. Una amarga sonrisa afloró a los labios de la anciana.

—Usted le ha visto —dijo Aryami.

—¿Estamos hablando de un nuevo personaje en la historia? —preguntó él.

—¿Quién engaña a quién, Mr. Carter? —replicó Aryami.

La conversación parecía haber alcanzado un punto muerto. Carter se incorporó y anduvo unos pasos en torno al despacho mientras la anciana le observaba atentamente.

Carter se volvió hacia Aryami.

—Supongamos que diese crédito a su historia. Es una simple suposición. ¿Qué espera usted que haga yo en consecuencia?

—Alejar a Ben de este lugar —respondió tajantemente Aryami—. Hablar con él. Advertirle. Ayudarle. No le pido que haga nada con el muchacho que no haya hecho en los últimos años.

—Necesito meditar sobre este asunto detenidamente —dijo Carter.

—No se tome demasiado tiempo. Ese hombre ha esperado dieciséis años, quizá no le importe esperar un día más. O quizá sí.

Carter se derrumbó de nuevo en su butaca y esbozó un gesto de tregua.

—Recibí la visita de un hombre llamado Jawahal el día que encontramos a Ben —explicó Carter—. Me preguntó por el muchacho y le dije que no sabíamos nada al respecto. Poco después desapareció para siempre.

—Ese hombre utiliza muchos nombres, muchas identidades, pero tiene un solo fin, Mr. Carter —dijo Aryami con un brillo acerado en los ojos—. No he cruzado la India para sentarme a ver cómo los hijos de mi hija mueren por la falta de decisión de un par de viejos bobos, si me permite la expresión.

—Viejo bobo o no, necesito tiempo para pensar con calma. Tal vez sea necesario hablar con la policía.

Aryami suspiró.

—Ni hay tiempo, ni serviría de nada —replicó con dureza—. Mañana al atardecer abandonaré Calcuta con mi nieta. Mañana por la tarde, Ben debe dejar este lugar y marcharse lejos de aquí. Dispone usted de unas horas para hablar con el muchacho y prepararlo todo.

—No es tan sencillo —objetó Carter.

—Es tan sencillo como esto: si usted no habla con él, yo lo haré, Mr. Carter —amenazó Aryami dirigiéndose hacia la puerta del despacho—. Y rece para que ese hombre no le encuentre antes de que vea la luz del día.

—Mañana hablaré con Ben —dijo Carter—. No puedo hacer más.

Aryami le dirigió una última mirada desde el umbral del despacho.

—Mañana, Mr. Carter, es hoy.

*　*　*

—¿Una sociedad secreta? —preguntó Sheere con la mirada encendida de curiosidad—. Creí que las sociedades secretas sólo existían en los seriales.

—Aquí Siraj, nuestro experto en el tema, podría contradecirte durante horas —dijo Ian.

Siraj asintió gravemente corroborando la alusión a su erudición sin límites.

—¿Has oído hablar de los francmasones? —apuntó.

—Por favor —cortó Ben—, Sheere va a pensar que somos un atajo de brujos encapuchados.

—¿Y no lo sois? —rió la muchacha.

—No —repuso Seth solemnemente—. La Chowbar Society cumple dos propósitos enteramente positivos: ayudarnos entre nosotros y a los demás, y compartir nuestros conocimientos para construir un futuro mejor.

—¿No es eso lo que dicen pretender todos los grandes enemigos de la humanidad? —preguntó Sheere.

—Solamente durante los últimos dos o tres mil años —cortó Ben—. Cambiemos de tema. Esta noche es muy especial para la Chowbar Society.

—Hoy nos disolvemos —dijo Michael.

—Hablan los muertos —apuntó Roshan, sorprendido.

Sheere miró con extrañeza a aquel grupo de muchachos, ocultando el divertimento que le producía el fuego cruzado que se disparaban entre sí.

—Lo que Michael quiere decir es que hoy tendrá lugar la última reunión de la Chowbar Society —explicó Ben—. Después de siete años, cae el telón.

—Vaya —apuntó Sheere—, para una vez que doy con una sociedad secreta real, resulta que está a punto de disolverse. No tendré tiempo de ingresar como miembro.

—Nadie ha dicho que se acepten nuevos miembros —se apresuró a precisar Isobel, que había presenciado en silencio la conversación sin apartar los ojos de la intrusa—. Es más, si no fuera por estos bocazas, que han traicionado uno de los juramentos de la Chowbar, ni siquiera sabrías que existe. Ven unas faldas y se venden por una moneda.

Sheere ofreció una sonrisa conciliadora a Isobel y consideró la ligera hostilidad que la muchacha le demostraba. La pérdida de la exclusividad no era fácil de aceptar.

—Voltaire decía que los peores misóginos siempre son mujeres —afirmó casualmente Ben.

—¿Y quién demonios es Voltaire? —cortó Isobel—. Tamaña barbaridad sólo puede ser de tu cosecha.

—Habló la ignorancia —replicó Ben—. Aunque tal vez Voltaire no dijese exactamente eso...

—Parad la guerra —intervino Roshan—. Isobel tiene razón. No deberíamos haber hablado.

Sheere contempló con inquietud cómo el clima parecía cambiar de color en pocos segundos.

—No quisiera ser motivo de discusión. Lo mejor es que vuelva con mi abuela. Considero olvidado cuanto habéis dicho —dijo devolviendo el vaso de limonada a Ben.

—No tan rápido, princesa —exclamó Isobel a su espalda.

Sheere se volvió y se encaró con la muchacha.

—Ahora que sabes algo, tendrás que saberlo todo y guardar el secreto —dijo Isobel ofreciendo media sonrisa avergonzada—. Siento lo de antes.

—Buena idea —sentenció Ben—. Adelante.

Sheere alzó las cejas, atónita.

—Tendrá que pagar el precio de admisión —recordó Siraj.

—No tengo dinero...

—No somos una iglesia, querida, no queremos tu dinero —replicó Seth—. El precio es otro.

Sheere recorrió los rostros enigmáticos de los muchachos en busca de una respuesta. El semblante afable de Ian le sonrió.

—Tranquila, no es nada malo —le aclaró el chico—. La Chowbar Society se reúne en su local secreto pasada la madrugada. Todos pagamos nuestro precio cuando ingresamos.

—¿Cuál es vuestro local secreto?

—Un palacio —respondió Isobel—. El Palacio de la Medianoche.

—Nunca he oído hablar de él.

—Porque nadie ha oído hablar de él excepto nosotros —añadió Siraj.

—¿Y cuál es ese precio?

—Una historia —respondió Ben—. Una historia personal y secreta que nunca hayas contado a nadie. La compartirás con nosotros y tu secreto jamás saldrá de la Chowbar Society.

—¿Tienes una historia así? —desafió Isobel mordiéndose el labio inferior.

Sheere observó de nuevo a los seis chicos y a la muchacha que la escrutaban cuidadosamente y asintió.

—Tengo una historia como nunca habéis podido oír —respondió finalmente.

—Entonces —dijo Ben frotándose las manos—, pongamos manos a la obra.

* * *

Mientras Aryami Bosé relataba la causa que las había llevado, a ella y a su nieta, de vuelta a Calcuta tras largos años de exilio, los siete miembros de la Chowbar Society escoltaban a Sheere a través de los arbustos que rodeaban las inmediaciones del Palacio de la Medianoche. A los ojos de la recién llegada, el Palacio no era más que un antiguo caserón abandonado a través de cuya techumbre quebrada podía contemplarse el cielo sembrado de estrellas, y entre cuyas sombras sinuosas afloraban los restos de gárgolas, columnas y relieves, vestigios de lo que algún día debía de haberse alzado como un señorial palacete de piedra, fugado de entre las páginas de un cuento de hadas.

Cruzaron el jardín a través de un estrecho túnel practicado entre la maleza que conducía directamente a la entrada principal de la casa. Una ligera brisa agitaba las hojas de los arbustos y silbaba entre las arcadas de piedra del Palacio. Ben se volvió y la contempló exhibiendo una sonrisa de oreja a oreja.

—¿Qué te parece? —preguntó, visiblemente orgulloso.

—Diferente —ofreció Sheere, temerosa de enfriar el entusiasmo del muchacho.

—Sublime —corrigió Ben, siguiendo su camino sin molestarse en contrastar nuevas valoraciones respecto al encanto del cuartel general de la Chowbar Society.

Sheere sonrió para sus adentros y se dejó guiar, pensando en lo mucho que le hubiera gustado conocer aquel lugar y a aquellos muchachos en una noche parecida, durante los años en que les había servido de refugio y santuario. Entre ruinas y recuerdos, aquel lugar desprendía esa aura de magia e ilusión que sólo pervive en la memoria borrosa de los primeros años de la vida. No importaba que fuera tan sólo por una última noche; estaba deseando pagar el precio de admisión en la casi extinta Chowbar Society.

«Mi historia secreta es, en realidad, la historia de mi padre. Una y otra son inseparables. Nunca le conocí en persona ni guardo más recuerdos de él que lo que aprendí de labios de mi abuela y a través de sus libros y sus cuadernos, pero, por extraño que os pueda parecer, nunca me he sentido tan próxima a nadie en este mundo y, aunque él muriese antes de que yo llegara a nacer, estoy segura de que sabrá esperarme hasta el día en que me reúna con él y compruebe que siempre fue tal y como le imaginé: el mejor hombre que nunca hubo en el mundo.

»No soy tan diferente de vosotros. No me crié en un orfanato, pero nunca supe lo que era tener una casa o alguien con quien hablar durante más de un mes, que no fuese mi abuela. Vivíamos en los trenes, en casas de desconocidos, en la calle, sin rumbo, sin un lugar que pudiésemos llamar nuestro hogar y al que regresar. Durante todos esos años, el único amigo que tuve fue mi padre. Como os digo, aunque él nunca estaba allí, aprendí cuanto sé de sus libros y de los recuerdos que mi abuela conservaba de él.

»Mi madre murió al darme a luz, y he aprendido a vivir con el remordimiento de no poder recordarla ni conservar más imagen de su personalidad que la visión que mi padre reflejaba de ella en sus libros. De todos ellos, de los tratados de ingeniería y de los gruesos volúmenes que nunca llegué a entender, mi favorito siempre fue un pequeño libro de cuentos que él tituló *Las Lágrimas de Shiva.* Mi padre lo escribió cuando todavía no había cumplido los treinta y cinco años, y proyectaba la creación de la primera línea de ferrocarril en Calcuta y la construcción de una revolucionaria estación de acero que soñaba realizar en la ciudad. Un pequeño editor de Bombay imprimió no más de seiscientos ejemplares del libro, de los que mi padre nunca vio ni una rupia. Yo conservo uno. Es un pequeño tomo negro con letras grabadas en oro sobre el lomo que rezan: *Las Lágrimas de Shiva,* por L. Chandra Chatterghee.

»El libro tiene tres partes. La primera habla de su proyecto de una nueva nación construida sobre un espíritu de progreso basado en la tecnología, el ferrocarril y la electricidad. Él la llamaba *Mi país.* La segunda parte describe una casa, un hogar maravilloso que proyectaba construir para él y su familia en el futuro, cuando consiguiera la fortuna que ansiaba poseer. Describe cada rincón de esa casa, cada estancia, cada color y cada objeto, todo con un detalle que ni los planos de un arquitecto podrían igualar. Él llamó a esa parte *Mi casa.* La tercera parte, titulada *Mi mente,* es sencillamente una recopilación de pequeños relatos y fábulas que mi padre había escrito desde su adolescencia. Mi favorito es el que da nombre al libro. Es muy breve y os lo contaré...»

En una ocasión, hace mucho tiempo, las gentes que vivían en Calcuta fueron azotadas por una terrible plaga que acababa con las vidas de los niños y hacía que, poco a poco, los habitantes envejeciesen progresivamente y las esperanzas en el futuro se desvanecieran. Para remediarlo, Shiva emprendió un largo viaje en busca de un remedio que curase la enfermedad. Durante su éxodo tuvo que enfrentarse a numerosos peligros. Eran tantas las dificultades con que se tropezaba en su camino que el viaje le mantuvo alejado muchos años y, cuando volvió a Calcuta, descubrió que todo había cambiado. En su ausencia, un brujo llegado del otro lado del mundo había traído un extraño remedio que había vendido a los habitantes de la ciudad a cambio de un precio muy alto: el alma de los niños que nacieran sanos a partir de aquel día.

Esto es lo que vieron sus ojos. Donde antes existía una jungla y chozas de adobe, ahora se levantaba una gran ciudad, tan grande que nadie la podía abarcar con una sola mirada y se perdía en el horizonte fuera cual fuera la dirección en que uno mirase. Una ciudad de palacios. Shiva, fascinado por el espectáculo, decidió encarnarse en hombre y recorrer sus calles ataviado como un mendigo para conocer a los nuevos habitantes de aquel lugar, los hijos que el remedio del brujo había permitido nacer y cuyas almas le pertene-cían. Pero le esperaba una gran decepción.

Durante siete días y siete noches, el mendigo ca-minó por las calles de Calcuta y llamó a la puerta de los palacios, pero todas se le cerraron. Nadie quiso es-cucharle y fue objeto de las burlas y el desprecio de to-dos. Desesperado, vagando por las calles de aquella inmensa ciudad, descubrió la pobreza, la miseria y la negrura que se escondían en el fondo del corazón de los hombres. Fue tanta su tristeza que la última no-che decidió abandonar para siempre su ciudad.

Mientras lo hacía empezó a llorar y, sin darse cuenta, fue dejando tras de sí un rastro de lágrimas que se perdían en la jungla. Al amanecer, las lágri-mas de Shiva se habían convertido en hielo. Cuando los hombres se dieron cuenta de lo que habían hecho, quisieron reparar su error atesorando las lágrimas de hielo en un santuario. Pero, una tras otra, las lágri-mas se fundieron en sus manos y la ciudad no volvió nunca jamás a conocer el hielo.

Desde aquel día, la maldición de un terrible ca-lor cayó sobre la ciudad y los dioses le volvieron la espalda para siempre, dejándola al amparo de los es-píritus de la oscuridad. Los pocos hombres sabios y justos que en ella quedaban rezaban para que, algún día, las lágrimas de hielo de Shiva cayesen de nuevo desde el cielo y rompiesen aquella maldición que ha-bía convertido Calcuta en una ciudad maldita...

«Ésta fue siempre mi predilecta entre las historias de mi padre. Es quizá la más simple, pero ninguna como ella personifica la esencia de lo que mi padre siempre significó para mí y sigue significando todos los días de mi vida. Yo, como los hombres de la ciudad maldita que tienen que pagar el precio del pasado, también espero el día en que caigan las lágrimas de Shiva sobre mi vida y me liberen para siempre de mi soledad. Mientras tanto, sueño con esa casa que mi padre construyó primero en su mente y, años más tarde, en algún lugar del Norte de esta ciudad. Sé que existe, aunque mi abuela siempre me lo ha negado, y sin que ella lo sepa, creo que mi propio padre describió en el libro el enclave en que pensaba construirla algún día, aquí, en la *ciudad negra*. Todos estos años he vivido con la ilusión de recorrerla y reconocer todo lo que ya conozco de memoria: su biblioteca, sus habitaciones, su butaca de trabajo...

»Y ésta es mi historia. Nunca se la conté a nadie porque no tenía a quién hacerlo. Hasta hoy.»

* * *

Cuando Sheere hubo finalizado su relato, la penumbra que reinaba en el Palacio ayudó a disimular las lágrimas que afloraban en los ojos de algún miembro de la Chowbar Society. Ninguno de ellos parecía dispuesto a romper el silencio con que el fin de su historia había impregnado la atmósfera. Sheere rió nerviosamente y miró directamente a Ben.

—¿Merezco entrar en la Chowbar Society? —preguntó tímidamente.

—Por lo que a mí respecta —respondió él—, mereces ser miembro honorario.

—¿Existe esa casa, Sheere? —inquirió Siraj, fascinado con la idea.

—Estoy segura de que sí —respondió la chica—. Y pienso encontrarla. La clave está en algún lugar del libro de mi padre.

—¿Cuándo? —preguntó Seth—. ¿Cuándo empezamos a buscarla?

—Mañana mismo —aceptó Sheere—. Con vuestra ayuda, si lo deseáis...

—Necesitarás la ayuda de alguien que sepa pensar —apuntó Isobel—. Cuenta conmigo.

—Yo soy un experto cerrajero —dijo Roshan.

—Yo puedo encontrar mapas del archivo municipal desde el establecimiento del gobierno de 1859 —apuntó Seth.

—Yo puedo averiguar si existe algún misterio sobre ella —dijo Siraj—. Quizá esté embrujada.

—Yo puedo dibujarla tal y como es en realidad —dijo Michael—. Planos. A través del libro, quiero decir.

Sheere rió y miró a Ben y a Ian.

—Bien —dijo Ben—, alguien tiene que dirigir

la operación. Acepto el cargo. Ian puede poner yodo a quien se clave una astilla.

—Supongo que no vais a aceptar un no —dijo Sheere.

—Tachamos la palabra *no* del diccionario de la biblioteca del St. Patrick's hace seis meses —declaró Ben—. Ahora eres miembro de la Chowbar Society. Tus problemas son nuestros problemas. Mandato corporativo.

—Creí que nos habíamos disuelto —recordó Siraj.

—Decreto una prórroga por circunstancias de gravedad insoslayable —respondió Ben dirigiendo una mirada fulminante a su compañero.

Siraj se perdió en la sombra.

—De acuerdo —concedió Sheere—, pero ahora debemos volver.

* * *

La mirada con que Aryami recibió a Sheere y al pleno de la Chowbar Society hubiera sido capaz de helar la superficie del Hooghly en pleno mediodía. La anciana dama aguardaba junto a la puerta de la fachada delantera en compañía de Bankim, cuyo semblante bastó para que Ben estimase prudente empezar a elucubrar un discurso de disculpa con que amortiguar la reprimenda que a buen seguro le esperaba a su nueva amiga. Ben se adelantó ligeramente a los demás y blandió su mejor sonrisa.

—Ha sido culpa mía, señora. Tan sólo queríamos enseñarle a su nieta el patio de atrás del edificio —dijo Ben.

Aryami no se dignó mirarle y se dirigió directamente a Sheere.

—Te dije que esperases aquí y que no te movieras —dijo la anciana con el rostro encendido de ira.

—Apenas hemos ido a veinte metros de aquí, señora —apuntó Ian.

Aryami le fulminó con la mirada.

—No te he preguntado a ti, chico —cortó sin atisbo de cortesía alguno.

—Sentimos haberle causado alguna molestia, señora, no era nuestra intención... —insistió Ben.

—Déjalo, Ben —interrumpió Sheere—. Puedo hablar por mí misma.

El rostro hostil de la anciana se descompuso por un instante. El hecho no pasó inadvertido a ninguno de los muchachos. Aryami señaló a Ben y su semblante palideció a la tenue luz de los faroles del jardín.

—¿Tú eres Ben? —preguntó en voz baja.

El muchacho asintió, ocultando su extrañeza y sosteniendo la mirada impenetrable de la anciana. No había ira en sus ojos, tan sólo tristeza e inquietud. Aryami tomó del brazo a su nieta y bajó los ojos.

—Debemos irnos —dijo—. Despídete de tus amigos.

Los miembros de la Chowbar Society asintieron en señal de despedida y Sheere sonrió tímidamente mientras se alejaba asida del brazo de Aryami Bosé, perdiéndose de nuevo en las calles oscuras de la ciudad. Ian se acercó a Ben y observó a su amigo, pensativo y con la vista fija en las figuras casi invisibles de Sheere y Aryami, que se alejaban en la noche.

—Por un momento me ha parecido que esa mujer tenía miedo —dijo Ian.

Ben asintió sin pestañear.

—¿Quién no tiene miedo en una noche como ésta? —preguntó.

—Creo que lo mejor es que nos vayamos todos a dormir por hoy —indicó Bankim desde el umbral de la puerta.

—¿Es una sugerencia o una orden? —preguntó Isobel.

—Ya sabéis que mis sugerencias son órdenes para vosotros —afirmó Bankim, señalando hacia el interior del edificio—. Adentro.

—Tirano —murmuró Siraj por lo bajo—. Disfruta de los días que te quedan.

—Los reenganchados son los peores —añadió Roshan.

Bankim asistió risueño al desfile de los siete muchachos hacia el interior del edificio, ajeno a sus murmullos de protesta. Ben fue el último en cruzar la puerta, e intercambió una mirada de complicidad con Bankim.

—Por mucho que se quejen —dijo—, dentro de cinco días echarán de menos tu servicio de policía.

—Tú también lo echarás de menos, Ben —rió Bankim.

—Yo ya lo hago —murmuró Ben para sí mismo al enfilar la escalera que ascendía a los dormitorios del primer piso, consciente de que en menos de una semana ya no volvería a contar aquellos veinticuatro peldaños que conocía tan bien.

*　*　*

En algún momento de la madrugada, Ben despertó en la tenue penumbra azulada que flotaba en el dormitorio y creyó sentir una bocanada de aire helado sobre su rostro, un aliento invisible proveniente de alguien oculto en la oscuridad. Un haz de luz evanescente parpadeaba lentamente desde el estrecho ventanal anguloso y proyectaba mil sombras danzantes sobre los muros y la techumbre de la sala. Ben alargó la mano hasta la modesta mesilla de noche que flanqueaba su lecho y acercó la esfera de su reloj a la luz nocturna de la luna. Las agujas cruzaban el ecuador de la madrugada, las tres de la mañana.

Suspiró al sospechar que los últimos resabios de sueño se desvanecían de su mente como gotas de rocío al sol de la mañana, e intuyó que Ian le había prestado su fantasma del insomnio por una noche. Cerró los párpados de nuevo y conjuró las imágenes de la fiesta que había acabado hacía apenas unas horas, confiando en su poder balsámico y adormecedor. Justo en ese momento oyó por primera vez aquel sonido y se incorporó para escuchar la extraña vibración que parecía silbar entre las hojas del jardín del patio.

Apartó las sábanas y caminó lentamente hasta el ventanal. Podía apreciar desde allí el leve tintineo de los faroles apagados en las ramas de los árboles y el eco lejano de lo que se le antojaron voces infantiles que reían y hablaban al unísono, cientos de ellas. Apoyó la frente sobre el cristal de la ventana y adivinó a través del espectro de su propio vaho la silueta de una figura esbelta e inmóvil en el centro del patio, envuelta en una túnica negra que miraba directamente hacia él. Sobresaltado, se retiró un paso atrás, y ante sus ojos el cristal de la ventana se astilló lentamente a partir de una fisura que nació en el centro de la lámina transparente y se extendió al igual que una hiedra, una telaraña de grietas tejida por cientos de garras invisibles. Sintió cómo los cabellos de la nuca se le erizaban y su respiración se aceleraba.

Miró a su alrededor. Todos sus compañeros yacían inmóviles y sumidos en un profundo sueño. Las voces distantes de los niños se oyeron de nuevo y Ben advirtió que una neblina gelatinosa se filtraba entre las fisuras del cristal, igual que una bocanada de humo azul atravesaría un paño de seda. Se acercó de nuevo hasta la ventana y trató de divisar el patio. La figura permanecía allí, pero esta vez extendió un brazo y le señaló, mientras sus dedos largos y afilados se escindían en llamas. Permaneció allí cautivado durante varios segundos, incapaz de apartar los ojos de aquella visión. Cuando la figura le dio la espalda y empezó a alejarse hacia la oscuridad, Ben reaccionó y se apresuró a salir del dormitorio.

El pasillo estaba desierto y apenas iluminado por un farol de gas de la antigua instalación del St. Patrick's que había sobrevivido a las obras de remodelación de los últimos años. Corrió a la escalera y descendió a toda prisa, cruzó las salas de comedores y salió al patio por la puerta lateral de las cocinas del orfanato justo a tiempo para ver cómo aquella figura se perdía en el callejón oscuro que rodeaba la parte trasera del edificio, enterrada en una espesa niebla que parecía ascender de las rejillas del alcantarillado. Se apresuró hacia la niebla y se sumergió en ella.

El muchacho recorrió un centenar de metros a través de aquel túnel de vapor frío y flotante hasta llegar al amplio descampado que se extendía al norte del St. Patrick's, una tierra baldía que servía de campo de chatarra y ciudadela de chabolas y escombros para los habitantes más desheredados del Norte de Calcuta. Sorteó los charcos cenagosos que plagaban el camino entre el retorcido laberinto de chozas de adobe incendiadas y deshabitadas y se internó en aquel lugar contra el que Thomas Carter siempre les había prevenido. Las voces de los niños provenían de algún lugar oculto entre las ruinas de aquella marisma de pobreza y suciedad.

Ben enfiló sus pasos hacia un estrecho corredor que se abría entre dos barracas derruidas y se detuvo en seco al comprobar que había encontrado lo que buscaba. Ante sus ojos se abría una planicie infinita y desierta de antiguas chabolas arrasadas y, en el centro de aquel escenario, la niebla azul parecía brotar como el aliento de un dragón invisible en la noche. El sonido de los niños brotaba a su vez del mismo punto, pero Ben ya no oía risas ni canciones infantiles, sino los terribles alaridos de pánico y terror de cientos de niños atrapados. Sintió que un viento frío le estrellaba con fuerza contra los muros de la chabola y que, de entre la niebla palpitante, surgía el estruendo furioso de una gran máquina de acero que hacía temblar el suelo bajo sus pies.

Cerró los ojos y miró de nuevo, creyendo ser víctima de una alucinación. De entre la tiniebla emergía un tren de metal candente envuelto en llamas. Pudo contemplar los rostros de agonía de decenas de niños atrapados en su interior y la lluvia de fragmentos de fuego que salían desprendidos en todas direcciones formando una cascada de brasas. Sus ojos siguieron el recorrido del tren hasta la máquina, una majestuosa escultura de acero que parecía fundirse lentamente, como una figura de cera lanzada a una hoguera. En la cabina, inmóvil entre las llamas, le contemplaba la figura que había visto en el patio, mostrándole ahora los brazos abiertos en señal de bienvenida.

Sintió el calor de las llamas sobre su rostro y se llevó las manos a los oídos para enmascarar el enloquecedor aullido de los niños. El tren de fuego atravesó la llanura desolada y Ben comprobó con horror que se dirigía a toda velocidad hacia el edificio del St. Patrick's, con la furia y la rabia de un proyectil incendiario. Corrió tras él, sorteando la lluvia de chispas y lágrimas de hierro fundido que caían a su alrededor, pero sus pies eran incapaces de igualar la velocidad creciente con que el tren se precipitaba sobre el orfanato, mientras teñía el cielo de escarlata a su paso. Se detuvo sin aliento y gritó con todas sus fuerzas para alertar a quienes dormían apaciblemente en el edificio, ajenos a la tragedia que se cernía sobre ellos. Desesperado, vio cómo el tren reducía la distancia que le separaba del St. Patrick's por momentos y comprendió que, en cuestión de segundos, la máquina pulverizaría el edificio y lanzaría por los aires a sus habitantes. Cayó de rodillas y gritó por última vez contemplando con impotencia cómo el tren penetraba en el patio trasero del St. Patrick's y se dirigía sin remedio al gran muro de la fachada posterior del edificio.

Ben se preparó para lo peor, pero no podía imaginar lo que sus ojos iban a presenciar en apenas unas décimas de segundo.

La máquina enloquecida y envuelta en un tornado de llamas se estrelló contra el muro desvelando un fantasma de fuegos fatuos. Todo el tren se hundió a través de la pared de adoquines rojos como una serpiente de vapor, desintegrándose en el aire y llevándose consigo el terrible aullido de los niños y el ensordecedor rugido de la máquina.

Dos segundos después, la oscuridad nocturna volvía a ser absoluta y la silueta incólume del orfanato se recortaba en las luces lejanas de la *ciudad blanca* y el Maidán, centenares de metros al sur. La niebla se introdujo en los resquicios de la pared y al poco no quedaba a la vista evidencia alguna del espectáculo que acababa de presenciar. Ben se acercó lentamente hasta el muro y posó la palma de su mano sobre la superficie intacta. Una sacudida eléctrica le recorrió el brazo y le lanzó al suelo, y Ben pudo ver cómo la huella negra y humeante de su mano había quedado grabada en la pared.

Cuando se levantó del suelo, comprobó que el pulso le latía aceleradamente y que las manos le temblaban. Respiró hondo y se secó las lágrimas que el fuego le había arrancado. Lentamente, cuando consideró que había recuperado la serenidad, o parte de ella, rodeó el edificio y se dirigió de vuelta a la puerta de las cocinas. Empleando el truco que Roshan le había enseñado para burlar el pestillo interno, la abrió con cautela y cruzó las cocinas y el corredor de la planta baja en la oscuridad hasta la escalera. El orfanato seguía sumido en el más profundo de los silencios, y Ben comprendió que nadie más que él había oído el estruendo del tren.

Volvió al dormitorio. Sus compañeros seguían durmiendo y no había señal del cristal astillado en la ventana. Recorrió la habitación y se tendió en su lecho, jadeando. Tomó de nuevo el reloj de la mesilla y consultó la hora. Hubiera jurado que había estado fuera del edificio durante casi veinte minutos. El reloj indicaba la misma hora que había mostrado cuando lo había consultado al despertar. Se llevó la esfera al oído y oyó el tintineo regular del mecanismo. El muchacho devolvió el reloj a su lugar y trató de ordenar sus pensamientos. Empezaba a dudar de lo que había presenciado o creído ver. Tal vez no se había movido de aquella habitación y había soñado el episodio completo. Las profundas respiraciones a su alrededor y el cristal intacto parecían avalar esa suposición. O quizá empezaba a ser víctima de su propia imaginación. Confundido, cerró los ojos y trató inútilmente de conciliar el sueño con la esperanza de que, si fingía dormirse, tal vez su cuerpo se dejaría llevar por el engaño.

Al alba, cuando el sol apenas se había insinuado sobre la *ciudad gris*, el sector musulmán al este de Calcuta, saltó del lecho y corrió hasta el patio trasero para examinar a la luz del día el muro de la fachada. No había rastros del tren. Ben estaba por concluir que todo había sido un sueño, de intensidad poco común pero sueño en definitiva, cuando una pequeña mancha oscura en la pared llamó su atención por el rabillo del ojo. Se acercó a ella y reconoció la palma de su mano claramente delineada sobre la pared de adoquines arcillosos. Suspiró y se apresuró de vuelta al dormitorio a despertar a Ian, que, por primera vez en semanas, había conseguido abandonarse en los brazos de Morfeo, liberado por una vez de su hábito de insomne contumaz.

* * *

A la luz del día, el embrujo del Palacio de la Medianoche palidecía y su condición de caserón nostálgico de mejores tiempos se evidenciaba sin piedad. Con todo, las palabras de Ben amortiguaron el efecto de contacto con la realidad que la contemplación de su escenario favorito podría haber provocado en los miembros de la Chowbar Society sin los adornos ni el misterio de las noches de Calcuta. Todos le habían escuchado con respetuoso silencio y con expresiones que iban desde el asombro a la incredulidad.

—¿Y desapareció en la pared, como si fuera de aire? —preguntó Seth.

Ben asintió.

—Es la historia más extraña que has contado en el último mes, Ben —apuntó Isobel.

—No es una historia. Es lo que vi —replicó él.

—Nadie lo duda, Ben —dijo Ian en tono conciliador—. Pero todos dormimos y no oímos nada. Ni siquiera yo.

—Eso sí que es increíble —señaló Roshan—. Tal vez Bankim puso algo en la limonada.

—¿Nadie va a tomárselo en serio? —preguntó Ben—. Habéis visto la huella de la mano.

Ninguno respondió. Ben concentró su mirada en el diminuto miembro asmático y víctima más propiciatoria en lo referente a historias de aparecidos.

—¿Siraj? —preguntó Ben.

El muchacho alzó la vista y miró al resto, calibrando la situación.

—No sería la primera vez que alguien ve algo parecido en Calcuta —declaró—. Está la historia de Hastings House, por ejemplo.

—No veo qué tiene que ver una cosa con la otra —objetó Isobel.

El caso de Hastings House, la antigua residencia del gobernador de la provincia al sur de Calcuta, era una de las predilectas de Siraj y probablemente la más emblemática historia de fantasmas de cuantas poblaban los anales de la ciudad, una historia densa y truculenta como pocas en este aspecto. Según la tradición local, durante las noches de luna llena el espectro de Warren Hastings, el primer gobernador de Bengala, cabalgaba en un carruaje fantasmal hasta el porche de su vieja mansión en Alipore, donde buscaba frenéticamente unos documentos desaparecidos en el transcurso de los tumultuosos días de su mandato en la ciudad.

—La gente de la ciudad ha estado viéndolo durante décadas —protestó Siraj—. Es tan cierto como que el monzón inunda las calles.

Los miembros de la Chowbar Society se enzarzaron en una acalorada discusión en torno a la visión de Ben, en la que sólo se abstuvo de participar el propio interesado. Minutos después, cuando todo diálogo razonable parecía descartado, los rostros participantes en la disputa se volvieron a observar la silueta vestida de blanco que los contemplaba callada desde el umbral de la sala sin techo que ocupaban. Uno a uno se entregaron al silencio.

—No quisiera interrumpir nada —dijo Sheere tímidamente.

—Bienvenida sea la interrupción —afirmó Ben—. Sólo discutíamos. Para variar.

—He escuchado el final —admitió Sheere—. ¿Viste algo anoche, Ben?

—Ya no lo sé —admitió el muchacho—. ¿Y tú? ¿Has conseguido huir del control de tu abuela? Me parece que anoche te pusimos en un aprieto.

Sheere sonrió y negó con la cabeza.

—Mi abuela es una buena mujer, pero en ocasiones se deja llevar por sus obsesiones y cree que los peligros me rondan en cada esquina —explicó Sheere—. No sabe que he venido. Por eso estaré poco tiempo.

—¿Por qué? Hoy habíamos pensado en ir a los muelles, podrías venir con nosotros —dijo Ben ante la sorpresa del resto, que oían por primera vez tales planes.

—No puedo ir con vosotros, Ben. He venido a despedirme.

—¿Qué? —exclamaron varias voces al unísono.

—Partimos mañana hacia Bombay —dijo Sheere—. Mi abuela dice que la ciudad no es lugar seguro y que debemos irnos. Me prohibió que os viera otra vez, pero no quería marcharme sin despedirme. En diez años sois los únicos amigos que he tenido, aunque sólo sea por una noche.

Ben la miró atónito.

—¿Iros a Bombay? —explotó—. ¿A qué? ¿Tu abuela quiere ser estrella de cine? ¡Es absurdo!

—Me temo que no lo es —confirmó Sheere con tristeza—. Me quedan sólo unas horas en Calcuta. Espero que no os importe que las comparta con vosotros.

—Nos encantaría que te quedases, Sheere —dijo Ian, hablando por todos.

—¡Un momento! —bramó Ben—. ¿Qué es todo este asunto de los adioses? ¿Unas horas en Calcuta? Imposible, señorita. Puedes pasarte cien años en esta ciudad y no haber entendido ni la mitad de lo que pasa. No puedes irte así. Y menos ahora que eres miembro de pleno derecho de la Chowbar Society.

—Tendrás que hablar con mi abuela —afirmó Sheere con resignación.

—Eso es lo que pienso hacer.

—Gran idea —comentó Roshan—. Anoche le caíste de maravilla.

—Poca fe veo en vosotros —se quejó Ben—. ¿Qué hay de los juramentos de la sociedad? Hay que ayudar a Sheere a encontrar la casa de su padre. Nadie saldrá de esta ciudad sin que hayamos encontrado esa casa y desentrañado sus misterios. Punto final.

—Yo me apunto —dijo Siraj—. ¿Pero cómo piensas conseguirlo? ¿Amenazarás a la abuela de Sheere?

—A veces, las palabras pueden más que las espadas —afirmó Ben—. Por cierto, ¿quién dijo eso?

—¿Voltaire? —insinuó Isobel.

Ben ignoró la ironía.

—¿Qué poderosas palabras serán ésas? —preguntó Ian.

—Las mías no, claro está —explicó Ben—. Las de Mr. Carter. Dejaremos que sea él quien hable con tu abuela.

Sheere bajó la mirada y negó lentamente.

—No funcionará, Ben —dijo la muchacha sin esperanza—. No conoces a Aryami Bosé. Nadie es más tozudo que ella. Lo lleva en la sangre.

Ben exhibió una sonrisa felina y sus ojos brillaron bajo el sol del mediodía.

—Yo lo soy más. Espera a verme en acción y cambiarás de parecer —murmuró.

—Ben, vas a meternos otra vez en un lío —dijo Seth.

Ben arqueó una ceja altivamente y repasó uno a uno los rostros de los presentes, pulverizando cualquier amago de rebelión que pudiera esconderse en su ánimo.

—El que tenga algo más que decir que hable ahora o calle para siempre —amenazó solemnemente.

No se alzaron voces de protesta.

—Bien. Aprobado por unanimidad. En marcha.

* * *

Carter introdujo su llave personal en la cerradura de su despacho y la hizo girar dos veces. El mecanismo de la cerradura crujió y Carter abrió la puerta. Entró en la estancia y cerró la puerta de nuevo. No tenía deseos de ver o hablar con nadie por espacio de una hora. Se desabrochó los botones del chaleco y se dirigió hacia su butaca. Fue entonces cuando advirtió la silueta inmóvil sentada en el sillón enfrentado al suyo y comprendió que no estaba solo. La llave resbaló de entre sus dedos pero no llegó a tocar el suelo. Una mano ágil, enfundada en un guante negro, la atrapó al vuelo. El rostro afilado asomó tras la oreja de la butaca y exhibió una sonrisa canina.

—¿Quién es usted y cómo ha entrado aquí? —exigió Carter, sin poder reprimir el temblor de su voz.

El intruso se levantó y Carter sintió la sangre huir de sus mejillas al reconocer al hombre que le había visitado en aquel mismo despacho dieciséis años atrás. Su rostro no había envejecido un solo día y sus ojos conservaban la ardiente rabia que el rector recordaba. Jawahal. El visitante tomó la llave entre sus dedos, se acercó a la puerta y la cerró de nuevo. Carter tragó saliva. Las advertencias que le había realizado Aryami Bosé la noche anterior desfilaron a toda velocidad por su mente. Jawahal apretó la llave entre sus dedos y el metal se dobló con la facilidad de una horquilla de latón.

—No parece alegrarse de volver a verme, Mr. Carter —dijo Jawahal—. ¿No recuerda nuestra cita concertada hace ya dieciséis años? He venido para realizar mi contribución.

—Salga ahora mismo o me veré obligado a avisar a la policía —amenazó Carter.

—No se preocupe por la policía, de momento. Yo la avisaré cuando me vaya. Siéntese y otórgueme el placer de su conversación.

Carter se sentó en su butaca y luchó por no traicionar sus emociones y mantener un semblante sereno, autoritario. Jawahal le sonrió amigablemente.

—Imagino que sabe por qué estoy aquí —dijo el intruso.

—No sé lo que busca, pero no lo encontrará aquí —replicó Carter.

—Tal vez sí, tal vez no —dijo Jawahal casualmente—. Busco a un niño que ya no lo es; ahora es un hombre. Usted sabe qué niño es. Lamentaría verme obligado a hacerle daño.

—¿Me está amenazando?

Jawahal rió.

—Sí —contestó fríamente—. Y cuando lo hago, lo hago en serio.

Carter consideró seriamente por primera vez la posibilidad de gritar pidiendo ayuda.

—Si lo que quiere es gritar antes de hora —sugirió Jawahal—, permítame darle motivos.

Tan pronto hubo pronunciado estas palabras, Jawahal extendió frente a su rostro su mano derecha y empezó a extraer el guante que la cubría con parsimonia.

*　*　*

Sheere y los demás miembros de la Chowbar Society apenas habían cruzado el umbral del patio del St. Patrick's cuando las ventanas del despacho de Thomas Carter en el primer piso estallaron con un terrible estruendo y el jardín se cubrió con una lluvia de astillas de cristal, madera y ladrillo. Los muchachos se quedaron paralizados un segundo y acto seguido se apresuraron a correr hacia el edificio, ignorando el humo y las llamas que afloraban de la oquedad que había quedado abierta en la fachada.

En el momento de la explosión, Bankim se encontraba en el otro extremo del pasillo, ojeando unos documentos de administración que se proponía entregar a Carter para su firma. La onda expansiva le derribó al suelo; cuando alzó la vista, pudo ver cómo la puerta del despacho del rector salía despedida entre la nube de humo que inundaba el corredor y se estrellaba contra la pared. Un segundo después, Bankim se incorporó y corrió hacia el origen de la explosión. Cuando apenas mediaban seis metros entre él y la puerta del despacho, Bankim vio una silueta negra que emergía envuelta en llamas, desplegaba una capa oscura y se alejaba por el corredor como un gran murciélago a velocidad inverosímil. La forma desapareció dejando tras de sí un rastro de cenizas y emitiendo un sonido que a Bankim le recordó el furioso siseo de una cobra dispuesta a saltar sobre su víctima.

Bankim encontró a Carter tendido en el interior del despacho. Su rostro estaba cubierto de quemaduras y sus ropas humeantes parecían haber escapado de un incendio. Bankim se lanzó junto a su mentor y trató de incorporarle. Las manos del rector temblaban y Bankim constató con alivio que aún respiraba, aunque con cierta dificultad. Bankim gritó pidiendo ayuda y, al poco, los rostros de varios de los muchachos asomaron por la puerta. Ben, Ian y Seth le ayudaron a asir a Carter y levantarle del suelo, mientras los demás apartaban los escombros del camino y preparaban un lugar en el pasillo donde colocar al rector del St. Patrick's.

—¿Qué demonios ha pasado? —preguntó Ben.

Bankim negó con la cabeza, incapaz de responder a la pregunta y visiblemente afectado todavía por los efectos de la conmoción que acababa de experimentar. Uniendo sus esfuerzos consiguieron sacar al herido al corredor mientras Vendela, con el rostro blanco como la porcelana y la mirada extraviada, corría a avisar al hospital más cercano.

Poco a poco, el resto del personal del St. Patrick's fue acudiendo hasta allí, sin acertar a comprender qué era lo que había provocado aquel estruendo y a quién pertenecía aquel cuerpo chamuscado tendido en el suelo. Ian y Roshan formaron un cordón de contención e indicaron a todos cuantos se acercaban al lugar que se retirasen y no entorpeciesen el paso.

La espera de la ayuda prometida se hizo infinita.

* * *

Tras la confusión creada por la explosión y la ansiada llegada del furgón médico del hospital general de Calcuta, el St. Patrick's se sumergió en media hora de angustiosa incertidumbre. Finalmente, cuando empezaba a cundir el desánimo entre los presentes tras los primeros momentos de pánico, un médico del equipo se reunió con Bankim y los muchachos para tranquilizarlos mientras tres de sus colegas seguían atendiendo a la víctima.

Al verle aparecer, todos se congregaron en torno a él, expectantes y ansiosos.

—Ha sufrido importantes quemaduras y se aprecian varias fracturas, pero está fuera de peligro. Lo que más me preocupa ahora son sus ojos. No podemos garantizar que vuelva a recuperar la visión completa, pero es pronto para determinarlo. Va a ser necesario ingresarle y sedarle profundamente antes de efectuar las curas. Habrá que intervenirle con toda seguridad. Necesito alguien que pueda autorizar los documentos de ingreso —dijo el doctor, un joven pelirrojo de mirada intensa y aspecto resueltamente competente.

—Vendela puede hacerlo —dijo Bankim.

El doctor asintió.

—Bien. Todavía hay algo más —dijo el médico—. ¿Quién de ustedes es Ben?

Todos le miraron atónitos. Ben alzó la vista, sin comprender.

—Yo soy Ben —respondió—. ¿Qué ocurre?

—Quiere hablar contigo —dijo el doctor, con un tono de voz que evidenciaba que había tratado de disuadir a Carter de la idea y que desaprobaba su petición.

Ben asintió y se apresuró a entrar en el furgón del hospital donde los médicos habían colocado a Carter.

—Sólo un minuto, chico —advirtió el médico—. Ni un segundo más.

* * *

Ben se aproximó a la camilla donde yacía tendido Thomas Carter y trató de ofrecerle una sonrisa tranquilizadora, pero al comprobar el estado en que se encontraba el director del orfanato, sintió que el estómago se le encogía y las palabras eran incapaces de llegar a sus labios. A su espalda, uno de los médicos le hizo una seña para que reaccionara. Ben inspiró profundamente y asintió.

—Hola, Mr. Carter. Soy Ben —dijo el muchacho preguntándose si Carter podía oírle.

El herido ladeó la cabeza lentamente y alzó una mano temblorosa. Ben la tomó entre las suyas y la apretó suavemente.

—Dile a ese hombre que nos deje solos —gimió Carter, que no había abierto los ojos.

El médico miró con severidad a Ben y esperó unos segundos antes de dejarlos en privado.

—Los médicos dicen que se pondrá bien... —dijo Ben.

Carter negó con la cabeza.

—Ahora no, Ben —cortó Carter, a quien cada palabra parecía suponerle un esfuerzo titánico—. Debes escucharme atentamente y no interrumpirme. ¿Me has entendido?

Ben asintió en silencio y tardó un breve lapso de tiempo en comprender que Carter no podía verle.

—Le escucho, señor.

Carter apretó sus manos.

—Hay un hombre que te busca y quiere matarte, Ben. Un asesino —articuló Carter trabajosamente—. Es necesario que me creas. Ese hombre se hace llamar Jawahal y parece creer que tú tienes algo que ver con su pasado. No sé por qué razón te busca; pero sé que es peligroso. Lo que ha hecho conmigo no es más que una muestra de lo que es capaz. Debes hablar con Aryami Bosé, la mujer que vino ayer al orfanato. Dile lo que te he dicho, lo que ha pasado. Ella quiso advertirme, pero no tomé en serio sus palabras. No cometas tú el mismo error. Búscala y habla con ella. Dile que Jawahal ha estado aquí. Ella te explicará lo que debes hacer.

Cuando los labios abrasados de Thomas Carter se sellaron, Ben sintió que todo el mundo se desplomaba a su alrededor. Cuanto el director del St. Patrick's acababa de confiarle le resultaba de todo punto inverosímil. La conmoción de la explosión había dañado seriamente el razonamiento del rector y su delirio le llevaba a imaginar una conspiración contra su vida y sabe Dios qué otros peligros improbables. Contemplar cualquier otra alternativa no le resultaba aceptable en aquel momento, más si cabe a la luz del propio episodio que había soñado la madrugada pasada. Aprisionado en la atmósfera claustrofóbica del furgón impregnado del frío hedor a éter, Ben se preguntó por un momento si los habitantes del St. Patrick's estaban empezando a perder la razón, él mismo incluido.

—¿Me has oído, Ben? —insistió Carter con voz agónica—. ¿Has comprendido lo que he dicho?

—Sí, señor —musitó el chico—. No debe preocuparse ahora, señor.

Carter abrió los ojos y Ben constató horrorizado el rastro que las llamas habían labrado en ellos.

—Ben —intentó gritar Carter con la voz quebrada por el tormento—. Haz lo que te he dicho. Ahora. Ve a ver a esa mujer. Júramelo.

Ben oyó los pasos del doctor pelirrojo a su espalda y sintió que el médico le asía del brazo y le arrastraba enérgicamente fuera del furgón. La mano de Carter resbaló entre las suyas y quedó suspendida en el aire.

—Ya está bien —dijo el médico—. Este hombre ya ha sufrido suficiente.

—¡Júramelo! —gimió Carter agitando la mano en el aire.

El chico contempló consternado cómo los médicos inyectaban una nueva dosis a Carter.

—Se lo juro, señor —dijo Ben sin saber a ciencia cierta si él podía oírle ya—. Se lo juro.

Bankim le esperaba al pie del furgón. En segundo término, todos los miembros de la Chowbar Society y cuantos estaban presentes en el St. Patrick's cuando había acontecido la desgracia le observaban con ojos ansiosos y el semblante abatido. Ben se aproximó a Bankim y le miró directamente a los ojos inyectados en sangre y enrojecidos por el humo y las lágrimas.

—Bankim, necesito saber una cosa —dijo Ben—. ¿Ha venido alguien llamado Jawahal a visitar a Mr. Carter?

Bankim le observó sin comprender.

—No ha venido nadie hoy —respondió el profesor—. Mr. Carter estuvo toda la mañana reunido con el Consejo Municipal y volvió aquí alrededor de las doce. Luego dijo que quería ir a su despacho a trabajar y que no deseaba que nadie le molestara, ni siquiera para almorzar.

—¿Estás seguro de que estaba solo en su despacho cuando se produjo la explosión? —preguntó Ben, rogando obtener una respuesta afirmativa.

—Sí. Creo que sí —respondió Bankim rotundamente, aunque su mirada albergaba una sombra de duda—. ¿Por qué me preguntas eso? ¿Qué te ha dicho?

—¿Estás completamente seguro, Bankim? —insistió Ben—. Piénsalo bien. Es importante.

El profesor bajó la mirada y se masajeó la frente, como si tratase de hallar las palabras capaces de describir lo que apenas acertaba a recordar.

—En un primer momento —dijo Bankim—, un segundo después de la explosión, creí ver algo o a alguien salir del despacho. Todo era muy confuso.

—¿Algo o alguien? —preguntó Ben—. ¿Qué era?

Bankim alzó la mirada y se encogió de hombros.

—No lo sé —respondió—. Nada que yo conozca puede moverse tan rápido.

—¿Un animal?

—No sé lo que vi, Ben. Lo más probable es que fuese mi propia imaginación.

El desprecio que las supersticiones y las historias de supuestos prodigios sobrenaturales despertaban en Bankim era familiar para Ben. El muchacho sabía que el profesor nunca admitiría haber presenciado nada que escapase a su capacidad de análisis o comprensión. Si su mente no podía explicarlo, sus ojos no podían verlo. Tan simple como eso.

—Y si así fue —preguntó Ben por última vez—, ¿qué más imaginaste?

Bankim dirigió la mirada hacia el boquete ennegrecido que ocupaba el lugar que horas antes estaba reservado al despacho de Thomas Carter.

—Me pareció que se reía —admitió Bankim en voz baja—. Pero no pienso repetirle eso a nadie.

Ben asintió y dejó a Bankim junto al furgón para dirigirse hasta sus amigos, que esperaban con ansiedad conocer la naturaleza de su conversación con Carter. Entre ellos, Sheere le observaba con marcada inquietud, como si en el fondo de su espíritu fuera la única capaz de intuir que las noticias que Ben traía estaban a punto de decantar los acontecimientos hacia una senda oscura y mortal, donde ninguno de ellos podría desandar sus pasos.

—Tenemos que hablar —dijo Ben pausadamente—. Pero no aquí.

Recuerdo aquella mañana de mayo como el primer signo de la tormenta que se cernía sobre nuestros destinos inexorablemente, tramándose a nuestras espaldas y creciendo a la sombra de nuestra completa inocencia, aquella bendita ignorancia que nos hacía creer merecedores de un estado de gracia propio de aquellos que, al carecer de pasado, nada deben temer del futuro.

Poco sabíamos entonces que los chacales de la desgracia no corrían tras el infortunado Thomas Carter. Sus colmillos ansiaban otra sangre más joven y teñida del estigma de una maldición que no podía ocultarse ni entre la multitud que se coagulaba en la algarabía de los mercados callejeros ni en las entrañas de ningún palacio sellado de Calcuta.

Seguimos a Ben hacia el Palacio de la Medianoche en busca de un lugar secreto donde escuchar lo que tenía que decirnos. Aquel día, ninguno de nosotros albergaba en su corazón el temor a que, tras aquel extraño accidente y aquellas palabras inciertas pronunciadas por los labios besados por el fuego de nuestro rector, pudiera medrar mayor amenaza que la de la separación y el vacío hacia el cual las páginas en blanco de nuestro futuro parecían conducirnos. Debíamos aprender todavía que el Diablo creó la juventud para que cometiésemos nuestros errores y que Dios instauró la madurez y la vejez para que pudiéramos pagar por ellos.

Recuerdo también que todos escuchamos el recuento que Ben hizo de su conversación con Thomas Carter y que supimos sin excepción que nos ocultaba algo de lo que el rector herido le había confiado. Y recuerdo la expresión de preocupación que los rostros de mis amigos, y el mío, iban adquiriendo al comprender que, por primera vez en años, nuestro compañero Ben había elegido mantenernos al margen de la verdad, cualesquiera que fuesen sus motivos.

Cuando minutos más tarde solicitó hablar a solas con Sheere, pensé que mi mejor amigo acababa de propinar la puñalada final que restaba para sentenciar los últimos días de la Chowbar Society. Los hechos habrían de demostrarme más adelante que, una vez más, había juzgado erróneamente a Ben y a la fidelidad que los juramentos de nuestro club inspiraban en su ánimo.

En aquel momento, empero, me bastó observar el rostro de mi amigo mientras hablaba con Sheere para *intuir que la rueda de la fortuna había invertido su giro y que había sobre la mesa una mano negra cuyas apuestas nos abocaban a una partida más allá de nuestras posibilidades.*

LA CIUDAD DE LOS PALACIOS

A la luz neblinosa de aquel día húmedo y caluroso de mayo, los perfiles de los grabados y las gárgolas del refugio secreto de la Chowbar Society semejaban figuras de cera talladas a cuchillo por manos furtivas. El sol se había ocultado tras un espeso manto de nubes de color ceniza y una asfixiante calima que se coagulaba en las calles de la *ciudad negra* ascendía desde el río Hooghly, emulando los vapores letales de un pantano envenenado.

Ben y Sheere conversaban tras dos columnas derribadas en la sala central del caserón, mientras los demás esperaban a una docena de metros de allí, dedicando ocasionales miradas furtivas y recelosas a la pareja.

—No sé si he hecho bien ocultando esto a mis compañeros —confesó Ben a Sheere—. Sé que les disgustará y que va en contra de los principios de la Chowbar Society, pero si existe una remota posibilidad de que haya un asesino en las calles que pretende matarme, cosa que dudo, no tengo intención de complicarlos en ello. Tampoco quiero involucrarte a ti, Sheere. No puedo imaginar qué relación guarda tu abuela con todo esto, y hasta que no lo averigüe, lo mejor será mantener este secreto entre tú y yo.

Sheere asintió. Le disgustaba comprender que de algún modo aquel secreto que compartía con Ben se interponía entre el muchacho y sus compañeros, pero al mismo tiempo, consciente de que la gravedad del asunto podía ser mayor de la que contemplaban en aquel momento, saboreaba complacida la proximidad que aquel vínculo le procuraba con Ben.

—También yo debo decirte algo, Ben —empezó Sheere—. Esta mañana, cuando vine a despedirme de vosotros, no pensé que tuviese importancia, pero ahora las cosas han cambiado. Anoche, mientras volvíamos hacia la casa donde nos alojamos, mi abuela me hizo jurar que nunca más hablaría contigo. Me dijo que debía olvidarte y que cualquier intento por mi parte de acercarme a ti podría acabar en tragedia.

Ben suspiró ante la velocidad que aquel torrente de amenazas veladas, que florecían en todos los labios en relación a su persona, estaba adquiriendo. Todos, excepto él, aparentaban conocer algún secreto indecible que le convertía en una carta marcada y portadora de desgracias. Lo que al principio había sido incredulidad y más tarde inquietud empezaba a transformarse en abierta irritación e ira ante el secretismo que parecía moverse a sus espaldas.

—¿Qué razones dio para decir algo así? —preguntó Ben—. Jamás me había visto antes de anoche y no creo que mi comportamiento justificase semejantes barbaridades.

—No creo que tenga que ver con eso —apuntó Sheere—. Estaba asustada. No había rabia en sus palabras, sólo miedo.

—Pues vamos a tener que encontrar algo más que miedo si pretendemos averiguar qué es lo que está pasando —replicó Ben—. Vamos a ir a verla ahora.

El muchacho se dirigió hasta donde esperaban los demás miembros de la Chowbar Society. Sus rostros evidenciaban que habían estado discutiendo internamente el tema y que habían llegado a alguna resolución. Ben apostó por quién sería el portavoz de la inevitable protesta. Todos miraron a Ian y éste, al descubrir la conspiración, puso los ojos en blanco y suspiró.

—Ian tiene algo que decirte —puntualizó Isobel—. Y habla por todos nosotros.

Ben se encaró con sus compañeros y sonrió.

—Escucho.

—Bueno —empezó Ian—, la esencia de lo que queremos decir...

—Ve al grano, Ian —cortó Seth.

El chico se volvió, con toda la serena furia contenida que su flemático carácter le permitía.

—Si lo explico yo, lo haré como me dé la gana. ¿Está claro?

Nadie osó objetar más matices a su oratoria. Ian reemprendió su tarea.

—Como decía, lo esencial es que creemos que hay algo que no cuadra. Nos has dicho que Mr. Carter te ha contado que hay un criminal que ronda el orfanato y que le ha atacado. Criminal que nadie ha visto y cuyos motivos, según tus explicaciones, no entendemos. Como tampoco entendemos por qué ha pedido hablar contigo específicamente o por qué has estado hablando con Bankim y no nos has dicho de qué. Suponemos que tienes tus razones para guardar el secreto y compartirlo sólo con Sheere, o mejor dicho, crees que las tienes. Pero, en honor a la verdad, si en algo valoras esta sociedad y su propósito, deberías confiar en nosotros y no ocultarnos nada.

Ben consideró las palabras de Ian y repasó los rostros del resto de sus compañeros, que asintieron al discurso de su portavoz.

—Si he ocultado algo es porque pienso que de lo contrario podía poner en peligro la vida de los demás —explicó Ben.

—El principio básico de esta sociedad es ayudarnos unos a otros hasta el fin, y no simplemente escuchar historias de fantasmas y desaparecer a la primera de cambio en cuanto se huele a chamusquina —protestó Seth airadamente.

—Esto es una sociedad, no una orquesta de señoritas —añadió Siraj.

Isobel le propinó un cachete en el cogote.

—Tú calla —le espetó.

—De acuerdo —dictaminó Ben—. Todos para uno y uno para todos. ¿Eso es lo que queréis? ¿Los Tres Mosqueteros?

Todos le observaron de hito en hito y, lentamente, uno a uno, asintieron.

—Muy bien. Os diré todo lo que sé, que no es mucho —dijo Ben.

Durante los diez minutos siguientes, la Chowbar Society escuchó su relato en versión íntegra, incluyendo la conversación con Bankim y los temores de la abuela de Sheere. Finalizada la exposición, se abrió el turno de preguntas.

—¿Alguien ha oído hablar de ese tal Jawahal alguna vez? —preguntó Seth—. ¿Siraj?

El hombre enciclopedia no ofreció más respuesta que una negativa absoluta.

—¿Sabemos si Mr. Carter podía tener negocios con alguien así? ¿Tal vez haya en sus archivos algo al respecto? —preguntó Isobel.

—Podemos averiguarlo —dijo Ian—. Ahora lo fundamental es hablar con tu abuela, Sheere, y desentrañar este embrollo.

—Estoy de acuerdo —dijo Roshan—. Vayamos a verla y después decidiremos un plan de acción.

—¿Hay alguna objeción a la propuesta de Roshan? —preguntó Ian.

Una negativa general inundó los muros ruinosos del Palacio de la Medianoche.

—Bien, en marcha.

—Un momento —dijo Michael.

Los muchachos se volvieron a oír al perennemente taciturno virtuoso del lápiz y cronista gráfico de la historia de la Chowbar Society.

—¿Se te ha ocurrido pensar que todo esto podría tener relación con la historia que nos has contado esta mañana, Ben? —preguntó Michael.

Ben tragó saliva. Llevaba media hora haciéndose esa misma pregunta, pero era incapaz de hallar un nexo de conexión entre ambos sucesos.

—No veo la relación, Michael —dijo Seth.

Los demás meditaron sobre el tema, pero ninguno de ellos parecía inclinado a disentir del parecer de Seth.

—No creo que exista esa relación —corroboró Ben finalmente—. Supongo que lo soñé.

Michael le miró directamente a los ojos, algo que no solía hacer prácticamente nunca, y le mostró un pequeño dibujo que sostenía entre los dedos. Ben lo examinó e identificó la silueta de un tren cruzando una llanura devastada de chabolas y barracas. Una majestuosa locomotora acabada en cuña y coronada por grandes chimeneas que escupían vapor y humo lo arrastraba bajo un cielo sembrado de estrellas negras. El tren aparecía envuelto en llamas y a través de las ventanillas de los vagones se intuían cientos de rostros espectrales que extendían los brazos y aullaban en el fuego. Michael había traducido sus palabras al papel con absoluta fidelidad. Ben sintió que un escalofrío le recorría la espalda y miró a su amigo Michael.

—No entiendo, Michael —murmuró Ben—. ¿Adónde quieres ir a parar?

Sheere se acercó a ellos y su rostro palideció al contemplar el dibujo e intuir el nexo de unión entre la visión de Ben y el incidente en el St. Patrick's que Michael había puesto al descubierto.

—El fuego —murmuró la muchacha—. Es el fuego.

* * *

La morada de Aryami Bosé había permanecido clausurada durante años y el fantasma de miles de recuerdos prisioneros entre los muros impregnaba todavía el ambiente de aquella casa habitada por libros y cuadros.

De camino habían acordado unánimemente que lo más procedente era permitir que Sheere entrase primero en la casa, pusiera a Aryami al corriente de los hechos y le manifestara la voluntad de los muchachos de hablar con ella. Una vez asumida esa primera fase, los miembros de la Chowbar Society estimaron igualmente oportuno limitar el número de sus representantes en la reunión con la anciana, en la creencia de que la visión de siete adolescentes desconocidos ralentizaría su lengua ostensiblemente. Por ello, además de Sheere y Ben, se decidió que Ian también estuviese presente durante la conversación. Ian aceptó de nuevo el papel de embajador en funciones de la sociedad, no sin sospechar que la frecuencia con que le correspondía asumir tal papel estaba menos relacionada con la confianza de sus compañeros en su ingenio y templanza que con su aspecto inofensivo e idóneo para granjearse la aprobación de adultos y funcionarios públicos. En cualquier caso, tras recorrer las calles de la *ciudad negra* y esperar durante unos minutos en el patio de carácter selvático que rodeaba la casa de Aryami Bosé, Ian se unió a Ben y ambos entraron en la casa a la señal de Sheere, mientras los demás aguardaban su regreso.

La muchacha los condujo hasta una sala pobremente iluminada por una docena de velas situadas en el interior de vasijas con agua. Sobre ellas, las gotas de cera derramada formaban flores congeladas y empañaban el reflejo de la llama. Los tres jóvenes tomaron asiento frente a la anciana, que los observaba silenciosamente desde su butaca, y examinaron la penumbra que velaba las paredes cubiertas de telas y los estantes sepultados bajo el polvo de años.

Aryami esperó a que los ojos de los tres jóvenes se posaran sobre los suyos y se inclinó hacia ellos, en actitud confidencial.

—Mi nieta me ha contado lo sucedido —dijo Aryami—. Y no puedo decir que me sorprenda. He vivido durante años con el temor de que algo semejante ocurriera, pero nunca llegué a pensar que sería así, de esta manera. Antes de nada, sabed que lo que hoy habéis presenciado no es más que el principio y que, tras escucharme, en vuestras manos estará dejar que siga su curso o evitarlo. Yo ya soy vieja y me faltan ánimos y salud para combatir fuerzas que me sobrepasan y que cada día me resultan más difíciles de comprender.

Sheere tomó la mano apergaminada de su abuela y la acarició suavemente. Ian observó cómo Ben mordisqueaba sus uñas y le propinó un discreto codazo.

—Hubo un tiempo en mi vida en que creí que nada tenía más fuerza que el amor. Y es cierto que la tiene, pero su fuerza es minúscula y palidece frente al fuego del odio —explicó Aryami—. Sé que estas revelaciones no son precisamente un regalo idóneo para vuestro decimosexto cumpleaños; normalmente se permite a los muchachos vivir en la ignorancia del verdadero rostro del mundo hasta bien entrada la juventud, pero temo que vosotros no tendréis ese dudoso privilegio. Sé también que, por el simple hecho de venir de una anciana, dudaréis de mis palabras y de mis juicios. He aprendido a reconocer esa mirada en los ojos de mi propia nieta durante todos estos años. Y es que nada es tan difícil de creer como la verdad y, por el contrario, nada tan seductor como la fuerza de la mentira cuanto mayor es su peso. Es ley de vida y a vuestro juicio quedará encontrar el equilibrio justo. Dicho esto, permitidme explicaros que, además de años, esta vieja ha coleccionado historias y que nunca conoció una historia tan triste y terrible como la que voy a relataros y de la que, sin saberlo, habéis sido protagonistas por omisión hasta el día de hoy...

*　*　*

«Hubo un tiempo en que yo también fui joven y en el que hice todo aquello que se espera que hagan los jóvenes: casarse, tener hijos, contraer deudas, decepcionarse y renunciar a los sueños y principios que uno siempre juró respetar. Envejecer, en una palabra. Aun así, la fortuna fue generosa conmigo, al menos así me lo pareció en un principio, y unió mi vida a la de un hombre del que lo mejor y lo peor que podía decirse es que era bueno. Nunca fue un joven apuesto, para qué mentir. Recuerdo que, cuando venía a casa, mis hermanas se reían de él por lo bajo. Era un tanto torpe, tímido, y tenía el aspecto de haberse pasado los últimos diez años de su vida encerrado en una biblioteca: el sueño de cualquier jovencita de tu edad, Sheere.

»Mi galán trabajaba como maestro en una escuela pública del sur de Calcuta. Su sueldo era miserable y su vestuario no desmerecía de su paga. Todos los sábados venía a buscarme ataviado con el mismo traje, el único que tenía y que reservaba para sus reuniones en la escuela y para cortejarme. Tardó seis años en poder comprarse otro, pero nunca le sentaron bien los trajes; no tenía la hechura necesaria.

»Mis otras dos hermanas contrajeron matrimonio con dos relucientes y bien plantados galanes que trataban con displicencia a tu abuelo y que, a sus espaldas, me dirigían tórridas miradas que se suponía yo debía interpretar como la oportunidad de disfrutar de un hombre de verdad aunque fuera por unos minutos en mi vida.

»Con el tiempo, aquellos holgazanes habrían de vivir de la caridad de mi hombre y de sus favores, pero eso es otra historia. Pues él, aunque podía leer a través de aquellas sanguijuelas, porque siempre supo ver el alma de las personas a las que trataba, no les negó su apoyo y fingió olvidar las burlas y el desprecio con que había sido tratado en su juventud. Yo no lo hubiera hecho, pero mi hombre, como os digo, siempre fue bueno. Quizá demasiado.

»Su salud, lamentablemente, era frágil y me dejó pronto, al año de nacer nuestra única hija, Kylian.

Tuve que criarla yo sola y tratar de enseñarle todo aquello que su padre hubiera querido que aprendiese. Kylian fue la luz que iluminó mi vida después de la muerte de tu abuelo. De él heredó su naturaleza bondadosa y su instinto para ver a través del corazón de los demás. Pero, donde su padre reunía torpeza y timidez, ella rezumaba luminosidad y elegancia. Su belleza empezaba en sus gestos, en su voz, en sus movimientos. De niña, sus palabras embrujaban a los visitantes y a las gentes de la calle con la magia de un encantamiento. Recuerdo que, al contemplarla coquetear con los comerciantes de los bazares con apenas diez años, solía imaginar que aquella niña era como el cisne salido de las aguas de la memoria de mi hombre, un pato feo y torpe. Su espíritu vivía en ella, en sus gestos más insignificantes y en el modo en que, a veces, en silencio, se detenía a observar a las gentes desde el porche de esta casa y me miraba, toda ella seriedad, para preguntarme por qué había tantas personas desgraciadas en el mundo.

»Pronto todas las gentes de la *ciudad negra* empezaron a referirse a ella empleando el apodo con que un fotógrafo de Bombay la bautizó: la princesa de luz. Y, para tal princesa, no tardaron en aparecer de hasta debajo de las piedras los candidatos a príncipe. Fueron tiempos maravillosos, en que ella compartía conmigo las ridículas confidencias que sus engalanados pretendientes le hacían, los horripilantes

poemas que le escribían y toda una galería de anécdotas que, de haberse prolongado, nos hubiera llevado a creer que todos los jóvenes de esta ciudad no
eran más que unos pobres cretinos. Pero, como siempre, apareció en la escena alguien que habría de cam-
biarlo todo: tu padre, el hombre más inteligente y
más extraño de cuantos he conocido en esta vida.

»En aquella época, como hoy, la inmensa mayoría de los matrimonios que se celebraban se acorda-
ban entre las familias como un simple acuerdo comercial, donde la voluntad de los futuros esposos no
tenía valor alguno. La mayoría de las tradiciones
no son más que las enfermedades de una sociedad.
Durante toda mi vida, me había jurado a mí misma
que el día en que Kylian se casara lo haría con la persona que ella hubiese elegido libremente.

»Cuando tu padre llegó a esta puerta, encarnaba
todo lo contrario de las docenas de moscones pa-
voneantes que rondaban a tu madre sin cesar. Hablaba poco, pero cuando lo hacía, sus palabras eran
afiladas como un cuchillo y no invitaban a la réplica. Era amable y, cuando lo deseaba, poseedor de un
extraño encanto que seducía lenta pero inexorablemente. Con todo, tu padre mantenía siempre un
trato distante y frío con casi todos. Excepto con tu
madre. En su compañía, se transformaba en otra
persona, vulnerable y casi infantil. Nunca llegué a
saber cuál de los dos era él en realidad y supongo
que tu madre se llevó ese secreto a la tumba.

»Tu padre, en las contadas ocasiones en que se dignaba hablar conmigo, daba pocas explicaciones. Cuando por fin se decidió a solicitar mi consentimiento para contraer matrimonio con tu madre, le pregunté cómo pensaba mantenerla y cuál era su posición. Mis años al borde de la pobreza con tu abuelo me habían enseñado a proteger a mi hija de una experiencia como aquélla y me habían llevado al convencimiento de que no hay nada como un estómago vacío para desenmascarar el mito del efecto ennoblecedor del hambre de espíritu.

»Tu padre me miró guardando para sí sus verdaderos pensamientos, como hacía siempre, y respondió que su profesión era la de ingeniero y escritor. Dijo que estaba intentando conseguir una plaza en una compañía británica de construcción y que un editor de Delhi le había adelantado una suma por un manuscrito que él le había entregado. Todo aquello, desbrozado de la literatura con que tu padre aderezaba sus discursos cuando le convenía, me olía a miseria y privaciones. Así se lo expuse. Sonrió y, tomando dulcemente mi mano entre las suyas, me murmuró unas palabras que no olvidaré jamás: "Madre, ésta es la primera y la última vez que se lo diré. Mi futuro y el de su hija están ahora en nuestras manos, como lo está el sacarla adelante y el labrarme mi camino en la vida. Nadie, vivo o muerto, podrá nunca interferir en ello. Duerma tranquila a ese respecto y confíe en el amor que profeso a su hija. Pero si las preocupaciones no la dejan conciliar el sueño, guárdese de manchar con una sola palabra, gesto o acción el vínculo que, con o sin su consentimiento, nos unirá a ella y a mí para siempre, porque faltarán años en la eternidad para que se arrepienta de ello."

»Tres meses después se casaron y jamás volví a hablar a solas con tu padre. El futuro le dio a él la razón y pronto fue haciéndose un nombre como ingeniero, sin abandonar su pasión por la literatura. Se trasladaron a una casa no muy alejada de aquí, que ya fue derribada hace años, mientras él diseñaba lo que había de ser su hogar de ensueño, un verdadero palacio que concibió milímetro a milímetro para retirarse a él con tu madre. Nadie imaginaba entonces lo que se avecinaba.

»Nunca llegué a conocerle en realidad. Él nunca me dio esa oportunidad, ni pareció sentir ningún interés en abrir sus puertas a nadie que no fuera tu madre. A mí su personalidad me intimidaba y en su presencia me sentía incapaz de abordarle o intentar congraciarme con él. Era imposible saber lo que pensaba. Solía leer sus libros, que tu madre me traía cuando acudía a visitarme, y los estudiaba con detalle tratando de encontrar en ellos las claves ocultas para internarme en el laberinto de su mente. Nunca conseguí penetrar en él.

»Tu padre fue un hombre misterioso que jamás hablaba de su familia o de su pasado. Tal vez por eso nunca fui capaz de intuir la amenaza que se cernía sobre él y sobre mi hija, una amenaza nacida de ese pasado oscuro e insondable. Nunca me dio la oportunidad de ayudarle y, en la hora de la desgracia, estuvo tan solo como lo había estado durante toda su vida, en su fortaleza de soledad libremente elegida, cuyas llaves sólo sostuvo en sus manos una persona durante los años que compartió con él: Kylian.

»Pero tu padre, como todos nosotros, tenía un pasado y desde él emergió la figura que iba a traer la oscuridad y la tragedia a nuestra familia.

»Cuando tu padre era joven y recorría hambriento las calles de Calcuta soñando con números y fórmulas matemáticas, conoció a otro muchacho, un chico de su misma edad, huérfano y solo. Por aquel entonces tu padre vivía en la pobreza y, como tantísimos niños de esta ciudad, cayó víctima de las fiebres que todos los años segaban miles de vidas. Durante la época de las lluvias, el monzón descargaba con fuerza sus tormentas en la península de Bengala y todo el delta del Ganges experimentaba una crecida que inundaba el país. Año tras año, el lago de sal que aún se encuentra al este de la ciudad se desbordaba; al pasar las lluvias, los cadáveres de los peces muertos expuestos al sol, tras bajar de nuevo las aguas, producían una nube de vapores envenenados que, arrastrados por los vientos de las montañas del norte, arrasaban la ciudad y sembraban la enfermedad y la muerte como una plaga infernal.

»Aquel año tu padre fue víctima de los aires de muerte, y habría estado a punto de perecer, de no ser por un compañero, Jawahal, que cuidó de él durante veinte días en una barraca de adobe y maderos quemados al borde del Hooghly. Tu padre, al recuperarse, juró que siempre protegería a Jawahal y que compartiría con él todo lo que el futuro le deparase, porque ahora su vida también le pertenecía. Fue un juramento de niños. Un pacto de sangre y honor. Pero había algo que tu padre no sabía: Jawahal, aquel ángel salvador de apenas once años, llevaba en las venas una enfermedad mucho más terrible que la que había estado a punto de acabar con él. Una enfermedad que empezaría a manifestarse mucho después, primero de un modo casi imperceptible, más tarde con la fatalidad de una condena: la locura.

»Años más tarde, tu padre supo que la madre de Jawahal se había prendido en llamas frente a los ojos de su hijo en un sacrificio a la diosa Kali y que la madre de su madre había acabado sus días en una celda miserable de un manicomio de Bombay. No eran más que eslabones en una larga cadena de sucesos que convertían la historia de aquella familia en un sendero de horror y desgracia. Pero tu padre era un hombre fuerte, incluso de muchacho, y asumió la responsabilidad de proteger a su amigo fuera cual fuese su terrible herencia.

»Todo fue sencillo hasta que, al cumplir los dieciocho años, Jawahal asesinó a sangre fría a un rico comerciante en el bazar porque se había negado a venderle un medallón que deseaba adquirir, aludiendo a su aspecto y dudando de su solvencia. Tu padre le ocultó en su casa durante meses y puso en peligro su vida y su futuro al protegerle de la justicia que le buscaba por toda la ciudad. Lo consiguió, pero aquél sólo había sido el primer paso. Un año después, en la noche del año nuevo hindú, Jawahal incendió una casa donde vivían una docena de ancianas y se sentó en la calle a ver las llamas hasta que las vigas cayeron convertidas en brasas. Esta vez ni las artes de tu padre pudieron salvarle de la justicia.

»Hubo un juicio, largo y terrible, donde Jawahal fue condenado por sus crímenes a cadena perpetua. Tu padre hizo cuanto pudo por ayudarle, gastó sus ahorros en pagarle abogados, enviarle ropa limpia a la cárcel donde le tenían preso y sobornar a sus guardianes para que no le atormentasen. El único agradecimiento que recibió de Jawahal fueron palabras de odio. Le acusó de haberle delatado, abandonado, y de haber querido deshacerse de él. Le recriminó el haber roto el juramento que ambos habían hecho años atrás y juró venganza porque, como le gritó airadamente desde el estrado cuando se leyó su sentencia condenatoria, la mitad de su vida le pertenecía.

»Tu padre enterró ese secreto en lo más profundo de su corazón y nunca quiso que tu madre supiera de ello. Los años borraron los signos externos de aquel recuerdo. Tras la boda y los primeros años de matrimonio y éxitos de tu padre, todo aquello no parecía más que un episodio enterrado en un pasado lejano.

»Me acuerdo de la época en que tu madre se quedó embarazada. Tu padre parecía otra persona, un desconocido. Compró un cachorro de perro guardián al que afirmó estar dispuesto a entrenar para que se convirtiera en la mejor de las niñeras para su futuro hijo, y no cesaba de hablar de la casa que iba a construir, de los planes que tenía para el futuro, de un nuevo libro...

»Un mes después, el teniente Michael Peake, uno de los antiguos pretendientes de tu madre, llamó a su puerta con una noticia que iba a sembrar de terror sus vidas: Jawahal había incendiado un pabellón de la prisión de criminales peligrosos en la que estaba confinado y había huido, no sin antes escribir en los muros de su celda, con la sangre de su compañero degollado, la palabra *venganza*.

»Peake se comprometió personalmente a buscar a Jawahal y a protegerlos de cualquier posible amenaza. Pasaron dos meses sin novedades ni indicios de la presencia de Jawahal. Hasta el día del cumpleaños de tu padre.

»Al amanecer llegó un paquete entregado a su nombre por un mendigo. Contenía un medallón, la joya por la que había cometido su primer asesinato, y una nota. En ella, Jawahal explicaba que tras varias semanas de espiarlos en secreto y de comprobar que ahora era un hombre de éxito y que tenía una esposa radiante, quería desearles lo mejor y, tal vez, realizar alguna visita próxima para, como él decía, volver a compartir como hermanos lo que les pertenecía a ambos.

»Los días siguientes estuvieron sembrados de pánico. Uno de los centinelas que Peake había puesto a custodiar la casa por la noche apareció muerto. El perro de tu padre fue hallado en el fondo del pozo del patio. Y todas las noches, ante la impotencia de Peake y sus hombres, los muros de la casa amanecían con nuevas amenazas pintadas en sangre.

»Aquéllos fueron días difíciles para tu padre. Se acababa de construir su máxima obra, la estación de Jheeter's Gate en la orilla Este del Hooghly. Era una estructura de acero impresionante y revolucionaria y constituía la culminación del proyecto largamente ansiado de tu padre de establecer una red de ferrocarril en todo el país que permitiese desarrollar el comercio propio y modernizar las provincias hasta llegar a superar el dominio británico. Aquélla siempre fue una de sus obsesiones, sobre la que podía hablar con vehemencia durante horas, como si se tratase de una misión divina que le hubiese sido encomendada.

»La inauguración oficial de Jheeter's Gate tuvo lugar al final de aquella semana y, para celebrar la ocasión, se decidió fletar simbólicamente un tren que iba a transportar a 360 niños huérfanos a su nuevo hogar en el este del país. Eran hijos de los estratos más castigados por la pobreza, y el proyecto de tu padre significaba para ellos una nueva vida. Era un empeño en el que tu padre había estado comprometido desde el primer día y que constituía la ilusión de su vida.

»Tu madre insistió hasta la desesperación en acudir durante unas horas al acto, y le aseguró que la protección del teniente Peake y sus hombres bastaba para mantenerla segura.

»Cuando tu padre subió al tren y puso en marcha la máquina que debía conducir a los niños a su nuevo hogar, sucedió algo imprevisto y para lo cual nadie estaba preparado. El fuego. Un terrible incendio se propagó por varios niveles de la estación y a lo largo de los vagones del tren que se internaba en el túnel convertido en un verdadero infierno rodante, una tumba de hierro candente para los niños que viajaban en su interior. Tu padre murió aquella noche intentando salvar inútilmente a los niños mientras sus sueños se desvanecían entre las llamas para siempre.

»Cuando tu madre recibió la noticia, estuvo a punto de perderte. Pero la fortuna, cansada de enviar desgracias a la familia, quiso salvarte. Tres días más tarde, cuando apenas le faltaban unos días para dar a luz, Jawahal y sus hombres irrumpieron en la casa y se llevaron a tu madre, no sin antes proclamar que la tragedia de Jheeter's Gate había sido obra suya.

»El teniente Peake logró sobrevivir y seguirlos hasta las entrañas de la estación, que ahora se había convertido en un lugar abandonado y maldito donde nadie había vuelto a entrar desde la noche de la tragedia. Jawahal dejó una nota en la casa jurando matar a tu madre y al niño que iba a dar a luz. Pero había algo que ni él mismo había previsto. No era un niño. Eran dos. Dos gemelos. Un niño y una niña. Vosotros dos...»

✳   ✳   ✳

Aryami Bosé siguió relatando el resto de la historia: cómo Peake había conseguido salvarlos y llevarlos hasta su casa, cómo ella había decidido separarlos y ocultarlos del asesino de sus padres... Ni Sheere ni Ben la escuchaban ya. Ian observó en silencio el rostro blanco de su mejor amigo y el de Sheere. Apenas parpadeaban; las revelaciones que habían oído de labios de la anciana parecían haberlos transformado en estatuas. Ian suspiró profundamente y deseó no haber sido él el elegido para asistir a aquella extraña sesión familiar. Se sentía extremadamente incómodo al encarnar el papel de intruso en el drama de sus amigos.

Con todo, Ian se tragó su propia consternación por cuanto había averiguado y sus pensamientos se concentraron en Ben. Trataba de imaginar la tormenta interna que la historia de Aryami debía de haber desatado en él y maldecía la brusquedad con que el miedo y el cansancio habían llevado a la anciana a desvelar acontecimientos cuya trascendencia iba probablemente mucho más allá de lo aparente. Trató de apartar de su mente por el momento el suceso que Ben había relatado aquella misma mañana sobre su visión de un tren en llamas. Las piezas de aquel rompecabezas se multiplicaban a una velocidad escalofriante.

No podía olvidar las decenas de veces en que Ben había afirmado que ellos, los miembros de la Chowbar Society, eran personas sin pasado. Ian temía que el encuentro de Ben con su pasado en las penumbras de aquel caserón hubiera desgarrado su interior sin remedio. Se conocían desde niños e Ian sabía de las largas e impenetrables melancolías de Ben, de cómo era mejor apoyarle sin formular preguntas o tratar de leer sus pensamientos. Por lo que sabía de su amigo, la fachada altanera y arrolladora con que Ben solía escudarse habitualmente había encajado aquel golpe como una puñalada fatal, una herida de la que el propio Ben no querría hablar jamás.

Ian posó su mano suavemente sobre el hombro de Ben, pero su amigo no pareció advertirlo.

Ben y Sheere, que apenas unas horas antes se habían sentido unidos por un nexo de simpatía y afecto crecientes, parecían ahora incapaces de mirarse el uno al otro, como si las nuevas cartas que se habían repartido en el juego los hubiesen hecho conscientes de un extraño pudor, o de un temor elemental a intercambiar un simple gesto.

Aryami miró a Ian, inquieta. El silencio reinaba en la sala. Los ojos de la anciana parecían suplicar una disculpa, el perdón del mensajero portador de malas noticias. Ian ladeó la cabeza ligeramente, indicando a Aryami que abandonasen la sala. La anciana dudó unos instantes, e Ian se incorporó y le ofreció su mano. La anciana aceptó su ayuda y le siguió hasta la estancia contigua, dejando a Ben y a Sheere a solas. Ian se detuvo en el umbral y se volvió a mirar a su amigo.

—Estaremos fuera —murmuró.

Ben, sin alzar la mirada, asintió.

* * *

Los miembros de la Chowbar Society languidecían bajo el calor aplastante en el patio cuando comprobaron que Ian asomaba al portón de la casa acompañado de la anciana. Ambos intercambiaron unas palabras. Aryami asintió débilmente y buscó el resguardo de la sombra que facilitaba una vieja marquesina de piedra labrada. Ian, con el semblante pétreo y adusto, que sus compañeros interpretaron como presagio de malas noticias, se aproximó al grupo de muchachos y aceptó el espacio de sombra que los demás abrieron para él. Las miradas se precipitaron sobre él como las moscas a la miel. Aryami los observaba a pocos metros, abatida.

—¿Y bien? —preguntó Isobel, dando voz al pensamiento generalizado de la asamblea.

—No sé por dónde empezar —respondió Ian.

—Empieza por lo peor —sugirió Seth.

—Lo peor es todo —repuso Ian.

Los demás le observaron en silencio. Ian contempló a sus compañeros y sonrió débilmente.

—Diez orejas te escuchan —dijo Isobel.

Ian repitió fielmente cuanto Aryami acababa de revelarles en el interior de la casa, sin omitir detalle y dejando para el final de su relato un epílogo especialmente dedicado a Ben y Sheere, que seguían solos en la sala, y a la terrible espada que acababan de descubrir pendiendo sobre sus cabezas.

Cuando hubo finalizado, el pleno de la Chowbar Society ya había olvidado el calor sofocante que caía del cielo como un castigo infernal.

—¿Cómo se lo ha tomado Ben? —preguntó Roshan.

Ian se encogió de hombros y frunció el ceño.

—Supongo que no muy bien —aventuró—. ¿Cómo te lo hubieras tomado tú?

—¿Qué vamos a hacer ahora? —preguntó Siraj.

—¿Qué podemos hacer? —preguntó Ian.

—Mucho —cortó Isobel—. Cualquier cosa

menos dejar freír nuestros traseros al sol mientras un asesino trata de acabar con Ben. Y con Sheere.

—¿Alguien se opone? —preguntó Seth.

Todos negaron al unísono.

—Bien, coronel —dijo Ian dirigiéndose directamente a Isobel—. ¿Cuáles son las órdenes?

—En primer lugar, alguien debería averiguar todo lo posible sobre la historia de ese accidente de Jheeter's Gate y sobre el ingeniero —indicó Isobel.

—Yo puedo hacerlo —se ofreció Seth—. Debe de haber recortes de prensa de la época en la biblioteca del museo indio. Y libros, probablemente.

—Seth tiene razón —dijo Siraj—. El incendio de Jheeter's Gate fue sonado en su día. Mucha gente todavía lo recuerda. Existirá documentación al respecto. El cielo sabrá dónde, pero existirá.

—Pues habrá que buscarla —puntualizó Isobel—. Puede ser un punto de partida.

—Yo le ayudaré —añadió Michael.

Isobel asintió firmemente.

—Queremos saberlo todo sobre ese hombre, su vida, y sobre esa casa maravillosa que se supone está en algún lugar cerca de aquí —dijo Isobel—. Tal vez su rastro nos lleve hasta el de ese asesino.

—Nosotros buscaremos la casa —sugirió Siraj señalándose a sí mismo y a Roshan.

—Si existe, es nuestra —añadió Roshan.

—De acuerdo, pero no entréis en ella —advirtió Isobel.

—No hay problema —la tranquilizó Roshan mostrando las palmas abiertas.

—Y yo, ¿qué es lo que se supone que debo hacer? —preguntó Ian, a quien no se le ocurrían tareas acordes a sus habilidades con la misma facilidad que parecían disfrutar sus colegas.

—Tú quédate con Ben y con Sheere —indicó Isobel—. Por lo que sabemos, antes de que nos demos cuenta, Ben empezará a tener ideas disparatadas cada diez minutos. Quédate a su lado y vigila que no haga locuras. No es una buena idea que ande por las calles con Sheere.

Ian asintió, consciente de que su tarea era la más difícil del lote que Isobel había repartido.

—Nos encontraremos en el Palacio de la Medianoche antes del anochecer —concluyó Isobel—. ¿A alguien le ha quedado alguna duda?

Los muchachos se miraron entre sí y negaron repetidamente con la cabeza.

—Bien, andando —dijo Isobel.

Seth, Michael, Roshan y Siraj partieron sin más dilación rumbo a sus respectivos deberes. Isobel permaneció junto a Ian, observando su marcha en silencio, entre el espejismo que ascendía de las polvorientas calles ardientes bajo el sol.

—¿Qué piensas hacer tú, Isobel? —preguntó Ian.

Isobel se volvió hacia él y le sonrió enigmáticamente.

—Tengo una intuición —dijo.

—Temo tus intuiciones como temería a un terremoto —replicó Ian—. ¿Qué estás tramando?

—No debes preocuparte, Ian —murmuró Isobel.

—Cuando dices eso, es cuando más me preocupo —respondió Ian.

—Tal vez no esté al anochecer en el Palacio —explicó Isobel—. Si todavía no he vuelto, haz lo que debas. Tú siempre sabes lo que hay que hacer, Ian.

El muchacho suspiró, inquieto. Le disgustaba tanto misterio y el extraño brillo que advertía en la mirada de su amiga.

—Isobel, mírame —ordenó; la muchacha le obedeció—. Sea lo que sea, quítatelo de la cabeza.

—Sé cuidarme, Ian —repuso ella, sonriente.

Los labios de Ian, sin embargo, fueron incapaces de emular a los de la muchacha.

—No hagas nada que yo no haría —suplicó el chico.

Isobel rió.

—Haré sólo una cosa que tú no te atreverías a hacer nunca —murmuró.

Ian la observó perplejo y sin comprender. Luego, sin borrar de su mirada aquella chispa enigmática, Isobel se acercó a Ian y le besó suavemente sobre los labios, apenas rozándolos.

—Cuídate, Ian —le susurró al oído—. Y no te hagas ilusiones.

Aquélla era la primera vez que Isobel le había besado y, al verla partir entre la maleza del patio, Ian no pudo apartar de su mente un súbito e inexplicable temor a que tal vez también fuese la última.

* * *

Transcurrida casi una hora, Ben y Sheere emergieron a la luz del día con el semblante impenetrable y luciendo una extraña calma. Sheere se acercó a Aryami, que había permanecido todo aquel espacio de tiempo sola bajo la marquesina de la casa, ajena a los intentos de diálogo de Ian, y se sentó junto a ella. Ben caminó directamente en dirección a Ian.

—¿Dónde están todos? —preguntó.

—Pensamos que sería útil tratar de hacer algunas averiguaciones respecto a ese individuo, Jawahal —respondió Ian.

—¿Y tú te has quedado de niñera? —bromeó Ben, aunque su tono pretendidamente jocoso no engañaba a ninguno de los dos.

—Algo así. ¿Estás bien? —quiso saber Ian, señalando a Sheere con la cabeza.

Su amigo asintió.

—Confundido, supongo —dijo finalmente—. Odio las sorpresas.

—Isobel dice que no es buena idea que tú y Sheere andéis por ahí. Y creo que tiene razón.

—Isobel siempre tiene razón, menos cuando discute conmigo —dijo Ben—. Pero tampoco creo que éste sea un lugar seguro para nosotros. Aunque haya estado cerrada más de quince años, ésta sigue siendo la casa familiar. Y el St. Patrick's tampoco lo es, a la vista está.

—Creo que lo mejor será ir al Palacio y esperar a los demás —sugirió Ian.

—¿Ése es el plan de Isobel? —sonrió Ben.

—Adivínalo.

—¿Adónde ha ido ella?

—No ha querido decírmelo.

—¿Uno de sus presentimientos? —apuntó Ben, alarmado.

Ian asintió y Ben suspiró abatido.

—Dios nos ayude —dijo, palmeando la espalda de su amigo—. Voy a ir a hablar con las damas.

Ian se volvió a mirar a Sheere y a Aryami Bosé. La anciana parecía discutir acaloradamente con su nieta. Ben e Ian intercambiaron una mirada.

—Sospecho que la anciana mantiene sus planes de partir mañana hacia Bombay —comentó Ben.

—¿Vas a ir con ellas?

—No pienso irme de esta ciudad nunca. Y menos ahora.

Los dos amigos observaron cómo se desarrollaba la discusión entre abuela y nieta durante un par de minutos más, y finalmente Ben se dirigió hacia ellas.

—Espérame aquí —murmuró pausadamente.

* * *

Aryami Bosé entró de nuevo en la casa y dejó a solas a Ben y a Sheere en el umbral de su puerta. Sheere mostraba un rostro encendido de ira, y Ben aguardó a que fuese ella misma quien eligiese su momento para empezar a hablar. Cuando lo hizo, su voz tembló de rabia e impotencia y sus manos se entrelazaron en un nudo tenso y férreo.

—Dice que partiremos mañana y que no quiere hablar más del asunto —explicó—. Dice también que tú deberías venir con nosotras, pero que no puede obligarte.

—Supongo que cree que eso es lo mejor para ti —apuntó Ben.

—¿Tú no piensas eso?

—Mentiría si dijera que sí —admitió Ben.

—Yo he pasado toda mi vida huyendo de pueblo en pueblo, en trenes, en barcos y carromatos, sin tener una casa propia, amigos o un lugar que pudiera recordar como mío —dijo Sheere—. Estoy cansada, Ben. No puedo seguir huyendo toda la vida de alguien a quien ni siquiera conozco.

Los dos hermanos se miraron en silencio.

—Ella es una mujer anciana, Ben. Tiene miedo, porque su vida se acaba y se siente incapaz de protegernos durante más tiempo —añadió la chica—. Lo hace de corazón, pero huir ya no sirve de nada. ¿De qué serviría tomar mañana ese tren a Bombay? ¿Para tener que apearnos en cualquier estación, con otro nombre? ¿Para mendigar un techo en cualquier pueblo sabiendo que al día siguiente tendríamos que salir huyendo otra vez?

—¿Le has dicho eso a Aryami? —preguntó Ben.

—No quiere escucharme. Pero esta vez no pienso huir de nuevo. Ésta es mi casa, ésta es la ciudad de mi padre y aquí es donde pienso permanecer. Y si ese hombre viene a por mí, le plantaré cara. Si ha de matarme, que lo haga. Pero si he de vivir, no estoy dispuesta a hacerlo como una fugitiva que da gracias todos los días por poder ver el sol. ¿Me ayudarás, Ben?

—Por supuesto —repuso el muchacho.

Sheere le abrazó y se secó los ojos con un extremo del manto blanco que la cubría.

—¿Sabes, Ben? —dijo—. Anoche, con tus amigos en aquella vieja casa abandonada, vuestro Palacio de la Medianoche, mientras os contaba mi historia, pensé que nunca tuve la oportunidad de ser una niña como las demás. Crecí entre viejos, entre miedos y mentiras, con mendigos y viajeros sin nombre como única compañía. Me acordé de cómo inventaba compañeros invisibles y hablaba con ellos durante horas en las salas de las estaciones, en los carromatos. Los adultos me miraban y sonreían. A sus ojos, una niña que hablaba sola era una visión adorable. Pero no lo es, Ben. No es adorable estar solo, ni de niño, ni de viejo. Durante años me he preguntado cómo eran los demás niños, si tenían las mismas pesadillas que yo, si se sentían tan desgraciados como yo. Quien diga que la infancia es la época más feliz de la vida es un mentiroso o un estúpido.

Ben observó a su hermana y le sonrió.

—O ambas cosas —bromeó—. Suelen ir unidas.

Sheere se sonrojó.

—Lo siento —dijo—. Hablo por los codos, ¿verdad?

—No —negó Ben—. Me gusta escucharte. Además, creo que tenemos más en común de lo que piensas.

—Somos hermanos —rió Sheere, nerviosa—. ¿Te parece poco? ¡Gemelos! ¡Suena tan raro!

—Bueno, como suele decirse, sólo puedes escoger a tus amigos —bromeó Ben—; la familia viene de propina.

—Entonces prefiero que seas mi amigo —dijo Sheere.

Ian se aproximó hasta ellos y comprobó aliviado que ambos hermanos parecían estar de buen humor e incluso se permitían el lujo de intercambiar algunas bromas, lo cual, dada la coyuntura, no era poco.

—Tú sabrás lo que haces. Ian, esta dama quiere ser mi amiga.

—Yo no te lo aconsejaría —siguió la broma Ian—. Yo lo soy desde hace años y así me va. ¿Habéis tomado una decisión?

Ben asintió.

—¿Es lo que me imagino? —preguntó Ian.

Ben asintió de nuevo y esta vez Sheere se sumó a su gesto afirmativo.

—¿Qué es lo que habéis decidido? —preguntó amargamente la voz de Aryami Bosé a sus espaldas.

Los tres muchachos se volvieron y descubrieron la silueta de la anciana, inmóvil en las sombras tras el umbral. Un tenso silencio medió entre ellos.

—No tomaremos ese tren mañana, abuela —respondió serenamente Sheere—. Ni Ben, ni yo.

Los ojos de la anciana los recorrieron uno a uno, abrasadores.

—¿Las palabras de unos mocosos inconscientes te han hecho olvidar en unos minutos todo lo que te he enseñado en años? —recriminó Aryami.

—No, abuela. Es mi propia decisión. Y nada en el mundo la va a cambiar.

—Tú harás lo que yo diga —cortó Aryami, aunque el olor de la derrota impregnaba cada una de sus palabras.

—Señora... —empezó Ian cortésmente.

—Cállate, hijo —espetó Aryami con renovada frialdad.

Ian reprimió sus deseos de replicar y bajó la mirada.

—Abuela, no cogeré ese tren —dijo Sheere—. Y lo sabes.

Aryami contempló a su nieta desde la sombras, sin pronunciar una sola palabra.

—Os estaré esperando en la estación de Howrah, al amanecer —dijo finalmente la anciana.

Sheere suspiró y Ben advirtió cómo su semblante se encendía de nuevo. Ben le sujetó un brazo y le indicó que no continuase la discusión. Aryami se volvió y lentamente sus pasos se perdieron en el interior de la casa.

—No puedo dejar que se quede así —murmuró Sheere.

Ben asintió y soltó el brazo de su hermana, que siguió a Aryami hasta la sala, donde la anciana se había sentado frente a la lumbre de las velas. Aryami no se volvió y permaneció inmóvil, ignorando la presencia de su nieta. Sheere se acercó a ella y la rodeó suavemente con sus brazos.

—Pase lo que pase, abuela —dijo—, yo te quiero.

Aryami acató en silencio y oyó los pasos de Sheere alejarse de nuevo hacia el patio, mientras las lágrimas afloraban a sus ojos. En el exterior, Ben e Ian aguardaron la vuelta de Sheere y la recibieron con el semblante más optimista que lograron componer.

—¿Adónde vamos ahora? —preguntó Sheere, sus ojos empañados por las lágrimas y las manos temblorosas.

—Al mejor rincón de Calcuta —respondió Ben—, el Palacio de la Medianoche.

*   *   *

Las últimas luces de la tarde empezaban a palidecer cuando Isobel vislumbró la estructura fantasmal y angulosa de la antigua Jheeter's Gate que emergía entre las brumas del río, como el espejismo de una siniestra catedral que hubiera perecido pasto de las llamas. La muchacha contuvo la respiración y se detuvo a contemplar la escalofriante visión del denso entramado de cientos de vigas de acero, arcos y bóvedas superpuestas, en un laberinto insondable de metal y cristal astillado por el fuego. Un antiguo puente en ruinas y totalmente en desuso cruzaba el río hasta el pórtico de la estación, en la otra orilla, abierto igual que las negras fauces de un dragón inmóvil y expectante, cuyas infinitas hileras de colmillos largos y afilados se desvanecían en las tinieblas de su interior.

Isobel caminó hacia el puente que conducía hasta Jheeter's Gate y sorteó los antiguos raíles que lo surcaban trazando una vía muerta hacia aquel mausoleo estigio. Los maderos que formaban el tendido de la vieja estación estaban ahora podridos y ennegrecidos, y la maleza salvaje avanzaba entre ellos. La estructura oxidada del puente crujía a su paso, e Isobel no tardó en advertir la presencia de carteles que prohibían la entrada y advertían del peligro de derribo que se cernía sobre él. Ningún tren había vuelto a cruzar el río sobre aquel puente y, a juzgar por su aspecto desolado y degradado, Isobel supuso que nadie había vuelto a repararlo o ni siquiera a recorrerlo a pie.

A medida que la orilla este de Calcuta iba quedando a su espalda y el fantasmagórico rompecabezas de acero y sombras de Jheeter's Gate se alzaba frente a ella bajo el manto escarlata del crepúsculo, Isobel empezó a barajar la idea de que tal vez su propósito de acudir a aquel lugar no fuera tan atinado como había estimado en un principio. Una cosa era representar el papel de aventurera indómita y resuelta ante las adversidades, y otra muy diferente, sumergirse en aquel escenario sobrecogedor sin conocer ni una sola página del tercer acto.

Un aliento vaporoso e impregnado de ceniza y carbonilla que exhalaban a bocanadas los túneles ocultos en las entrañas de la estación llegó hasta su rostro. Era un hedor ácido y penetrante, un olor que sin motivo aparente Isobel asociaba con una vieja fábrica enterrada en gases letales y capas de suciedad y óxido. Isobel concentró la mirada en las primeras luces lejanas de las barcazas que surcaban el Hooghly y trató de conjurar la compañía de sus anónimos navegantes mientras recorría el tramo del puente que restaba hasta la entrada de la estación. Cuando llegó al extremo opuesto, se detuvo entre los raíles que se adentraban en la negrura y contempló el gran frontón de acero. Sobre él, empañadas por las manchas infligidas por las llamas, podían apreciarse las letras labradas que anunciaban el nombre de la estación; recordaba la entrada de un gran monumento funerario: JHEETER'S GATE.

Isobel respiró profundamente y se dispuso a acometer el acto que menos había deseado realizar en sus dieciséis años de vida: penetrar en aquel lugar.

* * *

Seth y Michael exhibieron su beatífica sonrisa de alumnos ejemplares ante los escrutadores ojos de Mr. De Rozio, bibliotecario jefe de la sala principal del museo indio, y soportaron su inmisericorde análisis durante varios segundos.

—Es la petición más absurda que he oído en mi vida —sentenció De Rozio—. Al menos desde la última vez que estuviste aquí, Seth.

—Verá, Mr. De Rozio —improvisó Seth—, sabemos que el horario es sólo de mañanas y que lo que mi amigo y yo le pedimos puede parecer un poco extravagante...

—Viniendo de ti, nada es extravagante, jovencito —cortó De Rozio.

Seth reprimió una sonrisa. En Mr. De Rozio, las ironías pretendidamente punzantes eran signo inequívoco de debilidad e interés. Su nombre de pila era ignorado por la totalidad de la humanidad, con las posibles excepciones de su madre y su esposa, si es que había en la India mujer con agallas suficientes para desposarse con semejante ejemplar, estandarte de lo variopinto que podía llegar a resultar el género humano. Bajo su aspecto de cancerbero bibliófilo, De Rozio poseía un terrible talón de Aquiles: una curiosidad y una propensión al cotilleo de corte académico, que relegaba a las mujeronas del bazar a la condición de simples aficionadas.

Seth y Michael se miraron por el rabillo del ojo y decidieron soltar toda la carnaza.

—Mr. De Rozio —empezó Seth en tono melodramático—, no debería decir esto, pero me veo obligado a confiar en su reconocida discreción: hay varios crímenes involucrados en este asunto y mucho nos tememos que puedan acontecer más si no ponemos coto a ello.

Los ojos diminutos y penetrantes del bibliotecario parecieron crecer por unos segundos.

—¿Estáis seguros de que Mr. Thomas Carter está al corriente de esto? —inquirió con severidad.

—Él nos envía —repuso Seth.

De Rozio los observó de nuevo, en busca de fisuras en su semblante que delatasen algún turbio tejemaneje.

—Y tu amigo —soltó De Rozio señalando a Michael—, ¿por qué no habla nunca?

—Es muy tímido, señor —explicó Seth.

Michael asintió débilmente, como si quisiera confirmar ese extremo. De Rozio carraspeó, dubitativo.

—¿Dices que hay crímenes de por medio? —dejó caer con estudiado desinterés.

—Asesinatos, señor —confirmó Seth—. Varios.

De Rozio miró su reloj y, tras meditar unos segundos y dirigir miradas alternativas a los muchachos y a la esfera, se encogió de hombros.

—Está bien —concedió—. Pero será la última vez. ¿Cómo se llama ese hombre del que queréis saber?

—Lahawaj Chandra Chatterghee, señor —se apresuró a responder Seth.

—¿El ingeniero? —preguntó De Rozio—. ¿No murió en el incendio de Jheeter's Gate?

—Sí, señor —explicó Seth—. Pero había alguien con él que no murió. Alguien muy peligroso. Alguien que provocó el incendio. Alguien que sigue ahí, dispuesto a cometer nuevos crímenes...

De Rozio sonrió con malicia.

—Suena interesante —murmuró.

Repentinamente una sombra de alarma asaltó al bibliotecario. De Rozio inclinó su considerable masa hacia los dos muchachos y los señaló con gesto terminante.

—¿Todo esto no será un invento de ese amigo vuestro, no? —inquirió—. ¿Cómo se llama?

—Ben no sabe nada de esto, Mr. De Rozio —le tranquilizó Seth—. Hace meses que no le vemos.

—Mejor así —sentenció De Rozio—. Seguidme.

* * *

Isobel penetró con pasos temerosos en el interior de la estación y dejó que sus pupilas se aclimatasen a la tiniebla que enmascaraba el lugar. Sobre ella, a decenas de metros, se abría la bóveda principal, formada por largas arcadas de acero y cristal. La gran mayoría de las láminas de vidrio se habían fundido bajo las llamas o sencillamente habían estallado pulverizando una lluvia de fragmentos ardientes sobre toda la estación. La luz del atardecer se filtraba entre las rendijas de metal oscurecido y las astillas de cristal que habían sobrevivido a la tragedia. Los andenes se perdían en la oscuridad dibujando una suave curva bajo la gran bóveda, su superficie cubierta con los restos de los bancos quemados y las vigas desprendidas de la techumbre.

El gran reloj que un día se había alzado en el andén central al igual que un faro en la bocana de un puerto se erguía ahora como un centinela sombrío y mudo. Isobel cruzó bajo la esfera del reloj y advirtió que las agujas se habían doblegado gelatinosamente hacia el suelo y formaban lenguas de chocolate fundido que indicaban para siempre la hora del horror que había devorado la estación.

Nada parecía haber cambiado en aquel lugar, excepto por la huella de los años de suciedad y el efecto de las lluvias que el manto torrencial del monzón había filtrado a través de los respiraderos y las grietas de la bóveda.

Isobel se detuvo a contemplar la gran estación desde el centro y creyó estar en el interior de un gran templo sumergido, infinito e insondable.

Una nueva bocanada de aire caliente y húmedo cruzó la estación y agitó sus cabellos en el aire al tiempo que arrastraba pequeñas briznas de suciedad sobre los andenes. Isobel sintió un escalofrío y escrutó las negras bocas de los túneles que se adentraban en la tierra en el extremo de la estación. Hubiera deseado tener a los demás miembros de la Chowbar Society junto a ella ahora, justo cuando los acontecimientos adquirían un cariz poco recomendable y excesivamente parecido a las historias que Ben se complacía en inventar para sus veladas en el Palacio de la Medianoche. Isobel palpó en su bolsillo y extrajo el dibujo que Michael había realizado de todos los miembros de la Chowbar Society, posando ante un estanque donde sus rostros se reflejaban. Isobel sonrió al verse retratada por el lápiz de Michael y se preguntó si era así como él la veía en realidad. Los echaba de menos.

Entonces lo oyó por primera vez, distante y enterrado en el murmullo de las corrientes de aire que recorrían aquellos túneles. Era el sonido de voces lejanas, semejante al que recordaba haber oído de la algarabía de una multitud cuando se había sumergido en el Hooghly años atrás, el día en que Ben le enseñó a bucear. Pero esta vez, Isobel tuvo la certeza de que no eran las voces de los peregrinos las que parecían acercarse desde lo más profundo de los túneles. Eran las voces de niños, cientos de ellos. Y aullaban de terror.

* * *

De Rozio acarició con precisión los tres rollos consecutivos que constituían su regia papada y examinó de nuevo la pila de documentos, recortes y papeles inclasificables que había reunido en varias expediciones al tracto digestivo de la alejandrina biblioteca del museo indio. Seth y Michael le observaban ansiosos y expectantes.

—Bien —empezó el bibliotecario—. Esto es más complicado de lo que parece. Hay mucha información respecto a ese tal Lahawaj Chandra Chatterghee bajo diferentes entradas. La mayoría de la documentación que he visto parecía reiterativa y poco significativa, pero haría falta por lo menos una semana para poner un poco de orden en los papeles de ese sujeto.

—¿Qué ha encontrado, señor? —preguntó Seth.

—De todo un poco, la verdad —explicó De Rozio—. Mr. Chandra era un brillante ingeniero, ligeramente adelantado a su tiempo, idealista y obsesionado por dejar a este país un legado que compensara a las gentes pobres de las desgracias que él atribuía al dominio y la explotación británicos. No muy original, francamente. En resumen: reunía todos los requisitos para convertirse en un auténtico desgraciado. Aun así, parece que sorteó el mar de envidias, complots y maniobras para acabar con su carrera y consiguió llegar a convencer al gobierno de que financiase lo que era su sueño dorado: la construcción de la línea de ferrocarril que uniría las principales capitales de la nación con el resto del continente.

»Chandra creía que, de este modo, el monopolio comercial y político que se había iniciado en tiempos de Lord Clive y la compañía, con el tráfico fluvial y marítimo, tendría los días contados, y que serían las gentes de la India las que lentamente recuperarían el control sobre la riqueza de su propio país. Lo cierto es que no hacía falta ser ingeniero para comprender que eso no iba a ser así.

—¿Hay algo respecto a un personaje llamado Jawahal? —preguntó Seth—. Era un amigo de juventud del ingeniero. Se celebraron varios juicios contra él. Casos sonados, creo.

—Debe de estar en algún lugar, hijo, pero hay un mar de documentos por clasificar. ¿Por qué no volvéis de aquí a un par de semanas? Para entonces habré tenido la oportunidad de poner algo de orden en todo este galimatías.

—No podemos esperar dos semanas, señor —dijo Michael.

De Rozio observó sorprendido al muchacho.

—¿Una semana? —ofreció.

—Señor —dijo Michael—, es un asunto de vida o muerte. La vida de dos personas corre peligro.

De Rozio contempló la intensa mirada de Michael y asintió, vagamente aturdido. Seth no dejó escapar un segundo.

—Nosotros le ayudaremos a buscar y ordenar, señor —se ofreció.

—¿Vosotros? —preguntó—. No sé... ¿Cuándo?

—Ahora mismo —replicó Michael.

—¿Conocéis el código de cifrado de las fichas de la biblioteca? —interrogó De Rozio.

—Como el abecedario —mintió Seth.

* * *

El sol se sumergió como un gran globo sangrante tras las vidrieras destruidas del panel este de Jheeter's Gate y en pocos segundos Isobel asistió al hipnótico espectáculo de cientos de cuchillas horizontales de luz escarlata taladrando la penumbra de la estación. El sonido de aquellas voces aullantes fue creciendo, y pronto Isobel las oyó resonar en el eco de la gran bóveda. El suelo empezó a vibrar bajo sus pies y la muchacha advirtió que algunas astillas de cristal se precipitaban desde la techumbre. Sintió una punzada en el antebrazo izquierdo y se llevó la mano al punto donde había recibido el impacto. Su sangre tibia le resbaló entre los dedos. Corrió hacia el extremo de la estación, protegiéndose el rostro con las manos.

Una vez bajo el abrigo de una escalinata que ascendía a los niveles superiores, descubrió ante sí una amplia sala de espera cuyos bancos de madera quemada yacían abatidos sobre el suelo. Los muros estaban recubiertos por extrañas pinturas trazadas crudamente con las manos, figuras que parecían querer representar formas humanas deformadas y demoníacas que alzaban largas garras lobunas y poseían una mirada desorbitada. La vibración bajo sus pies era ahora muy intensa, e Isobel se aproximó a la entrada del túnel. Una fuerte bocanada de aire ardiente le abrasó el rostro y se frotó los ojos, incapaz de creer lo que estaba viendo.

Una locomotora de luz envuelta en llamas emergía de lo más profundo del túnel y escupía con furia círculos de fuego que lo recorrían como balas de cañón y estallaban en aros de gas incandescente. Isobel se lanzó al suelo y el tren de fuego cruzó la estación con un estruendo ensordecedor del metal contra el metal y de los alaridos de cientos de niños que gritaban atrapados entre las llamas. Se mantuvo tendida, con los ojos cerrados, paralizada por el terror, hasta que el sonido del tren se desvaneció en el aire.

Alzó la cabeza y miró a su alrededor. La estación estaba desierta y cubierta de una nube de vapor que ascendía lentamente y prendía en el color rojo intenso de las últimas luces del día. Frente a ella, a dos palmos escasos, se extendía un charco de una sustancia oscura y viscosa que brillaba a la lumbre del crepúsculo. Por un momento, la muchacha creyó ver sobre su superficie el reflejo del rostro luminoso y triste de una dama envuelta en luz que la llamaba. Alargó una mano hasta ella e impregnó la yema de sus dedos en aquel fluido espeso y cálido. Sangre. Retiró la mano repentinamente y se limpió los dedos sobre su propio vestido, mientras la visión de aquel rostro espectral se desvanecía. Jadeando, se arrastró hasta la pared y se recostó contra ella para recuperar el aliento.

Transcurrido un minuto, Isobel se incorporó y examinó la estación. Las luces del atardecer se estaban extinguiendo y pronto se abatiría la noche cerrada. En aquel preciso instante sólo había un pensamiento claro en su mente: no quería esperar aquel momento en el interior de Jheeter's Gate. Empezó a caminar nerviosamente hacia el pórtico de salida y sólo entonces descubrió una silueta fantasmal que avanzaba hacia ella entre la neblina que cubría los andenes de la estación. La figura alzó una mano e Isobel vio que sus dedos se prendían en llamas, iluminando su paso. En aquel momento comprendió que no iba a salir de allí tan fácilmente como había entrado.

* * *

A través del tejado caído del Palacio de la Medianoche podía contemplarse el cielo nocturno sembrado de estrellas, un mar infinito de pequeñas velas blancas. El anochecer se había llevado consigo parte del calor abrasador que había castigado la ciudad desde el amanecer, pero la brisa que acariciaba tímidamente las calles de la *ciudad negra* era apenas un suspiro tibio e impregnado de la humedad nocturna que exhalaba el río Hooghly.

Mientras esperaban la llegada de los restantes miembros de la Chowbar Society, Ian, Ben y Sheere aniquilaban los minutos lánguidamente, entre las ruinas del viejo caserón, cada cual perdido en sus propios pensamientos.

Ben había optado por auparse a su retiro predilecto, una viga desnuda que cruzaba horizontalmente el frontón delantero de la estructura del Palacio. Sentado en el centro exacto de su recorrido, con las piernas colgando, Ben acostumbraba a subir hasta su atalaya solitaria a contemplar las luces de la ciudad y las siluetas de los palacios y los cementerios que flanqueaban el sinuoso recorrido del Hooghly a través de Calcuta. Solía pasar horas allí arriba, sin hablar o molestarse en volver la vista a tierra firme apenas por un segundo. Los miembros de la Chowbar Society respetaban este hábito, uno más en la peregrina colección de rarezas con que Ben aderezaba su conducta, y habían aprendido a convivir con las prolongadas melancolías que venían asociadas inequívocamente a su descenso de los cielos.

Ian observó de refilón a su amigo desde el patio del Palacio y decidió permitirle disfrutar de uno de sus últimos retiros espirituales; mientras, él regresó a la tarea con la que había estado ocupando su tiempo y el de Sheere durante la última hora: tratar de explicarle a la muchacha los rudimentos del ajedrez haciendo uso de un tablero del que la Chowbar Society disponía en su sede central. Las piezas estaban reservadas a los campeonatos anuales que se celebraban en diciembre, los cuales, invariablemente, ganaba Isobel, haciendo gala de una superioridad rayana en lo insultante.

—Hay dos teorías respecto a la estrategia del ajedrez —explicó Ian—. En realidad hay miles, pero sólo hay un par que realmente cuenten. La primera dice que la clave del juego está en la segunda hilera de piezas: rey, caballo, torre, reina, etc. Según esta teoría, los peones no son más que piezas que se han de sacrificar mientras se desarrolla la táctica. La segunda teoría, en cambio, defiende que los peones pueden y deben ser las más letales piezas de ataque, y que una estrategia inteligente debe emplearlos como tales si quiere salir victoriosa. A mí, la verdad, no me funciona ninguna de las dos teorías, pero Isobel es una ardiente defensora de la segunda.

La mención a su compañera trajo de nuevo a su pensamiento la inquietud respecto a su paradero. Sheere advirtió su expresión perdida y le rescató con una nueva cuestión respecto al juego.

—¿Cuál es la diferencia entre táctica y estrategia? —preguntó—. ¿Es una cuestión puramente técnica?

Ian calibró la pregunta de Sheere y sospechó que no tenía respuesta.

—Es una diferencia literaria, no real —afirmó la voz de Ben desde las alturas—. La táctica es el conjunto de pequeños pasos que das para llegar a algún sitio. La estrategia son los pasos que das cuando ya no hay ningún lugar al que ir.

Sheere alzó la vista y sonrió a Ben.

—¿Juegas al ajedrez, Ben? —preguntó Sheere.

Ben no respondió.

—Ben deplora el ajedrez —explicó Ian—. Según él, es la segunda forma más inútil de desperdiciar la inteligencia humana.

—¿Y cuál es la primera? —preguntó Sheere, divertida.

—La filosofía —respondió Ben desde su atalaya.

—Ben *dixit* —sentenció Ian—. ¿Por qué no bajas ya? Los demás deben de estar al llegar.

—Esperaré —dijo él, regresando a su lugar entre las nubes.

Ben no descendió hasta media hora más tarde, cuando Ian estaba enfrascado en la explicación del salto del caballo y Roshan y Siraj aparecieron por el umbral del patio del Palacio de la Medianoche. Poco después, Seth y Michael hicieron lo propio y todos se reunieron en círculo a la lumbre de una pequeña hoguera que improvisó Ian con los últimos restos de leña seca que guardaban en una nave cubierta y protegida de las lluvias en la parte trasera del Palacio. Los rostros de los siete muchachos adquirieron un tinte cobrizo al fuego mientras Ben pasaba una botella con agua que, si no estaba fresca, al menos no era portadora de fiebres letales.

—¿No esperamos a Isobel? —preguntó Siraj, visiblemente inquieto por la ausencia del objeto de su encandilamiento unidireccional.

—Tal vez no venga —dijo Ian.

Todos le miraron al unísono, perplejos. Ian explicó sucintamente su conversación con Isobel aquella misma tarde y comprobó que los rostros de sus amigos se iban ensombreciendo. Cuando hubo finalizado, les recordó que la chica había indicado que, con o sin su presencia, debían poner en común sus averiguaciones y pasó a ofrecer el primer turno a quien deseara hacer uso de él.

—Está bien —dijo Siraj, nervioso—. Os contaré lo que nosotros hemos averiguado y un segundo después saldré a buscar a Isobel. Sólo a esa cabezota se le podría ocurrir salir de excursión esta noche, sola y sin decir adónde iba. ¿Cómo has podido dejarla, Ian?

Roshan salió en ayuda de Ian y colocó su mano sobre el hombro de Siraj.

—No se discute con Isobel —recordó Roshan—. Se escucha. Cuenta lo del jeroglífico y luego nos vamos los dos a por ella.

—¿Jeroglífico? —preguntó Sheere.

Roshan asintió.

—Hemos encontrado la casa, Sheere —explicó Siraj—. Mejor dicho, sabemos dónde está.

El rostro de Sheere se iluminó súbitamente y su corazón empezó a latir con fuerza. Los muchachos se acercaron al fuego y Siraj extrajo una hoja de papel en la que aparecían copiados unos versos en la inconfundible caligrafía del endeble muchacho.

—¿Y eso? —preguntó Seth.

—Un poema —repuso Siraj.

—Léelo —indicó Roshan.

La ciudad que amo es oscura y profunda
casa de miserias, hogar de espíritus malditos
a quien nadie abre sus puertas ni su corazón.
La ciudad que amo vive en el crepúsculo,
sombra de maldad y glorias olvidadas,
de fortunas vendidas y almas en penuria.
La ciudad que amo no ama a nadie ni conoce reposo,
torre izada al infierno incierto de nuestro destino,
del embrujo de una condenación escrita en sangre,
gran baile de engaños e infamias,
bazar de mi tristeza...

Los siete muchachos guardaron silencio tras la lectura del poema y por un segundo sólo el sonido del fuego y la voz lejana de la ciudad silbaron en el viento.

—Conozco esos versos —murmuró Sheere—. Pertenecen a uno de los libros de mi padre. Vienen al final de mi cuento favorito, la historia de las lágrimas de Shiva.

—Exacto —corroboró Siraj—. Hemos pasado la tarde entera en el Instituto Bengalí de Industria. Es un edificio increíble, casi en ruinas, que apila pisos y pisos de archivos y salas enterradas en polvo y basura. Había ratas, y estoy seguro de que si fuésemos de noche podríamos averiguar que algo se esconde...

—Ciñámonos a lo esencial, Siraj —cortó Ben—. Por favor.

—De acuerdo —convino Siraj dejando para otro momento su entusiasmo por el misterioso lugar—. En esencia, tras horas de investigación (que no voy a contar, visto el clima), hemos dado con un legajo de documentos que perteneció a tu padre y que estaba bajo la custodia del Instituto desde 1916, fecha del accidente de Jheeter's Gate. Entre ellos había un libro autografiado por él y, aunque no nos han permitido llevárnoslo, sí hemos podido examinarlo. Y hemos tenido suerte.

—No veo en qué —objetó Ben.

—Tú deberías ser quien antes lo viese. Junto al poema, alguien, supongo que el padre de Sheere, dibujó a pluma una casa —replicó Siraj con una sonrisa misteriosa mientras le tendía el papel con el poema.

Ben examinó los versos y se encogió de hombros.

—No veo más que palabras —dijo finalmente.

—Estás perdiendo facultades, Ben. Lástima que Isobel no esté aquí para verlo —bromeó Siraj—. Lee de nuevo. Con atención.

Ben siguió las instrucciones y frunció el ceño.

—Me rindo. Estos versos no tienen cuadratura o estructura aparente. Es sólo prosa cortada a capricho.

—Exacto —corroboró Siraj—. ¿Y cuál es la norma de ese capricho? Dicho de otro modo, ¿por qué corta los versos en el punto en que lo hace si podría elegir cualquier otro?

—¿Para separar palabras? —aventuró Sheere.

—O para unirlas... —murmuró Ben para sí.

—Toma la primera palabra de cada verso y construye una frase —indicó Roshan.

Ben observó de nuevo el poema y miró a sus compañeros.

—Lee sólo la primera palabra —indicó Siraj.

—«La casa a la sombra de la torre del gran bazar» —leyó Ben.

—Existen por lo menos seis bazares sólo en el norte de Calcuta —señaló Ian.

—¿Cuántos de ellos tienen una torre capaz de proyectar una sombra que llegue hasta las casas edificadas alrededor? —preguntó Siraj.

—No lo sé —respondió Ian.

—Yo sí —repuso Siraj—. Dos: el Syambazaar y el Machuabazaar, al norte de la *ciudad negra*.

—Aun así —dijo Ben—, la sombra que una torre puede dibujar durante un día se esparciría a lo largo de un abanico de un mínimo de 180 grados, cambiando a cada minuto. Esa casa podría estar en cualquier lugar del norte de Calcuta, que es lo mismo que decir en cualquier lugar de la India.

—Un momento —interrumpió Sheere—. El poema habla del crepúsculo. Dice textualmente «la ciudad que amo vive en el crepúsculo».

—¿Habéis comprobado eso? —preguntó Ben.

—Por supuesto —respondió Roshan—. Siraj fue al Syambazaar y yo al Machuabazaar, unos minutos antes de que se pusiera el sol.

—¿Y bien? —apremiaron todos.

— La sombra de la torre del Machuabazaar se pierde en un antiguo almacén abandonado —explicó Siraj.

—¿Roshan? —preguntó Ian.

El muchacho sonrió, tomó un palo a medio quemar de la hoguera y trazó la silueta de una torre sobre los restos de ceniza.

—Como la aguja de un reloj, la sombra de la torre del Syambazaar acaba a las puertas de una amplia verja metálica tras la que hay un espeso patio de palmeras y maleza. Sobre las copas de las palmeras pude entrever la atalaya de una casa.

—¡Eso es fantástico! —exclamó Sheere.

Ben, sin embargo, no dejó de advertir la expresión inquieta que parecía haberse apoderado del rostro de Roshan.

—¿Cuál es el problema, Roshan? —preguntó Ben.

Roshan negó lentamente con la cabeza y se encogió de hombros.

—No lo sé —respondió—. Había algo en esa casa que no me gustó.

—¿Viste algo? —preguntó Seth.

Roshan negó. Ian y Ben se miraron a un tiempo, sin pronunciar palabra.

—¿Se le ha ocurrido a alguien pensar que todo esto podría no ser más que una trampa? —preguntó Roshan.

Ian y Ben intercambiaron de nuevo una mirada tácita y asintieron. Ambos estaban pensando lo mismo.

—Nos arriesgaremos —dijo Ben, vistiendo su voz con todo el convencimiento que fue capaz de fingir.

* * *

Aryami Bosé encendió de nuevo el fósforo y lo aproximó al extremo de la vela blanca que yacía frente a ella. La luz parpadeante de la llama tiñó de contornos inciertos la oscura sala mientras sus manos temblorosas la acercaban al cirio. La vela prendió lentamente y una aura de claridad se esparció en torno a ella. La anciana sopló sobre el fósforo y la pequeña vara de madera se extinguió desprendiendo un espectro de humo azulado que ascendió lentamente hacia la penumbra. El suave roce de una corriente de aire le acarició los cabellos de la nuca y Aryami se volvió. Una bocanada de aire, fría e impregnada de un hedor ácido y penetrante, agitó su manto y extinguió la llama de la vela. La oscuridad la envolvió de nuevo y la anciana oyó dos golpes secos en la puerta de la casa. Aryami apretó los puños y observó que los contornos del umbral filtraban una tenue claridad rojiza. La llamada se repitió, esta vez con más fuerza. La anciana sintió cómo una película de sudor frío afloraba a los poros de su frente.

—¿Sheere? —llamó débilmente.

El sonido de su voz se extravió en un eco mortecino en la oscuridad de la casa. No hubo respuesta y, segundos después, los dos golpes se repitieron una vez más.

Aryami tanteó a ciegas la repisa sobre el hogar en el que los restos moribundos de algunas brasas desprendían la única claridad que le servía de guía. Derribó varios objetos hasta que sus dedos palparon la larga funda metálica del puñal que guardaba allí. Extrajo el arma y observó el brillo dorado de la hoja serpenteante a la lumbre de las brasas. Una cuchilla de luz asomó bajo la puerta de la casa. Aryami inspiró profundamente y se dirigió poco a poco hacia allí. Se detuvo frente a la puerta y oyó el sonido del viento entre las hojas de la maleza del patio en el exterior.

—¿Sheere? —susurró de nuevo, sin obtener respuesta.

Aferró con fuerza el mango del puñal y, suavemente, posó su mano izquierda sobre el pomo de la puerta y lo hizo girar hacia abajo. Los quejidos herrumbrosos del mecanismo de la cerradura despertaron después de años de letargo. La puerta se abrió lentamente y la claridad azulada del cielo nocturno dibujó un abanico de luz en el interior de la casa. No había nadie allí afuera. La maleza se agitaba en un mar de cientos de pequeñas hojas secas, emitiendo un murmullo hipnótico. Aryami se asomó lentamente a mirar a uno y otro lado de la puerta, pero el patio estaba desierto. Fue entonces cuando sus piernas toparon con algo y la anciana bajó su mirada, para descubrir un pequeño cesto a sus pies. Examinó el cesto, cubierto con un velo opaco que, sin embargo, permitía observar la claridad que emanaba de su interior. Aryami se arrodilló junto a él y apartó suavemente el velo que lo cubría.

En su interior encontró dos pequeñas figuras de cera que representaban los cuerpos desnudos de dos bebés. De sus cabezas emergía la punta de un filamento de tela encendido y ambas efigies se fundían al igual que velas en un templo. Un escalofrío le recorrió el cuerpo. Aryami empujó el cesto y lo dejó caer por los escalones de piedra quebrada. Se incorporó, y se disponía a entrar de nuevo en la casa cuando advirtió que, desde el largo corredor que conducía al otro extremo de su morada, pisadas invisibles en llamas se acercaban a ella. La anciana sintió que el puñal se le escapaba de entre los dedos y cerró la puerta con fuerza.

Descendió los escalones atropelladamente, sin atreverse a dar la espalda a la puerta, y tropezó con el cesto que segundos antes había lanzado. Abatida en el suelo, Aryami contempló boquiabierta que una lengua de llamas emergía bajo el umbral de la puerta y la madera envejecida prendía como un pergamino. La anciana se arrastró unos metros hasta la maleza y se incorporó trabajosamente, mientras observaba impotente que las llamas iban asomando por las ventanas de la casa y envolvían la estructura en un lazo letal.

Aryami corrió hacia la calle y no se detuvo a mirar atrás hasta que se encontró a un centenar de metros de la que había sido su casa. Una pira de llamas se alzaba, escupiendo al cielo brasas y cenizas candentes con furia. Lentamente, las gentes del barrio se asomaron a sus ventanas y salieron a las calles, alarmados, para contemplar la magnitud del incendio que en apenas unos segundos había cobrado vida. Aryami oyó el estruendo de la techumbre al colapsarse y caer, pasto del fuego. Los rostros del gentío congregado se iluminaron con la fuerza de un relámpago escarlata mientras se miraban atónitos unos a otros, sin comprender qué había sucedido.

Aryami Bosé derramó lágrimas de amargura por el que había sido su hogar de juventud, el hogar donde había dado a luz a su hija y, perdiéndose en la confusión de las calles de Calcuta, le dijo adiós para siempre.

* * *

Determinar la localización exacta de la casa no resultó complicado siguiendo las instrucciones que ofrecía el criptograma que Siraj había descifrado. Según tales indicaciones, convenientemente cotejadas con la observación de campo que Roshan había procedido a efectuar, la casa del ingeniero Chandra Chatterghee estaba situada en una tranquila calle que unía Jatindra Mohan Avenue y Acharya Profullya Road, aproximadamente una milla al norte del Palacio de la Medianoche.

Tan pronto como Siraj hubo comprobado que el fruto de sus investigaciones había sido correctamente asimilado por sus compañeros, manifestó su urgente deseo de no perder un minuto más y salir en busca de Isobel. Los intentos que todos hicieron por tranquilizarle y sugerirle que esperase a la segura vuelta de la muchacha no surtieron efecto alguno y, finalmente, cumpliendo su promesa, Roshan se ofreció a acompañarle. Ambos partieron en la noche tras haber acordado encontrarse de nuevo en la casa del ingeniero Chandra Chatterghee en cuanto tuviesen noticias de Isobel.

—¿Qué habéis podido averiguar vosotros dos? —preguntó Ian dirigiéndose a Seth y Michael.

—Me gustaría poder ofrecer resultados tan espectaculares como Siraj, pero lo cierto es que nos hemos encontrado con un auténtico mar de cabos por atar —respondió Seth, y procedió a explicar su visita a Mr. De Rozio, a quien habían dejado investigando en el museo bajo la promesa de volver al cabo de un par de horas para continuar ayudándole.

—Lo que hemos averiguado hasta ahora no hace más que confirmar la historia que la abuela de Sheere, perdón, vuestra abuela, relató. Al menos en parte —explicó Seth.

—Hay lagunas en la historia del ingeniero que no será fácil cubrir —dijo Michael.

—Exacto —corroboró Seth—. Es más, creo que lo más interesante no es lo que hemos averiguado, sino lo que no hemos podido averiguar.

—Explícate —solicitó Ben.

—Veréis —continuó Seth frotándose las manos frente al fuego—. La historia del ingeniero Chandra empieza a estar documentada con su ingreso en el Instituto Oficial de Industria. Hay documentos que confirman que rechazó varias ofertas del gobierno británico para trabajar al servicio del ejército en la construcción de puentes militares y de una línea de ferrocarril que había de unir Bombay y Delhi para uso exclusivo de la armada.

—Aryami explicó la aversión que sentía hacia los británicos —comentó Ben—. Los culpaba de buena parte de los males que asolaban el país.

—Así es —confirmó Seth—. Pero lo curioso es que, pese a su abierta antipatía, de la que no faltan manifestaciones públicas, Chandra Chatterghee participó en un extraño proyecto del gobierno militar británico entre los años 1914 y 1915, un año antes de morir en la tragedia de Jheeter's Gate. Se trataba de un asunto oscuro que respondía a un nombre curioso: el *Pájaro de Fuego*.

Sheere enarcó las cejas y se aproximó a Seth con gesto consternado.

—¿Qué era el Pájaro de Fuego? —preguntó.

—Es difícil determinarlo —respondió Seth—. Mr. De Rozio opina que tal vez podría tratarse de un experimento militar. Parte de la correspondencia oficial que aparecía en los documentos del ingeniero venía firmada por un tal coronel Sir Arthur Llewelyn que, según De Rozio, ostentó el dudoso honor de ser el jefe de las fuerzas responsables de reprimir las movilizaciones pacíficas en demanda de independencia en el período de 1905 a 1915.

—¿Ostentó? —intervino Ben.

—Eso es lo más curioso —aclaró Seth—. Sir Arthur Llewelyn, carnicero oficial de Su Majestad, pereció en el incendio de Jheeter's Gate. Qué es lo que hacía allí es un misterio.

Los cinco muchachos se miraron entre sí, perdidos en un mar de confusión.

—Tratemos de poner algo de orden —sugirió Ben—. Tenemos por un lado a un brillante ingeniero que rechaza repetidamente generosas ofertas del gobierno británico para trabajar a su servicio en obras públicas, debido a su manifiesto odio hacia el dominio colonial. Hasta ahí todo tiene sentido. Pero de pronto aparece este misterioso coronel y lo involucra en una operación que, a todas luces, debería haberle revuelto las entrañas de asco: una arma secreta, un experimento para reprimir multitudes. Y él acepta. No encaja. A menos...

—A menos que el tal Llewelyn poseyera un poder persuasivo fuera de lo común —completó Ian.

Sheere alzó las manos en señal de protesta.

—Es imposible que mi padre aceptase participar en un proyecto militar de ninguna clase. Ni al servicio de los británicos ni al servicio de los bengalíes. Mi padre detestaba a los militares y los consideraba meros matones a sueldo de gobiernos corruptos. Nunca hubiese prestado su talento a algo dirigido a matar en masa a su propia gente.

Seth la observó en silencio y calibró cuidadosamente sus palabras.

—Sin embargo, Sheere, hay documentos que acreditan que de algún modo participó —dijo Seth.

—Debe de haber otra explicación —replicó Sheere—. Mi padre construía cosas y escribía libros; no era un asesino de inocentes.

—Idealismos aparte, seguro que hay otra explicación —matizó Ben—, y eso es lo que estamos intentando encontrar. Volvamos al tema de los poderes persuasivos de Llewelyn. ¿Qué podría haber hecho él para obligar al ingeniero a colaborar?

—Probablemente su fuerza no estaba en lo que podía hacer —explicó Seth—, sino en lo que podía dejar de hacer.

—No comprendo —dijo Ian.

—Ésta es mi teoría —expuso Seth—. En todo el historial del ingeniero no hemos encontrado una sola mención a Jawahal, su amigo de juventud, excepto en una carta del coronel Llewelyn dirigida al ingeniero Chandra y sellada en noviembre de 1911. En ella nuestro amigo el coronel añade una posdata en la que sucintamente sugiere que, si Chandra declina la invitación a participar en el proyecto, se verá obligado a ofrecerle el puesto a su viejo amigo Jawahal. Lo que yo pienso es lo siguiente: el ingeniero había conseguido ocultar su relación de juventud con Jawahal, ahora encarcelado, y desarrollar su carrera sin que nadie supiese del encubrimiento que él le había ofrecido. Pero supongamos que el tal Llewelyn se hubiera encontrado con Jawahal en la prisión y éste le hubiese revelado la verdadera naturaleza de su relación. Esto le pondría en una excelente situación para chantajearle y obligarle a colaborar.

—¿Cómo sabemos que Llewelyn y Jawahal se conocían? —cuestionó Ian.

—Es solamente una suposición, pero no muy aventurada —sugirió Seth—. Sir Arthur Llewelyn, coronel del ejército británico, decide recabar la ayuda de un brillante ingeniero. Éste se niega. Llewelyn le investiga y descubre un turbio juicio en el

pasado que le involucra. Decide ir a visitar a Jawahal y éste le cuenta lo que desea oír. Es sencillo.

—No puedo creerlo —dijo Sheere.

—A veces la verdad es lo más difícil de creer.
Recuerda lo que dijo Aryami —comentó Ben—.
Pero no nos precipitemos. ¿Sigue De Rozio investi-
gando el tema?

—En este mismo momento, sí —replicó Seth—.
La cantidad de papeles es tal que se necesitaría un ejército de ratas de biblioteca para sacar algo en claro.

—Os habéis defendido bastante bien —señaló Ian.

—No esperábamos menos —indicó Ben—. Vol-
ved con el bibliotecario y no le perdáis de vista ni un
segundo. Hay algo en todo esto que se nos escapa.

—¿Qué vais a hacer vosotros? —preguntó Michael, conociendo la respuesta de antemano.

—Iremos a la casa del ingeniero —repuso
Ben—. Tal vez lo que buscamos esté allí.

—Tal vez haya otra cosa... —apuntó Michael.
Ben sonrió.

—Como he dicho, correremos el riesgo.

* * *

Sheere, Ian y Ben llegaron al pie de la verja que
custodiaba la casa del ingeniero Chandra Chatterghee poco antes de la medianoche. Mirando hacia el
este, la silueta angulosa de la estrecha torre del Syam-

bazaar se recortaba en la esfera de la luna y proyectaba su sombra dibujando una aguja negra y afilada hacia el insondable jardín de palmeras y arbustos salvajes que ocultaba aquella enigmática estructura.

Ben se apoyó sobre las lanzas metálicas que tejían la verja y examinó las puntas afiladas y amenazadoras.

—Habrá que saltar —comentó—. Y no parece fácil.

—No será necesario —dijo Sheere junto a él—. Nuestro padre describió cada milímetro de esta casa en su libro antes de construirla y yo he pasado años memorizando cada rincón de ella. Si lo que escribió es cierto, y no tengo duda alguna al respecto, tras esos arbustos hay una pequeña laguna y, más allá, se alza la casa.

—¿Y qué me dices de estas lanzas? —inquirió Ben—. ¿Hablaba también de ellas? No quisiera acabar la noche con un zurcido.

—Hay otro modo de entrar en esta casa sin necesidad de salvar esta verja —dijo Sheere.

—¿A qué estamos esperando? —preguntaron Ian y Ben al mismo tiempo.

Sheere los condujo a través de un estrecho callejón, apenas una brecha entre la verja de la casa y los muros de un edificio de aspecto arábigo colindante, hasta una abertura circular que parecía servir de desagüe o colector principal de las tuberías de la casa. Un hedor agrio y mordiente exhalaba del interior.

—¿Por ahí? —preguntó Ben, incrédulo.

—¿Qué esperabas? —espetó Sheere—. ¿Alfombras persas?

Ben oteó el interior del túnel de alcantarillado y lo olfateó de nuevo.

—Divino —concluyó dirigiéndose a Sheere—. Tú primero.

EL PÁJARO DE FUEGO

La boca del túnel emergía al aire libre bajo la arcada de un pequeño puente de madera, tendido sobre la laguna que se extendía formando un oscuro manto de terciopelo frente a la casa del ingeniero Chandra Chatterghee. Sheere condujo a los dos muchachos a través de una angosta orilla arcillosa que cedía bajo sus pies hasta el extremo del estanque y se detuvo a contemplar el edificio con el que había soñado durante toda su vida. Aquella noche podía verlo con sus propios ojos por primera vez bajo la bóveda de estrellas y nubes en tránsito que dibujaban una fuga al infinito. Ian y Ben se unieron a ella en silencio.

La construcción era un edificio de dos plantas flanqueado por dos torres que se alzaban a cada extremo. Su fisonomía fundía rasgos de varios estilos arquitectónicos, desde los perfiles eduardianos a las extravagancias paladinescas y las siluetas que se dirían prestadas de un castillo perdido en los montes de Baviera. El conjunto, sin embargo, conservaba una serena elegancia que desafiaba la mirada crítica del observador. La casa parecía proyectar un embrujo seductor que, tras la primera impresión de perplejidad, sugería que aquella imposible disparidad de estilos y trazos había sido concebida para que conviviesen en armonía. Oculta en la densa jungla de vegetación salvaje que la camuflaba en el corazón de la *ciudad negra*, la morada del ingeniero ofrecía un sólido aspecto palaciego y se erguía altiva frente a la laguna, como un gran cisne negro contemplando su reflejo en un estanque de obsidiana.

—¿Es así como la describió tu padre? —preguntó Ian.

Sheere asintió, maravillada, y se dirigió hacia el umbral de los escalones que ascendían hasta la puerta de la casa. Ben e Ian la observaron con reservas, preguntándose cómo pensaba entrar en aquella fortaleza. Sheere, por su parte, parecía desenvolverse en aquel enigmático entorno como si hubiera sido su morada desde la infancia. La naturalidad con que rodeaba obstáculos que aparecían velados por el manto de la noche inspiraba en los dos muchachos una extraña sensación de saberse intrusos, invitados accidentales al encuentro entre Sheere y el sueño que había alimentado en sus años nómadas. Al contemplarla ascender aquellos peldaños, Ben e Ian comprendieron que aquel lugar desierto y envuelto en un halo fantasmal era el único y verdadero hogar que la muchacha había tenido.

—¿Vais a quedaros ahí toda la noche? —dijo Sheere desde lo alto de la escalinata.

—Nos estábamos preguntando por dónde íbamos a entrar —apuntó Ben, e Ian asintió suscribiendo la duda de su amigo.

—Yo tengo la llave —dijo la muchacha.

—¿La llave? —preguntó Ben—. ¿Dónde?

—Aquí —respondió Sheere señalando su cabeza con el dedo índice—. Las cerraduras de esta casa no pueden abrirse con una llave convencional. Existe una clave.

Ben e Ian se aproximaron, intrigados. Al llegar a la puerta, ambos pudieron comprobar que en el centro se encontraba una serie de cuatro ruedas superpuestas sobre un eje, de mayor a menor diámetro a medida que se encontraban más alejadas de la superficie. En el perímetro de las ruedas se podían distinguir diferentes signos labrados sobre el metal, igual que las horas en la esfera de un reloj.

—¿Qué significan esos símbolos? —preguntó Ian tratando de desvelarlos en la penumbra.

Ben extrajo un fósforo de la caja de cerillas que siempre llevaba encima como medida de precaución y lo prendió frente a las ruedas dentadas del mecanismo de cerradura. El metal brilló a los ojos de los tres muchachos.

—¡Alfabetos! —exclamó Ben—. Cada rueda tiene un alfabeto grabado. Griego, latino, arábigo y sánscrito.

—Fabuloso —suspiró Ian—. Esto será pan comido...

—No desesperéis —intervino Sheere—. La clave es sencilla. Basta componer una palabra de cuatro letras con los diferentes alfabetos.

Ben la observó detenidamente.

—¿Cuál es esa palabra?

—Dido —respondió la muchacha.

—¿Dido? —preguntó Ian—. ¿Qué significado tiene?

—Es el nombre de una reina de la mitología fenicia —explicó Ben.

Sheere asintió e Ian sintió celos del brillo que parecía fluir entre las miradas de ambos hermanos.

—Sigo sin entenderlo —objetó Ian—. ¿Qué pintan los fenicios en Calcuta?

—La reina Dido se lanzó a una pira funeraria ardiente para apaciguar la ira de los dioses, en Cartago —explicó Sheere—. Es el poder purificador del fuego... También los egipcios tenían su mito, el ave fénix.

—El mito del pájaro de fuego —añadió Ben.

—¿No es ése el nombre del proyecto militar del que hablaba Seth? —preguntó Ian.

Su amigo asintió.

—Este asunto me está empezando a poner los

pelos de punta —afirmó Ian—. ¿No pensaréis en serio entrar ahí dentro? ¿Qué vamos a hacer ahora?

Ben y Sheere intercambiaron una mirada decidida.

—Muy simple —contestó Ben—. Vamos a abrir esta puerta.

* * *

Los párpados del orondo bibliotecario Mr. De Rozio empezaban a tener la consistencia de losas de mármol ante los cientos de documentos que le rodeaban. El océano de palabras y cifras que había rescatado de los archivos del ingeniero Chandra Chatterghee había emprendido una sinuosa danza caprichosa que parecía susurrarle una irresistible canción de cuna.

—Chicos, creo que habría que dejarlo hasta mañana por la mañana —empezó Mr. De Rozio.

Seth, que había estado temiendo ese anuncio durante largo rato, afloró en el acto de entre el maremágnum de carpetas y exhibió una sonrisa sacramental.

—¿Dejarlo ahora, Mr. De Rozio? —objetó amablemente—. ¡Imposible! No podemos abandonar ahora.

—Es sólo cuestión de segundos que me desplome sobre la mesa, hijo —replicó De Rozio—. Y Shiva, en su infinita bondad, me ha otorgado un peso que, en la última comprobación efectuada el pasado mes de febrero, oscilaba entre las 250 y 260 libras. ¿Sabes lo que es eso?

Seth sonrió jovialmente.

—Unos 120 kilogramos —calculó.

—Exacto —confirmó De Rozio—. ¿Has intentado mover alguna vez a un adulto de 120 kilos, hijo?

Seth meditó la cuestión.

—No tengo constancia de ello en este momento, sin embargo...

—¡Un momento! —exclamó Michael desde algún punto invisible de la sala atestada de carpesanos, cajas y pilas de papel amarillento—. ¡He encontrado algo!

—Espero que sea una almohada —protestó De Rozio, incorporando su imponente masa con fastidio.

Michael apareció tras una columna de estanterías polvorientas portando una caja repleta de pliegos de papel y sellos timbrados que el tiempo había descolorido sin piedad. Seth alzó las cejas y rogó por que el hallazgo valiese la pena.

—Creo que es el sumario de un juicio por una serie de asesinatos —dijo Michael—. Estaba bajo un pliego de citaciones a nombre del ingeniero Chandra Chatterghee.

—¿El juicio a Jawahal? —saltó Seth, visiblemente excitado.

—Déjame ver —ordenó De Rozio.

Michael depositó la caja sobre el escritorio del bibliotecario. Una nube de polvo amarillento inundó el cono de luz dorada que proyectaba la lamparilla eléctrica. Los gruesos dedos del bibliotecario repasaron cuidadosamente los documentos, mientras sus ojos diminutos escrutaban su contenido. Seth observó el rostro del bibliotecario con el corazón encogido a la espera de alguna palabra o signo clarificador. De Rozio se detuvo en una hoja que parecía llevar diversos sellos y la acercó a la luz.

—Vaya, vaya —murmuró para sí.

—¿Qué es, señor? —suplicó Seth—. ¿Qué ha encontrado?

De Rozio alzó la mirada y blandió una amplia sonrisa felina.

—Tengo en mis manos un documento firmado por el coronel Sir Arthur Llewelyn. En él, alegando razones de estado mayor y secreto militar, ordena sobreseer el procedimiento judicial N.° 089861/A de la sala cuarta del Tribunal Mayor de Justicia de la ciudad de Calcuta, en el que se inculpa al ciudadano Lahawaj Chandra Chatterghee, ingeniero, de presunta implicación, encubrimiento y/o ocultamiento de pruebas en una investigación de asesinato, y trasladarlo a la corte suprema de justicia militar del ejército de Su Majestad, quedando anuladas todas las resoluciones previas, así como las pruebas aportadas por la defensa y el ministerio fiscal en la vista. Fecha: 14 de septiembre de 1911.

Michael y Seth contemplaron atónitos a Mr. De Rozio, sin acertar a pronunciar palabra.

—Bien, hijos —concluyó el bibliotecario—. ¿Quién de vosotros sabe hacer café? Ésta puede ser una noche muy larga...

* * *

La cerradura de las cuatro ruedas de alfabetos emitió un crujido casi inaudible y, tras unos segundos, la masa férrea de la puerta se abrió lentamente en dos láminas, dejando escapar con una exhalación el aire que había permanecido atrapado en el interior de la casa durante años. Ian palideció en la sombra.

—Se ha abierto —susurró tembloroso.

—Siempre el gran observador —comentó Ben.

—No es momento para bromas —replicó Ian—. No sabemos lo que hay ahí dentro.

Ben extrajo su caja de fósforos y la agitó en el aire, haciéndolos sonar.

—Eso es sólo una cuestión de tiempo —afirmó—. ¿Quieres ser el primero en entrar?

Ian le ofreció una sonrisa recalcitrante.

—Te cedo los honores —replicó.

—Yo iré primero —dijo Sheere, adentrándose en la casa sin esperar la respuesta de los dos amigos.

Ben se apresuró a prender otro fósforo y seguir sus pasos. Ian echó un último vistazo al cielo nocturno, como si temiese que aquélla fuese su última oportunidad para contemplarlo, y tras inspirar profundamente, se sumergió en el interior de la casa del ingeniero. Un instante después, la puerta se cerró a sus espaldas con la misma suavidad y precisión con que les había franqueado el paso.

Los tres muchachos se detuvieron el uno junto al otro y Ben alzó la cerilla en alto. Ante sus ojos se desplegó un impresionante espectáculo que excedía las ensoñaciones que ninguno de ellos había albergado respecto a aquel lugar.

Se encontraban en una sala sostenida por gruesas columnas bizantinas y coronada por una bóveda cóncava cubierta por un fresco monumental. En él se podían apreciar cientos de figuras de la mitología hindú formando una interminable crónica en imágenes que constituían círculos concéntricos alrededor de una figura central esculpida en relieve sobre la pintura: la diosa Kali.

Las paredes de la sala estaban formadas por estantes atestados de libros que dibujaban dos semicírculos de más de tres metros de altura. El suelo estaba cubierto por un mosaico de brillantes esmaltes negros y puntas de cristal de roca, lo que conseguía crear la ilusión de un firmamento de constelaciones y estrellas. Ian observó detenidamente el trazado a sus pies y reconoció la configuración de las varias figuras celestes de las que Bankim les había hablado en el St. Patrick's.

—Seth tendría que ver esto... —susurró Ben.

En el extremo de la sala, más allá de aquella alfombra de estrellas que representaba el universo conocido, una escalera de caracol ascendía en espiral al segundo piso de la casa.

Antes de que pudiera advertirlo, la llama del fósforo le quemó los dedos a Ben y los tres muchachos quedaron de nuevo en la oscuridad absoluta. Los caminos de constelaciones a sus pies, sin embargo, seguían brillando como el firmamento nocturno.

—Es increíble —murmuró Ian para sí.

—Espera a ver el piso de arriba —replicó la voz de Sheere a unos metros de él.

Ben encendió una nueva cerilla y los dos amigos comprobaron que la muchacha ya los esperaba junto a la escalera en espiral. Sin mediar palabra, Ben e Ian la siguieron.

La escalera de caracol se izaba en el centro de un conducto que parecía formar una linterna similar a las que habían estudiado en grabados de ciertos castillos franceses construidos a orillas del río Loira. Alzando la vista, los muchachos podían experimentar la sensación de encontrarse en el interior de un gran calidoscopio, coronado por un rosetón catedralicio de cristales multicolores que transformaba la luz de la luna y la descomponía en cientos de haces azules, escarlatas, amarillos, verdes y ámbar.

Al llegar al primer piso, comprobaron que las agujas de luz que emergían de la corona de la linterna proyectaban dibujos y figuras cambiantes, que recorrían lentamente las paredes de la sala como imágenes de un primitivo cinematógrafo espectral.

—Mirad eso —dijo Ben señalando una gran superficie que se extendía a una altura de un metro sobre el suelo y ocupaba un rectángulo de casi cuarenta metros cuadrados.

Los tres se acercaron hasta ella y descubrieron lo que parecía ser una inmensa maqueta de Calcuta, reproducida con un grado de detalle y realismo que, al contemplarla de cerca, producía la ilusión de estar sobrevolando la verdadera ciudad. Pudieron reconocer el trazado del Hooghly, el Maidán, Fort William, la *ciudad blanca*, el templo de Kali al sur de Calcuta, la *ciudad negra*, e incluso los bazares. Sheere, Ian y Ben contemplaron maravillados aquella extraordinaria miniatura durante un largo espacio de tiempo, cautivados por la belleza y el encantamiento que producía su observación.

—Ahí está la casa —señaló Ben.

Todos se unieron a él y comprobaron que en el corazón de la *ciudad negra* se alzaba una fiel reproducción de la casa en la que se encontraban. Las luces multicolores de la linterna barrían las calles de aquella miniatura como haces caídos del cielo a cuyo paso se revelaban los secretos ocultos de Calcuta.

—¿Qué es lo que hay detrás de la casa? —preguntó Sheere.

—Parece una vía de tren —apuntó Ian.

—Lo es —confirmó Ben, siguiendo su trazado

hasta que su mirada descubrió la silueta angulosa y majestuosa de Jheeter's Gate, tras un puente de metal que cruzaba el Hooghly.

—Esa vía lleva hasta a la estación del incendio —dijo Ben—. Es una vía muerta.

—Hay un tren parado en el puente —observó Sheere.

Ben rodeó la maqueta para aproximarse hasta la reproducción del ferrocarril y lo examinó detenidamente. Un incómodo cosquilleo le recorrió la espalda. Reconocía aquel tren. Lo había visto la noche anterior, aunque él lo había tomado por una pesadilla. Sheere se acercó a él en silencio y Ben advirtió que había lágrimas en sus ojos.

—Ésta es la casa de nuestro padre, Ben —murmuró Sheere—. La construyó para nosotros, para que fuera nuestra.

Ben rodeó a Sheere con los brazos y la apretó contra sí. Ian le observaba desde el otro extremo de la sala y desvió la mirada. Ben acarició el rostro de Sheere y la besó en la frente.

—De ahora en adelante —dijo—, siempre será nuestra casa.

En ese momento el pequeño tren detenido sobre el puente encendió sus luces y, lentamente, sus ruedas empezaron a girar sobre los raíles.

* * *

Mientras Mr. De Rozio consagraba en silencio sepulcral todos sus poderes de análisis y su astucia de zorro documentalista a los informes del juicio que el coronel Llewelyn había puesto tanto empeño en sepultar, Seth y Michael hacían lo propio con una extraña carpeta que contenía planos y numerosas anotaciones a mano del propio Chandra. Seth la había encontrado en el fondo de una de las cajas que contenían los efectos del ingeniero. Tras su desaparición, en vista de que ningún familiar o institución los había reclamado, y atendiendo a la relevancia pública del personaje, habían ido a perderse en el limbo de los archivos del museo, cuya biblioteca estaba compartida en consorcio con diversas instituciones científicas y académicas de Calcuta, entre ellas, el Instituto de Ingeniería Superior, del que Chandra Chatterghee había sido uno de los más ilustres y controvertidos miembros. La carpeta estaba encuadernada con sencillez y respondía a una única leyenda caligrafiada en tinta azul sobre la portada: *El Pájaro de Fuego*.

Seth y Michael habían obviado el hallazgo para no distraer al orondo bibliotecario de la tarea que acaparaba sus talentos y para la cual su pericia de viejo diablo archivador era insustituible. Con tal espíritu, se habían retirado al otro extremo de la sala y se habían entregado al análisis de los documentos en silencio.

—Estos dibujos son formidables —susurró Michael, admirando el trazo del ingeniero en diversos grabados que mostraban objetos mecánicos cuya función concreta le resultaba arcana e insondable.

—Estemos por lo que tenemos que estar —reprendió Seth—. ¿Qué dice del Pájaro de Fuego?

—Las ciencias no son mi fuerte —empezó Michael—, pero que me maten si todo esto no es el despiece de una gran maquinaria incendiaria.

Seth observó los planos sin comprender un ápice de lo que significaban. Michael se anticipó a sus cuestiones.

—Esto es un tanque de aceite o algún tipo de combustible —señaló Michael sobre los planos—. A él está unido este mecanismo de succión. No es más que una bomba de alimentación, como la de un pozo. La bomba suministra el combustible para mantener este círculo de llamas. Una especie de piloto de fuego.

—Pero esas llamas no deben de medir más que unos centímetros —objetó Seth—. No veo el poder incendiario por ningún sitio.

—Observa esta conducción.

Seth vio a lo que se refería su amigo: una especie de tubería similar al cañón de un fusil.

—Las llamas afloran en el perímetro de la boca del cañón.

—¿Y?

—Mira este otro extremo —dijo Michael—. Es un tanque, un tanque de oxígeno.

—Química elemental —murmuró Seth, atando cabos.

—Imagínate lo que sucedería si ese oxígeno saliese escupido a presión por el conducto y atravesara el círculo de llamas —sugirió Michael.

—Un cañón de fuego —corroboró Seth.

Michael cerró la carpeta y miró a su amigo.

—¿Qué clase de secreto tenía que ocultar Chandra para diseñar un juguete así para un carnicero como Llewelyn? Es como regalarle un cargamento de pólvora al emperador Nerón...

—Eso es lo que tenemos que averiguar —dijo Seth—. Y pronto.

* * *

Sheere, Ben e Ian siguieron en silencio el recorrido del tren a través de la maqueta, hasta que la pequeña locomotora se detuvo justo tras la miniatura que reproducía la casa del ingeniero. Las luces se extinguieron lentamente y los tres amigos permanecieron inmóviles y expectantes.

—¿Cómo demonios se mueve este tren? —preguntó Ben—. Tiene que sacar la energía de algún sitio. ¿Existe algún generador de electricidad en esta casa, Sheere?

—No, que yo sepa —repuso su hermana.

—Tiene que haberlo —afirmó Ian—. Busquémoslo.

Ben negó con la cabeza.

—No es eso lo que me preocupa —dijo—. Suponiendo que lo haya, no conozco ningún generador que se conecte solo. Y menos aún después de años de inactividad.

—Tal vez esta maqueta funcione con otro tipo de mecanismo —sugirió Sheere sin demasiada convicción.

—Tal vez haya alguien más en la casa —repuso Ben.

Ian maldijo su suerte mentalmente.

—Lo sabía... —murmuró, abatido.

—¡Espera! —exclamó Ben.

Ian miró a su amigo y vio que señalaba de nuevo hacia la maqueta. El tren había reemprendido el movimiento y rehacía su camino en dirección inversa.

—Está volviendo a la estación —observó Sheere.

Ben se acercó lentamente hasta el extremo de la maqueta y se detuvo junto al tramo de vía que el tren empezaba a enfilar.

—¿Qué te propones? —preguntó Ian.

Su amigo no respondió y extendió su brazo progresivamente hacia la vía, mientras la locomotora se aproximaba por momentos. Cuando el tren cruzó frente a él, asió la locomotora y la alzó en el aire, desenganchándola de los vagones. El resto del convoy fue perdiendo velocidad paulatinamente hasta detenerse en la vía. Ben se acercó a la luz de la linterna y examinó la pequeña locomotora. Sus diminutas ruedas giraban cada vez más lentamente.

—Alguien tiene un sentido del humor bastante extraño —comentó Ben.

—¿Por qué? —inquirió Sheere.

—Hay tres figuras de plomo dentro de la locomotora —dijo Ben—, y se parecen a nosotros más allá de posibles coincidencias.

Sheere se aproximó a Ben y tomó la pequeña locomotora entre sus manos. Las danzantes líneas de luz dibujaron un arco iris sobre su rostro y sus labios formaron una sonrisa serena y resignada.

—Sabe que estamos aquí —dijo la muchacha—. No tiene sentido que sigamos ocultándonos.

—¿Quién lo sabe? —preguntó Ian.

—Jawahal —respondió Ben—. Está esperando. Lo que no sé es qué espera.

* * *

Siraj y Roshan se detuvieron frente a la silueta espectral del puente de metal que se perdía en la niebla que cubría el río Hooghly y se dejaron caer contra un muro, agotados después de recorrer la ciudad en vano tras el rastro de Isobel. Las cúspides de las torres de Jheeter's Gate asomaban entre la niebla dibujando la cresta de un dragón dormido en una nube de su propio aliento.

—Falta muy poco para el amanecer —dijo Roshan—. Deberíamos volver. Tal vez Isobel esté esperándonos desde hace horas.

—No lo creo —repuso Siraj.

La carrera nocturna se dejaba sentir en la voz del muchacho, pero por primera vez en años, Roshan no le había oído quejarse ni una sola vez de su asma.

—Hemos buscado en todas partes —replicó Roshan—. No podemos hacer más. Al menos vayamos a buscar más ayuda.

—Nos queda un sitio por visitar...

Roshan contempló la siniestra estructura de Jheeter's Gate entre la niebla y suspiró.

—Isobel no se metería ahí ni loca —dijo—. Y yo tampoco.

—Iré solo entonces —respondió Siraj, incorporándose de nuevo.

Roshan le oyó jadear y cerró los ojos, abatido.

—Siéntate —le ordenó, adivinando los pasos de Siraj alejándose hacia el puente.

Cuando abrió los ojos, la escuálida silueta de Siraj se sumergía en la niebla.

—Maldita sea —murmuró para sí, y se levantó para seguir a su amigo.

Siraj se detuvo al final del puente y contempló el pórtico de Jheeter's Gate que se alzaba frente a él. Roshan se acercó hasta su compañero y ambos examinaron el lugar. Una corriente de aire frío emergía de los túneles de la estación y el hedor a madera quemada y suciedad se hacía cada vez más perceptible. Los dos muchachos trataron de dilucidar algo en el pozo de negrura que se abría tras el umbral de la gran bóveda de la estación. El eco lejano de una llovizna repiqueteaba sobre los carteles caídos.

—Esto parece la boca del infierno —dijo Roshan—. Larguémonos, ahora que podemos.

—Es todo mental —dijo Siraj—. Piensa que no es más que una estación abandonada. No hay nadie aquí dentro. Sólo nosotros.

—Si no hay nadie, ¿por qué tenemos que entrar en ella? —protestó Roshan.

—No tienes por qué entrar si no quieres —repuso Siraj sin ningún asomo de reproche.

—Ya —atajó Roshan—. ¿Y tú entrarás solo, no? Olvídalo. Andando.

Los dos miembros de la Chowbar Society se adentraron en la estación siguiendo el rastro de los raíles que cruzaban el puente y dibujaban la ruta del andén central. La oscuridad en el interior de la bóveda era mucho más densa que en el exterior y apenas podían distinguirse los contornos de los objetos entre manchas de claridad grisácea y acuosa. Roshan y Siraj caminaron lentamente, separados apenas por un metro de distancia, mientras el eco de sus pasos formaba una letanía recurrente entre el susurro de las corrientes de aire, que parecían rugir en algún lugar del interior de los túneles con la voz de un mar lejano y enfurecido.

—Es mejor que subamos al andén —apuntó Roshan.

—Hace años que no pasan trenes por aquí. ¿Qué más da?

—A mí me importa, ¿de acuerdo? —replicó Roshan, que no podía apartar de su mente la imagen de un tren penetrando en la vía desde la boca del túnel y arrollándolos bajo sus ruedas.

Siraj murmuró algo ininteligible pero revestido de un tono de aceptación, y se disponía a trepar hasta el andén cuando algo emergió desde los túneles, flotando en el aire y dirigiéndose hacia los dos muchachos.

—¿Qué es eso? —murmuró Roshan, alarmado.

—Parece un trozo de papel —acertó a decir Siraj—. El viento arrastra la basura, eso es todo.

La lámina blanca rodó sobre el suelo hasta sus pies y se detuvo junto a Roshan. El muchacho se arrodilló y la tomó en sus manos. Siraj vio cómo se descomponía el rostro de su amigo.

—¿Qué pasa ahora? —preguntó, sintiendo que el temor de Roshan empezaba a resultar contagioso.

Su amigo le tendió la lámina en silencio y Siraj la reconoció al instante. Era el dibujo de ellos que Michael había hecho frente a aquel estanque y del que Isobel se había apropiado. Siraj le devolvió el dibujo a su compañero y, por primera vez desde que habían empezado la búsqueda, contempló la posibilidad de que Isobel estuviera en verdadero peligro.

—¿Isobel? —gritó Siraj hacia los túneles.

El eco de su voz se perdió en las entrañas de aquel lugar y le heló la sangre. Siraj trató de concentrarse en no perder el control de su respiración, que cada vez le resultaba más dificultosa. Dejó que el reflejo de su voz se desvaneciese y, templando sus nervios, llamó de nuevo:

—¿Isobel?

Un fuerte impacto metálico resonó desde algún lugar de la estación. Roshan reaccionó de un salto y miró a su alrededor. El viento de los túneles les azotó el rostro y los dos muchachos retrocedieron unos pasos.

—Hay algo ahí dentro —murmuró Siraj señalando hacia el túnel con una serenidad que su compañero no acababa de comprender.

Roshan concentró la mirada en la boca negra del túnel y, entonces, él también pudo verlo. Las luces lejanas de un tren se aproximaban. Sintió los raíles vibrar bajo sus pies y miró a Siraj, aterrado. Siraj sonreía extrañamente.

—Yo no voy a poder correr tan deprisa como tú, Roshan —dijo pausadamente—. Los dos lo sabemos. No me esperes y ve a buscar ayuda.

—¿De qué demonios estás hablando? —exclamó Roshan, perfectamente consciente de lo que su amigo insinuaba.

Las luces del tren penetraron en la bóveda de la estación como un rayo en la tormenta.

—Corre —ordenó Siraj—. Ahora.

Roshan se perdió en los ojos de su amigo y sintió el estruendo de la locomotora cada vez más próximo. Siraj asintió. Roshan reunió todas sus fuerzas y echó a correr desesperadamente hacia el extremo del andén, en busca de un lugar en el que saltar fuera de la trayectoria del tren. Corrió tan de prisa como pudo, sin detenerse a mirar atrás, con la certeza de que se encontraría con la cuña de aluminio de la locomotora a tan sólo un palmo de su rostro si osaba hacerlo. Los quince metros que le separaban del fin del andén se convirtieron en ciento cincuenta y, presa del pánico, creyó ver cómo la vía se alargaba ante sus ojos en una fuga vertiginosa. Cuando se lanzó al suelo y rodó sobre los escombros, sintió el rugido del tren atronando a escasos centímetros del lugar donde había caído. Oyó el aullido ensordecedor de los niños y percibió en su piel la mordedura de las llamas durante diez terribles segundos en los que imaginó que la estructura de la estación se desplomaría sobre él.

Luego, súbitamente se hizo el silencio. Roshan se incorporó y abrió los ojos por primera vez desde que había saltado. La estación estaba de nuevo desierta y no había más rastro del tren que dos hileras de llamas que se extinguían a lo largo de los raíles. Notó que las entrañas se le inundaban de agua helada y corrió de vuelta hacia el punto donde había visto por última vez a Siraj. Maldiciendo su cobardía, lloró de rabia y comprobó que estaba solo en la estación.

El amanecer, a lo lejos, le mostraba el camino de salida.

* * *

El preludio del alba se insinuaba tímidamente a través de los postigos cerrados de la sala de la biblioteca del museo indio. Seth y Michael, exhaustos, dormitaban sobre la mesa al borde de la inconsciencia. Mr. De Rozio suspiró profundamente y retiró su silla del escritorio frotándose los ojos. Llevaba horas enfrascado en el océano de documentos tratando de desentrañar aquel monstruoso sumario judicial; su estómago le reclamaba atenciones, amén de una clara moratoria en la ingestión de café si se esperaba de él que siguiera cumpliendo sus funciones con cierta dignidad.

—Me rindo, bellas durmientes —atronó.

Seth y Michael levantaron la cabeza de un respingo y comprobaron que el día había madrugado más que ellos.

—¿Qué ha podido encontrar, señor? —preguntó Seth, reprimiendo un bostezo.

Su estómago crujía y su cabeza parecía estar repleta de un potaje de manzanas cocidas.

—¿Bromeas, hijo? —dijo el bibliotecario—. Me parece que me habéis tomado el pelo.

—No comprendo, señor —adujo Michael.

De Rozio bostezó airosamente mostrando unas fauces cavernosas y emitió un sonido que despertó en los muchachos la imagen mental de un hipopótamo retozando en un río.

—Muy simple —dijo—. Vinisteis aquí con una historia de asesinatos y crímenes y con ese absurdo enredo del tal Jawahal.

—Pero todo eso es cierto. Tenemos información de primera mano.

De Rozio rió con sorna.

—A lo mejor es a vosotros a quienes han tomado por tontos —replicó—. En toda esa pila de papeles no he encontrado una sola mención a vuestro amigo Jawahal. Ni una letra. Cero.

Seth sintió que su desinflado estómago se deslizaba hasta sus pies por la pernera del pantalón.

—Pero eso es imposible, señor. Jawahal fue condenado e ingresó en la prisión, de la que huyó años después. Tal vez podríamos empezar de nuevo por ahí. Por la fuga. Debe de constar en algún lugar...

De Rozio le escrutó con escepticismo con sus ojos porcinos y penetrantes. Su rostro delataba claramente que no había segunda oportunidad.

—Si yo fuera vosotros, chicos —sugirió el bibliotecario—, volvería a donde hubiese conseguido esa historia y me aseguraría de que esta vez me la contaran entera. Y respecto a ese Jawahal, que según vuestro informante misterioso estaba en prisión, me parece que es más escurridizo de lo que vosotros o yo podemos manejar.

De Rozio examinó a los dos muchachos. Estaban pálidos como el mármol. El orondo erudito les ofreció una sonrisa de conmiseración.

—Mis condolencias —murmuró—. Habéis estado olfateando en el agujero equivocado...

Poco después, Seth y Michael contemplaban el amanecer sentados en los escalones de la fachada principal del museo indio. Una ligera llovizna había impregnado las calles de una capa brillante que formaba una lámina de oro líquido a la luz del sol ascendente entre las brumas del este. Seth miró a su compañero y le mostró una moneda.

—Cara, yo voy a ver a Aryami y tú vas a la prisión —dijo—. Cruz, al revés.

Michael asintió con los ojos entrecerrados. Seth lanzó la moneda al aire y el círculo de bronce describió una trayectoria de brillos parpadeantes, hasta detenerse de nuevo sobre la muñeca del chico. Michael se inclinó para comprobar el resultado.

—Recuerdos a Aryami... —murmuró Seth.

* * *

La luz del día llegó finalmente a la casa del ingeniero Chandra tras una noche que parecía no querer acabar jamás. Ian bendijo por primera vez en su vida el sol de Calcuta cuando sus rayos velaron el manto de oscuridad que los había envuelto durante horas.

El día se llevó consigo el aspecto amenazador de la casa, y Ben y Sheere también agradecieron visiblemente la llegada de la claridad con un gesto relajado y de sincero cansancio. Les costaba recordar la última vez que habían dormido, aunque apenas hubiera sido unas horas antes. El peso del sueño y el agotamiento que el ritmo de los acontecimientos les había deparado les permitían afrontar la situación ahora con una serenidad que, en la oscuridad de la noche, no hubieran osado considerar.

—Bien —dijo Ben—. Si hay algo que esta casa tiene, es que resulta segura. Si nuestro amigo Jawahal hubiese podido entrar aquí, ya lo hubiese hecho. Nuestro padre tendría aficiones excéntricas, pero sabía proteger una casa. Propongo que tratemos de dormir un poco. Tal como están las cosas, prefiero dormir a la luz del día y estar bien despierto al anochecer.

—No puedo estar más de acuerdo —convino Ian—. ¿Dónde podríamos dormir?

—Hay varias habitaciones en las torres —explicó Sheere—, podemos elegir.

—Sugiero utilizar habitaciones contiguas —apuntó Ben.

—De acuerdo —dijo Ian—. Y tampoco estaría de más comer algo.

—Eso tendrá que esperar —repuso Ben—. Más tarde saldremos a buscar algo.

—¿Cómo podéis tener hambre? —preguntó Sheere.

Ben e Ian se encogieron de hombros.

—Fisiología elemental —repuso Ben—. Pregúntale a Ian. Él es el médico.

—Como me dijo una vez una maestra que daba clases de lectura en una escuela de Bombay —dijo Sheere—, la principal diferencia entre un hombre y una mujer es que un hombre siempre antepone su estómago a su corazón. Una mujer siempre hace lo contrario.

Ben sospesó aquella teoría y no dudó en contraatacar.

—Cito textualmente a nuestro misógino favorito, Mr. Thomas Carter, soltero profesional y vocacional: «La verdadera diferencia es que, mientras los hombres tienen el estómago mucho mayor que el cerebro y el corazón, el corazón de las mujeres es tan pequeño que siempre se les escapa por la boca.»

Ian asistió al cruce de citas ilustres presa de un absoluto asombro.

—Filosofía barata —sentenció Sheere.

—La barata, querida Sheere —declaró Ben—, es la única filosofía que vale algo.

Ian alzó una mano en señal de tregua.

—Buenas noches, pareja —dijo dirigiéndose directamente hacia la torre.

Diez minutos después los tres estaban sumidos en un profundo sueño del que nadie podría haberlos despertado. La fatiga pudo más que el miedo.

* * *

Seth descendió media milla hacia el Sur desde la escalinata del museo indio en Chowringhee Road y torció en Park Street hacia el Este, en dirección al área del Beniapukur, donde las ruinas de la antigua penitenciaría de Curzon Fort se alzaban en las inmediaciones del cementerio escocés. El deteriorado camposanto de los escoceses había sido construido en lo que antiguamente suponían los límites oficiales de la ciudad. En aquella época, la elevada tasa de mortalidad y la velocidad con que los cadáveres se descomponían obligaron a trasladar todos los terrenos funerarios fuera de Calcuta por motivos de salud pública. Los escoceses, irónicamente, aunque habían controlado con mano firme durante décadas toda la actividad mercantil de Calcuta, descubrieron que no podían pagarse un entierro entre las tumbas de sus vecinos británicos, y se vieron obligados a levantar su propio cementerio. En Calcuta los ricos se negaban a ceder su suelo a los más pobres, incluso después de muertos.

Al aproximarse a los restos de la penitenciaría de Curzon Fort, Seth comprendió por qué motivo todavía no había sido víctima de los sangrientos derribos habituales en la ciudad. La estructura del edificio parecía pender de un hilo invisible dispuesto a desplomarse sobre el gentío al menor intento de alterar su equilibrio. El incendio parecía haber devorado la prisión como si de una maqueta de cartón se tratara, abriendo brechas y destrozando vigas y puntales con ferocidad inusitada. Las techumbres carbonizadas podían entreverse a través de los ventanales, como las encías enfermas de un viejo animal.

Seth se acercó al umbral del edificio y se preguntó de qué modo iba a averiguar algo en aquella pila de maderos y ladrillos quemados. A buen seguro, no permanecería allí más memoria del pasado que los barrotes de metal y las celdas que acabaron sus días transformadas en hornos mortales y sin escapatoria.

—¿Vienes de visita, muchacho? —susurró una voz quebrada a su espalda.

Seth se volvió, sobresaltado, y comprobó que las palabras que había oído provenían de los labios de un anciano harapiento cuyos pies y manos lucían amplias llagas en avanzado estado de infección. Sus ojos oscuros le observaban nerviosamente tras un rostro enmascarado por la mugre y una barba cana y rala que se diría cortada a cuchillo.

—¿Es ésta la penitenciaría de Curzon Fort, señor? —preguntó Seth.

Los ojos del mendigo se agrandaron al oír el insólito tratamiento que le dedicaba el muchacho, y una sonrisa desdentada afloró a sus labios apergaminados.

—Lo que queda de ella —contestó—. ¿Buscas acomodo, hijo?

—Busco información —repuso Seth, tratando de corresponder al mendigo con una sonrisa amable y cortés.

—Éste es un mundo de ignorantes; nadie busca información. Excepto tú. ¿Y qué quieres saber, muchacho?

—¿Conoce usted este lugar? —preguntó Seth.

—Vivo en él —replicó el mendigo—. Un día fue mi cárcel; hoy es mi casa. La providencia ha sido generosa conmigo.

—¿Estuvo usted preso en Curzon Fort? —preguntó Seth, sin poder ocultar su asombro.

—Hubo un tiempo en que cometí grandes errores... y tuve que pagar por ellos —ofreció el mendigo como respuesta.

—¿Hasta cuándo permaneció en esta prisión, señor? —preguntó Seth.

—Hasta el final.

—¿Estaba aquí la noche del incendio?

El mendigo se apartó los harapos que le cubrían el cuerpo y el chico contempló horrorizado la cicatriz púrpura de la extensa quemadura que le cubría el pecho y el cuello.

—Entonces, tal vez usted pueda ayudarme —dijo Seth—. Dos amigos míos corren peligro. ¿Recuerda usted haber conocido a un interno llamado Jawahal?

El mendigo cerró los ojos y negó lentamente con la cabeza.

—Ninguno de nosotros nos llamábamos por nuestros verdaderos nombres aquí, hijo —explicó—. El nombre, como la libertad, era algo que todos dejábamos en la puerta al entrar y confiábamos en que, si lo manteníamos alejado del horror de este lugar, tal vez lo podríamos recuperar al salir, limpio y sin recuerdos. Nunca era así, por supuesto...

—El hombre al que me refiero fue condenado por asesinato —añadió Seth—. Era joven. Él fue quien provocó el incendio que destruyó la prisión y huyó.

El mendigo le observó entre sorprendido y divertido.

—¡Que provocó el incendio! —exclamó con incredulidad—. El incendio empezó en las calderas. Una válvula de aceite explotó. Yo estaba fuera de mi celda, en mi turno de trabajo. Eso me salvó.

—Ese hombre preparó el incendio —insistió Seth—, y ahora quiere matar a mis amigos.

El mendigo ladeó la cabeza, escéptico, pero asintió.

—Tal vez, hijo, pero ¿qué importa ya? —concedió—. En cualquier caso, yo no me preocuparía por tus amigos. Ese hombre, Jawahal, poco podrá hacerles ya.

Seth frunció el ceño.

—¿Por qué dice eso, señor? —inquirió Seth, confundido.

El mendigo rió.

—Hijo, la noche del incendio yo no tenía ni tu edad. Y era el más joven de la prisión —respondió—. Ese hombre, fuera quien fuese, debe de tener ahora más de cien años.

Seth se llevó las manos a las sienes, absolutamente desconcertado.

—Un momento —dijo—, ¿no ardió la prisión en 1916?

—¿1916? —rió de nuevo el mendigo—. Hijo, ¿de dónde sales tú? Curzon Fort ardió la madrugada del 26 de abril de 1857. Hace exactamente setenta y cinco años.

Seth contempló boquiabierto al mendigo, que estudiaba su rostro con curiosidad y cierta consideración por la consternación que parecía haberse apoderado de él.

—¿Cuál es tu nombre, hijo? —preguntó el hombre.

—Seth, señor —respondió el muchacho, lívido.

—Siento no haberte sido de ayuda, Seth.

—Lo ha hecho —repuso el muchacho—. ¿Puedo yo ayudarle en algo, señor?

Los ojos del mendigo brillaron al sol y una amarga sonrisa afloró a sus labios.

—¿Puedes volver el tiempo atrás, Seth? —preguntó el mendigo mirando la palma de sus manos.

Seth negó lentamente con la cabeza.

—Entonces no puedes ayudarme. Vete ahora con tus amigos, Seth. Pero nunca te olvides de mí.

—No lo haré, señor.

El mendigo sonrió por última vez y, alzando su mano en señal de despedida, se volvió y se internó en las ruinas de la prisión destruida. Seth le observó desaparecer entre las sombras y reemprendió su camino bajo el sol ardiente de la mañana. Un velo de nubes negras parecía acercarse serpenteando en el horizonte, como una mancha de sangre esparciéndose lentamente en un estanque.

* * *

Michael se detuvo al pie de la calle que conducía hasta la casa de Aryami Bosé y contempló atónito los restos humeantes de la que había sido la vivienda de la anciana. Las gentes de la calle observaban silenciosamente desde el patio a los miembros de la policía que rastreaban entre los escombros e interrogaban a los vecinos. Rápidamente, se aproximó hasta el lugar y se abrió camino entre el círculo de curiosos y vecinos consternados por el incendio. Un oficial de la policía le detuvo.

—Lo siento, muchacho. No se puede pasar —le informó tajantemente.

Michael oteó sobre su hombro y comprobó cómo dos de sus colegas levantaban una viga caída que todavía desprendía briznas de brasa.

—¿Y la mujer que vive en la casa? —preguntó Michael.

El policía le dirigió una mirada a medio camino entre la sospecha y el fastidio.

—¿La conocías?

—Es la abuela de unos amigos —respondió Michael—. ¿Dónde está? ¿Ha muerto?

El oficial le observó sin aflojar la compostura durante unos segundos y finalmente negó con la cabeza.

—No hay rastro de ella —dijo—. Uno de los vecinos dice que vio a alguien correr calle abajo poco después de que las llamas asomaron por el techo. Ahora, lárgate. Ya te he dicho más de lo que debería.

—Gracias, señor —dijo Michael, retirándose entre la masa humana que se apilaba en pos de eventuales descubrimientos macabros.

Una vez libre de la turba de curiosos y vecinos, Michael examinó las viviendas colindantes en busca de posibles indicios que sugiriesen adónde podía haber huido la anciana que guardaba con ella el secreto que Seth y él apenas habían conseguido desentrañar. Los dos extremos de la calle se perdían en el amasijo de edificios, bazares y palacios de la *ciudad negra*. Aryami Bosé podía estar en cualquier lugar.

El joven consideró durante unos instantes varias posibilidades y finalmente se decidió por emprender rumbo hacia el Oeste, en dirección a las orillas del río Hooghly. Allí, miles de peregrinos se sumergían en las aguas sagradas del delta del Ganges buscando la purificación del cielo y obteniendo la mayoría de las veces a cambio fiebres y enfermedades.

Sin volverse a contemplar las ruinas de la casa derribada por las llamas, Michael emprendió el camino a pleno sol, sorteando el gentío que poblaba las calles y las sumergía en una algarabía de mercaderes, riñas y rezos no escuchados. La voz de Calcuta. A su espalda, a una veintena de metros, una figura envuelta en un manto oscuro asomó entre los recodos de un callejón y empezó a seguirle entre la multitud.

* * *

Ian abrió los ojos a la luz del mediodía con la clara certeza de que su insomnio perenne no parecía estar dispuesto a concederle más que unas horas de tregua en honor a la fatiga que sentía tras los acontecimientos de las últimas horas. A juzgar por la consistencia de la luz que bañaba la habitación en la torre oeste de la casa del ingeniero Chandra, calculó que debían de estar cruzando el meridiano de media tarde. El apetito contumaz que le había asaltado al amanecer volvió a hacer rechinar sus dientes con toda su saña. Como solía bromear Ben, parodiando las palabras del maestro Tagore, cuyo castillo se encontraba a pocos metros de allí, cuando el estómago habla, el hombre sabio escucha.

Ian salió de la habitación con sigilo y comprobó que Sheere y Ben seguían disfrutando de un envidiable descanso en brazos de Morfeo. Y sospechó que, al despertar, incluso Sheere estaría dispuesta a dar cuenta del primer objeto comestible que se pusiera a tiro. Por lo que respectaba a Ben, no le cabía duda. En esos momentos, su mejor amigo debía de estar soñando con una bandeja repleta de delicias culinarias y un suntuoso postre de dulces de Chhana, una mezcla de jugo de lima y leche hirviendo que enloquecía a los golosos bengalíes.

Consciente de que el sueño ya había sido más caritativo con él de lo que cabía esperar, decidió aventurarse al exterior en busca de provisiones con que aplacar su apetito y el de sus compañeros. Con algo de fortuna, pensó, estaría de vuelta antes de que ambos hubiesen tenido tiempo de bostezar.

Atravesó la sala de la gran maqueta y se dirigió hasta la escalera en espiral, comprobando satisfecho que a la luz del día el aspecto de la casa resultaba considerablemente menos inquietante. La primera planta permanecía imperturbable e Ian constató que la casa aislaba el interior de la temperatura externa con prodigiosa efectividad. No le costaba imaginar el sofocante calor que debía de imponer su ley tras aquellos muros y, sin embargo, la casa del ingeniero se diría situada en el país de la eterna primavera. Cruzó varias galaxias a paso ligero sobre el mosaico a sus pies y abrió la puerta al exterior, confiando en no olvidar la combinación de la excéntrica cerradura que sellaba el santuario privado de Chandra Chatterghee.

El sol caía inmisericorde sobre el espeso jardín y la laguna que la noche anterior le había parecido una lámina de ébano pulido desprendía ahora intensos destellos sobre la fachada de la casa. Ian se dirigió a la boca de salida del túnel secreto bajo el puente de madera y por un momento se dejó llevar por la ilusión de que, a la luz de un día resplandeciente y abrasador de verano como aquél, las amenazas que durante la noche los habían atormentado parecían desvanecerse con la misma facilidad que una figura de hielo en el desierto.

Disfrutando de aquel paréntesis de tranquilidad, se introdujo en el pasillo y, antes de que el hedor acre de su interior invadiese sus pulmones, salió de nuevo por la brecha que conducía a la calle. Una vez allí, lanzó mentalmente una moneda al aire, y decidió emprender su búsqueda alimentaria hacia el oeste.

Mientras se alejaba canturreando por la calle desierta, poco podía imaginar que los cuatro círculos concéntricos de la cerradura de la casa habían empezado a girar de nuevo con infinita lentitud y que esta vez la palabra de cuatro letras que compondrían al fijarse en la vertical no era el nombre de Dido, sino el de otra diosa mucho más próxima: Kali.

* * *

Ben creyó oír un estruendo en sueños y despertó a la oscuridad absoluta de la habitación en que había estado descansando. Su primera impresión, en el aturdimiento de los segundos que siguen al brusco despertar de un largo y profundo sueño, fue de perplejidad al comprobar que ya había anochecido y que debían de haber dormido durante más de doce horas. Un instante después, al oír de nuevo el impacto seco que creía haber oído en su sueño, comprendió que no era la noche lo que impedía que la luz del día penetrase en la habitación. Algo estaba sucediendo en la casa. Los postigos se estaban cerrando con fuerza, como las compuertas de una esclusa, herméticamente. Ben saltó de la cama y corrió hacia la puerta en busca de sus amigos.

—¡Ben! —oyó gritar a Sheere.

Corrió hasta la puerta de su habitación y la abrió. Su hermana, inmóvil, estaba al otro lado de la puerta, temblando. La abrazó y la sacó de la estancia mientras contemplaba aterrado cómo, uno a uno, los ventanales de la casa se cerraban al igual que párpados de piedra.

—Ben —gimió Sheere—. Algo ha entrado en la habitación mientras dormía y me ha tocado.

Ben sintió que un escalofrío le recorría el cuerpo y condujo a Sheere hasta el centro de la sala de la maqueta de la ciudad. En un segundo, se hizo la oscuridad absoluta en torno a ellos. Ben rodeó a Sheere con sus brazos y le susurró que guardase silencio mientras trataba de escrutar en la oscuridad algún signo de movimiento. Sus ojos no consiguieron discernir forma alguna entre las sombras, pero ambos pudieron oír aquel rumor que parecía invadir los muros de la casa y hacía pensar en cientos de pequeños animales correteando bajo el suelo y entre las paredes.

—¿Qué es eso, Ben? —susurró Sheere.

Su hermano trataba de encontrar una respuesta cuando un nuevo acontecimiento le robó las palabras. Las luces de la maqueta de la ciudad se estaban encendiendo lentamente, y los dos muchachos asistieron al nacimiento de una Calcuta nocturna frente a ellos. Ben tragó saliva y sintió que Sheere se aferraba con fuerza a él. En el centro de la maqueta, el pequeño tren prendió sus faroles y sus ruedas empezaron a girar lentamente.

—Salgamos de aquí —murmuró Ben conduciendo a tientas a su hermana en dirección a la escalera que descendía al piso inferior—. Ahora.

Antes de que pudieran recorrer unos pasos en dirección a la escalinata, Ben y Sheere vieron que un círculo de fuego abría un orificio en la puerta de la habitación que había ocupado la muchacha y, en menos de un segundo, la consumía como una brasa que atravesase una hoja de papel. Ben sintió que sus pies se clavaban en el suelo y observó unas pisadas de llamas que se acercaban a grandes zancadas desde el umbral de la puerta.

—¡Corre abajo! —gritó, empujando a su hermana hacia el pie de la escalera—. ¡Hazlo!

Sheere se precipitó escaleras abajo presa del pánico y Ben permaneció inmóvil en la trayectoria de aquellas huellas llameantes que se abrían camino hacia él a toda velocidad. Una bocanada de aire caliente e impregnado de un hedor a queroseno quemado le escupió en el rostro, al tiempo que una pisada de llamas caía a dos palmos de sus pies. Dos pupilas rojas como hierro candente se encendieron en la oscuridad y Ben sintió que una garra de fuego se cerraba sobre su brazo derecho. Al instante notó que aquella tenaza pulverizaba la tela de su camisa hasta quemar su piel.

—Todavía no ha llegado la hora de nuestro encuentro —murmuró una voz metálica y cavernosa frente a él—, apártate.

Antes de que pudiera reaccionar, la férrea mano que le asía le impulsó con fuerza a un lado y le derribó al suelo. Ben cayó sobre un costado y se palpó el brazo herido. Entonces logró ver a un espectro incandescente que descendía por la escalera de caracol, destruyéndola a su paso.

Los alaridos de terror de Sheere en el piso inferior le proporcionaron las fuerzas para ponerse de nuevo en pie. Corrió hacia aquella escalera que apenas era ya un esqueleto de barras de metal vestidas de llamas, y comprobó que los escalones habían desaparecido. Se lanzó por el hueco de la escalerilla. Su cuerpo impactó contra el mosaico de la primera planta y una sacudida de dolor le recorrió el brazo lacerado por el fuego.

—¡Ben! —gritó Sheere—. ¡Por favor!

El chico alzó la mirada y vio cómo Sheere era arrastrada sobre el suelo de estrellas encendidas envuelta en un manto de llamas traslúcido, como la crisálida de una mariposa infernal. Se incorporó y corrió tras ella, siguiendo el rastro que su raptor dejaba en dirección a la parte trasera de la casa y tratando de esquivar el impacto furioso de los cientos de libros de la biblioteca circular que salían despedidos ardiendo desde los estantes y se descomponían en una lluvia de páginas en combustión. Uno de los impactos le derribó de nuevo, cayó de bruces y se golpeó en la cabeza.

Su visión se nubló lentamente mientras observaba al visitante ígneo que se detenía y se volvía a contemplarle. Sheere aullaba de pánico, pero sus gritos ya no eran audibles. Ben luchó por arrastrarse unos centímetros por el suelo cubierto de brasas y trató de no ceder a aquel impulso de dejarse vencer por el sueño y abandonar la resistencia. Una sonrisa cruel y canina se dibujó frente a él, y entre la masa borrosa que convertía su campo de visión en un cuadro de acuarelas frescas, reconoció al hombre que había visto en la locomotora de aquel tren fantasmal que cruzaba la noche. Jawahal.

—Cuando estés listo, ven a por mí —le susurró el espíritu de fuego—. Ya sabes dónde estoy...

Un instante después, Jawahal asió de nuevo a Sheere y atravesó con ella la pared trasera de la casa como si fuese una cortina de humo. Antes de perder el sentido, Ben oyó el eco del tren que se alejaba en la distancia.

* * *

—Está volviendo en sí —murmuró una voz a cientos de kilómetros de allí.

Ben trató de dilucidar las manchas borrosas que se agitaban frente a su rostro y pronto reconoció algunos rasgos familiares. Unas manos le acomodaron suavemente y colocaron un objeto blando y confortable bajo su cabeza. El muchacho parpadeó repetidamente. Los ojos de Ian, enrojecidos y desesperados, le observaban ansiosos. Junto a él estaban Seth y Roshan.

—Ben, ¿puedes oírnos? —preguntó Seth, cuyo rostro parecía sugerir que no había dormido en una semana.

Ben recordó de pronto y quiso incorporarse bruscamente. Las manos de los tres muchachos le devolvieron a su posición de reposo.

—¿Dónde está Sheere? —consiguió articular.

Ian, Seth y Roshan intercambiaron una mirada sombría.

—No está aquí, Ben —contestó Ian finalmente.

Ben sintió que el cielo se desprendía a trozos sobre él y cerró los ojos.

—¿Qué es lo que ha pasado? —preguntó al cabo, más sereno.

—Me desperté antes que vosotros —explicó Ian— y decidí salir a buscar algo para comer. Por el camino me encontré a Seth, que venía hacia la casa. De vuelta vimos que todas las ventanas estaban cerradas y que salía humo del interior. Vinimos corriendo y te encontramos sin sentido. Sheere ya no estaba.

—Jawahal se la ha llevado.

Ian y Seth se miraron de reojo.

—¿Qué pasa? ¿Qué has averiguado?

Seth se llevó las manos a su espesa mata de pelo y lo apartó de su frente. Sus ojos le delataban.

—No estoy seguro de que ese Jawahal exista, Ben —declaró el robusto muchacho—. Creo que Aryami nos mintió.

—¿De qué estás hablando? —preguntó Ben—. ¿Por qué iba a mentirnos?

Seth resumió sus averiguaciones en el museo con Mr. De Rozio y explicó que no existía mención alguna a Jawahal en toda la documentación del juicio, excepto en una misiva particular firmada por el coronel Llewelyn, encubridor del asunto por oscuras razones, dirigida al ingeniero. Ben escuchó las revelaciones con incredulidad.

—Eso no prueba nada —objetó—. Jawahal fue condenado y encarcelado. Se fugó hace dieciséis años y entonces empezaron sus crímenes.

Seth suspiró, negando con la cabeza.

—Estuve en la prisión de Curzon Fort, Ben —dijo con tristeza—. No hubo ninguna fuga ni ningún incendio hace dieciséis años. La penitenciaría ardió en 1857. Jawahal nunca pudo haber estado allí ni fugarse de una prisión que ya no existía desde décadas antes de que se celebrase su juicio. Un juicio donde ni se le menciona. Nada encaja.

Ben le miró, boquiabierto.

—Nos mintió, Ben —dijo Seth—. Tu abuela nos mintió.

—¿Dónde está ella ahora?

—Michael está buscándola —aclaró Ian—. Cuando la encuentre, la traerá aquí.

—¿Y dónde están los demás? —inquirió de nuevo Ben.

Roshan miró con indecisión a Ian. Éste asintió gravemente.

—Díselo —pidió.

*   *   *

Michael se detuvo a contemplar la bruma crepuscular que cubría la orilla oeste del Hooghly. Decenas de siluetas envueltas parcialmente en sus mantos blancos y raídos se sumergían en las aguas del río y la suma de sus voces se perdía en el murmullo de la corriente. El sonido de las palomas que batían sus alas al viento elevándose en la jungla de palacios y cúpulas descoloridas y alineadas frente a la lámina de luz del Hooghly recordaba una Venecia de las tinieblas.

—¿Eres tú quien me busca? —dijo la anciana, que yacía sentada a unos metros de él, su rostro oculto en un velo.

Michael la miró y la anciana alzó su velo. Los ojos tristes y profundos de Aryami Bosé palidecieron al crepúsculo.

—No tenemos mucho tiempo, señora —dijo Michael—. Ya no.

Aryami asintió y se incorporó lentamente. Michael le ofreció su brazo y ambos partieron rumbo a la casa del ingeniero Chandra Chatterghee al amparo del ocaso.

* * *

Los cinco muchachos se reunieron en silencio en torno a Aryami Bosé. Esperaron pacientemente a que la anciana se acomodara y encontrara el instante oportuno en que saldar la deuda que había contraído con ellos al ocultarles la verdad. Ninguno osó pronunciar palabra antes que ella. La angustiosa urgencia que los consumía interiormente se transformó por un momento en una tensa calma, una sombra de incertidumbre ante la sospecha de que el secreto que la dama había guardado con tanto celo supusiera un desafío insalvable.

Aryami observó los rostros de los muchachos con profunda tristeza y esbozó un amago de sonrisa que apenas afloró a sus labios. Al fin, bajando la mirada, suspiró débilmente y, examinando las palmas de sus manos pequeñas y nerviosas, empezó a hablar. Esta vez, sin embargo, su voz les pareció desposeída de la autoridad y la determinación que habían aprendido a esperar de ella. Al final del camino, el miedo había borrado la fortaleza de ánimo que emanaba de su persona, y los muchachos comprobaron que quien les hablaba no era más que una anciana débil y mortalmente asustada, una niña que había vivido demasiado.

* * *

«Antes de empezar, permitidme decir que, si alguna vez en mi vida he mentido, y me he visto obligada a hacerlo en numerosas ocasiones, siempre ha sido para proteger a alguien. Si esta vez os mentí a vosotros, fue con la certeza de que de este modo os protegería a ti, Ben, y a tu hermana Sheere de algo que quizá pudiera dañaros más que las estratagemas de un criminal enloquecido. Nadie sabe el dolor que me ha causado tener que llevar esta carga en solitario desde el día de vuestro nacimiento. Todo cuanto os diga ahora será la verdad hasta donde yo la conozco. Escuchadme bien y dad por cierto cuanto salga de mis labios, aunque nada hay tan terrible y difícil de creer como la pura y desnuda realidad de los hechos...

»Parece que hayan transcurrido años desde el día en que os narré la historia de mi hija Kylian. Os hablé de ella, de su maravillosa luminosidad y de cómo, de entre todos cuantos la pretendían, el elegido para ser su esposo fue un hombre de origen sencillo y de gran talento, un joven ingeniero en quien todo eran promesas, pero que llevaba desde la infancia una pesada carga sobre sus espaldas, un secreto que habría de llevarle a la muerte a él y a otros muchos. Y aunque os parezca paradójico, permitidme que por una vez empiece este relato por el final y no por el principio, en respuesta a los hallazgos que sagazmente habéis desentrañado.

»Chandra Chatterghee fue siempre un soñador, un hombre poseído por una visión de un futuro mejor y más justo para su gente, a la que veía morir en la miseria en las calles de esta ciudad. Mientras, tras los muros de sus opulentas casas, aquellos a quienes él consideraba como invasores y explotadores del legado natural de nuestro pueblo se enriquecían y vivían una vida de lujo y frivolidad a costa de la miseria de millones de almas condenadas a la pobreza en el gran orfanato sin techo que es este país.

»Su sueño era poder dotar de un instrumento de progreso y de riqueza a la nación que él siempre creyó que llegaría a romper el yugo opresor de la corona; un instrumento para abrir nuevas rutas entre las ciudades, nuevos enclaves y nuevos caminos hacia el futuro de las familias de la India. Él siempre soñó con un invento de hierro y fuego: el ferrocarril. Para Chandra, los raíles del ferrocarril eran las arterias que tenían que llevar la nueva sangre del progreso por toda esta tierra, y para ellas proyectó un corazón del cual brotaría toda esa energía: su obra cumbre, la estación de Jheeter's Gate.

»Pero la línea que separa los sueños de las pesadillas es tan fina como un alfiler y, muy pronto, las sombras del pasado volvieron a cobrarse su precio. Un alto mandatario del ejército británico, el coronel Arthur Llewelyn, había realizado una meteórica carrera, edificada sobre sus hazañas y matanzas de inocentes, ancianos y niños, hombres desarmados y mujeres aterrorizadas en pueblos y aldeas de toda la península de Bengala. Allí donde llegaba el mensaje de paz y unión de la nueva India, llegaban sus fusiles y sus bayonetas. Un hombre de gran talento y futuro, como proclamaban sus superiores con orgullo. Un asesino con la bandera de la corona y el poder de su ejército en las manos. Uno entre tantos.

»Llewelyn no tardó en reparar en el talento de Chandra, y sin excesivos problemas trazó un círculo negro en torno a él, bloqueando todos sus proyectos. Al cabo de unas semanas, no había una sola puerta en Calcuta o en toda la provincia que se le abriera. Excepto, claro está, la de Llewelyn. Éste le propuso realizar obras para el ejército, puentes, líneas férreas... Todos estos ofrecimientos fueron rechazados por tu padre, que prefirió mantenerse con el mísero sueldo que los editores de Bombay se complacían en enviarle como limosna a cambio de sus manuscritos. Con el tiempo, el círculo de Llewelyn se relajó y Chandra empezó a trabajar de nuevo en su obra cumbre.

»Al pasar los años, Llewelyn retomó su cólera. Su carrera estaba en peligro y necesitaba urgentemente un golpe de efecto, un baño de sangre fresca con que renovar el interés de la jerarquía de Londres en sus hazañas y restaurar su reputación como la pantera de Bengala. Su solución era clara: presionar a Chandra, pero esta vez con otras armas.

»Durante años le había estado investigando y sus esbirros terminaron por olfatear el rastro de los crímenes asociados con Jawahal. Llewelyn permitió que el caso casi aflorase a la luz pública y, cuando tu padre estaba más comprometido que nunca en su proyecto de Jheeter's Gate, intervino, ocultándolo y amenazándole con revelar la verdad si no creaba para él una arma nueva, un instrumento de represión mortífero y capaz de acabar con todos los disturbios que pacifistas e independentistas sembraban en el camino de Llewelyn. Él tuvo que claudicar, y ése fue el nacimiento del Pájaro de Fuego, una máquina que podría convertir una ciudad o una aldea en un océano de llamas en cuestión de segundos.

»Chandra desarrolló paralelamente los proyectos del ferrocarril y del Pájaro de Fuego, con la constante presión de Llewelyn, a quien la codicia y la desconfianza que empezaba a inspirar en sus superiores amenazaban con ponerle en evidencia. El que otrora todos habían considerado un hombre sereno, ecuánime y cumplidor de su deber se revelaba ahora como un maníaco enfermizo, cuya necesidad de éxito y reconocimiento cegaba día a día sus posibilidades de sobrevivir.

»Chandra comprendió que la caída de Llewelyn por su propio peso era sólo cuestión de tiempo y jugó con él. Le hizo creer que le entregaría el proyecto antes de lo previsto. Pero esa actitud sólo exacerbó la crispación de Llewelyn y pulverizó la poca cordura que todavía albergaba en su interior.

»En 1915, un año antes de la inauguración de Jheeter's Gate y la línea que partía de ella, Llewelyn ordenó una matanza de gentes desarmadas sin justificación posible y fue expulsado del ejército británico tras un escándalo que llegó hasta los oídos de la Cámara de los Comunes. Su estrella ya no brillaría nunca más.

»Ése fue el principio de su locura. Reunió a un grupo de oficiales que le eran fieles y que habían sido despojados de su graduación como él y conminados a abandonar las armas. Con semejante banda de matarifes organizó un siniestro grupo paramilitar que operaba clandestinamente. Todos lucían sus viejos uniformes y sus condecoraciones de un modo grotesco y se reunían en la antigua residencia de Llewelyn, manteniendo la ficción de que componían una unidad secreta de élite que no tardaría en expulsar de sus cargos a quienes habían firmado sus actas de expulsión. Huelga decir que Llewelyn nunca admitió que hubiera sido degradado y expedientado. Según él y sus colaboradores, habían dimitido para fundar una nueva orden militar.

»Pronto tu padre recibió amenazas de muerte para él y su esposa embarazada si no les entregaba el Pájaro de Fuego. Al tratarse ya de un asunto clandestino, Chandra tenía que manejarlo con sumo cuidado. Si solicitaba la ayuda del ejército, su pasado acabaría por salir al descubierto. No le quedaba más remedio que pactar con Llewelyn y sus hombres.

»En aquel clima de tensión, dos días antes de la fecha prevista para la inauguración de la estación, y no después, como yo os había dicho, Kylian dio a luz a dos hijos gemelos. Un niño y una niña. Tu hermana Sheere y tú, Ben.

»Para la noche de la inauguración de Jheeter's Gate se había proyectado realizar un viaje simbólico. El primer tren en cruzar la línea Calcuta-Bombay transportaría a 360 niños sin familia, uno por cada día del año, rumbo a los orfelinatos de aquella ciudad. Chandra propuso a Llewelyn y sus hombres lo siguiente: cargaría el Pájaro de Fuego a bordo del tren y, aprovechando una parada técnica que él decretaría cincuenta kilómetros después de la partida, a la altura de Bishnupur, los militares podrían descargarlo y hacerse con él. Llewelyn aceptó. Chandra planeaba inutilizar la maquinaria y deshacerse de Llewelyn y sus hombres antes de que el tren hiciese sonar su silbato. Pero Llewelyn, secretamente, desconfiaba del trato, y ordenó a sus hombres que se adelantasen.

»Tu padre había emplazado a los militares en la estación, un verdadero laberinto que sólo él conocía, y bajo el pretexto de mostrarles el Pájaro de Fuego, los introdujo en los túneles. Llewelyn, que ya había sospechado algo parecido, había tomado sus propias precauciones y, antes de acudir a su cita con el ingeniero, secuestró a vuestra madre y, con ella, a vosotros. Cuando Chandra se disponía a aniquilar a sus chantajistas, Llewelyn le reveló que vosotros y vuestra madre estabais en su poder y amenazó con mataros a menos que le entregase el Pájaro de Fuego. Chandra no tuvo más remedio que rendirse. Pero eso no le bastó a Llewelyn. Hizo encadenar a Chandra a la locomotora del tren a la espera de despedazarle al iniciar su viaje y, allí mismo, frente a los ojos de tu padre, hundió un cuchillo en la garganta de Kylian a sangre fría. Luego la dejó desangrarse lentamente colgándola de una soga en la bóveda central de la estación. Mientras lo hacía, le prometió que os abandonaría en los túneles para que fueseis devorados por las ratas.

»Tras abandonar a Chandra encadenado a la locomotora, ordenó a sus hombres que pusieran en marcha el tren y se llevaran de allí el Pájaro de Fuego. Mientras, él iba a ocultaros en un túnel donde nadie podría encontraros jamás. Sin embargo, algo no resultó como él había planeado. Sobreestimando su astucia, el necio de Llewelyn supuso que Chandra Chatterghee iba a poner en manos de un asesino como él una maquinaria del poder destructor del Pájaro de Fuego sin más. Chandra había llevado sus precauciones hasta el extremo y había dotado al Pájaro de Fuego de un mecanismo secreto de relojería que sólo él conocía. Un mecanismo que liberaría sobre sí mismo todo el poder destructor del artilugio a los pocos segundos de que cualquier mano ajena a la suya tratase de emplearlo.

»Cuando Llewelyn y su cohorte de esbirros subieron a bordo, el líder de la banda decidió que, como despedida y avance de la venganza a la que pensaba someter a la ciudad una vez controlase el poder de aquella mortal invención, destruiría aquella estación y permitiría que el fuego arrasara la obra de Chandra y las vidas de cuantos se habían congregado a presenciar la inauguración del prodigio. Así, cuando Llewelyn encendió el Pájaro de Fuego, firmó la sentencia de muerte de todos cuantos se encontraban a bordo de aquel tren, la suya incluida. Cinco minutos más tarde, el infierno se desató en la estación y se llevó con él los cuerpos y las almas de inocentes y culpables sin distinción.

»Os preguntaréis dónde están las respuestas y por qué os mentí sobre la prisión donde fue encarcelado Jawahal o por qué su nombre nunca fue mencionado. Antes de continuar, y esto es lo más importante que voy a deciros, quiero que comprendáis que, oigáis lo que oigáis, Chandra fue un gran hombre. Un hombre que amó a su esposa y que hubiera amado a sus hijos si hubiese tenido la oportunidad que nunca se le dio. Dicho esto, conoced la verdad...

»Cuando tu padre era joven y cayó enfermo por las fiebres, no fue a parar a una cabaña en el río, donde un muchacho le cuidó hasta que sanó, tal como os dije la primera vez. Tu padre se crió en una institución que aún existe al sur de Calcuta y que lleva por nombre Grant House. Vosotros sois muy jóvenes para haber oído ese nombre, pero hubo un tiempo en que fue tristemente célebre. Grant House fue el lugar al que vuestro padre llegó después de presenciar algo terrible cuando apenas tenía seis años. Su madre, una mujer enferma que vivía de vender su cuerpo por míseras limosnas, se prendió fuego a sí misma ante sus ojos ofreciéndose en sacrificio a la diosa Kali. Grant House, el hogar donde creció Chandra, era una casa de salud, lo que vosotros llamaríais un manicomio...

»Durante años, vivió confinado en las galerías de aquel lugar, sin más padres ni amigos que gentes que vivían en el delirio y el sufrimiento. Gentes que decían ser demonios, dioses o ángeles para olvidar su nombre al día siguiente. Cuando, como vosotros, tuvo edad para salir de allí, Chandra no había tenido otra infancia que el horror y la miseria más profunda que los ojos de un hombre pudieron contemplar jamás en la ciudad de Calcuta.

»No será necesario que os diga que nunca hubo un amigo siniestro que cometiera aquellos crímenes y que nunca hubo más sombra en la vida de tu padre que la de aquel parásito que se había infiltrado en su mente. Fueron sus propias manos las que cometieron aquellos crímenes, cuyo remordimiento le perseguía y cuya vergüenza caía sobre él como una maldición.

»Sólo la bondad y la luminosidad de Kylian le curaron y le devolvieron la capacidad de recuperar su propio destino. Junto a ella escribió los libros que conocéis, planeó las obras que le hicieron inmortal y alejó aquel fantasma de su doble vida. Pero la codicia de los hombres no quiso concederle una oportunidad, y la que podría haber sido una vida feliz y próspera se precipitó de nuevo a las tinieblas. Pero esta vez para siempre.

»La noche en que Lahawaj Chandra Chatterghee contempló cómo su esposa era asesinada ante sus propios ojos, los años de horror de su infancia se volvieron tras él como perros rastreros y le catapultaron de nuevo a su propio infierno. Había construido toda una vida sobre aquel pedestal que ahora veía desmoronarse. Y mientras las llamas le devoraban, murió en el convencimiento de que el único culpable de aquella tragedia era él y que merecía ser castigado.

»Por ese motivo, cuando Llewelyn encendió el Pájaro de Fuego y las llamas inundaron los túneles y la estación, una sombra oscura en el alma de Chandra juró volver de la muerte. Volver como un ángel de fuego. Un ángel destructor y portador de venganza. Un ángel que encarnaría el reverso oscuro de su propia personalidad. No os persigue un asesino. Ni un hombre. Es un espectro. Un espíritu. O, si lo preferís, un demonio.

»Tu padre siempre fue amigo de los rompecabezas, hasta el fin. Me hablasteis de un dibujo que vuestro amigo Michael hizo de todos vosotros, el retrato en el que aparecéis reflejados en el estanque. Allí la imagen de vuestros rostros sobre el agua está invertida. Parece que la profecía guió el lápiz de Michael. Si escribieseis el nombre que su madre le dio al nacer, Lahawaj, sobre él, el reflejo en el estanque os devolvería otra palabra: Jawahal.

»El espíritu atormentado de Jawahal vive desde aquel día unido a la máquina infernal que él mismo creó y que, en la hora de la muerte, le dio vida eterna como un espectro de la oscuridad. Él y el Pájaro de Fuego son uno solo. Ésa es su maldición: una unión de espíritu de rabia y máquina de destrucción. Una alma de fuego atrapada en el interior de las calderas de ese tren en llamas. Y ahora esa alma busca un nuevo hogar.

»Por eso os busca, porque en el momento en que alcanzáis la edad adulta, el espíritu de Jawahal necesita a uno de sus hijos para seguir viviendo, para habitar en su cuerpo y extender así su poder hasta el mundo de los vivos. Sólo uno de vosotros puede sobrevivir. El otro, aquel en cuya alma no tenga cabida el espíritu de Jawahal, debe morir para que él pueda seguir viviendo. Hace dieciséis años juró que os buscaría y os haría suyos. Y él siempre cumplió sus promesas. En vida y después de ella. Sed conscientes de que, mientras os desvelo estos hechos, Jawahal ya ha elegido a uno de los dos para que albergue su alma maldita. Sólo él sabe a quién.

»La providencia quiso concederos una oportunidad cuando hace dieciséis años el teniente Peake se introdujo en el laberinto de túneles de Jheeter's Gate y descubrió el cuerpo sin vida de Kylian suspendido en el vacío sobre su propia sangre derramada. Vuestro llanto llegó a sus oídos y el teniente, tragándose su dolor, os buscó y os arrebató de las manos del espíritu de vuestro padre. Pero no pudo llegar muy lejos. Sus pasos le llevaron hasta mi puerta, donde os entregó y huyó de nuevo.

»Cuando algún día debas contarle esta historia

a tu hermana Sheere, no olvides nunca, nunca jamás, que el espíritu de venganza que volvió de las llamas de Jheeter's Gate aquella noche y acabó con el teniente Peake cuando trataba de salvaros a vosotros dos no era tu padre. Tu padre murió en el incendio, entre las almas inocentes de los niños. Quien volvió del infierno para destruirse a sí mismo, al fruto de su matrimonio y su obra no fue más que un espectro. Un espíritu consumido por el diablo del rencor, el odio y el horror que los hombres sembraron en su corazón. Ésa es la verdad y nada ni nadie podrá cambiarla.

»Si existe un Dios, o cientos de ellos, que me perdonen por el daño que os he podido infligir al narrar los hechos tal y como sucedieron...»

Qué puedo decir? ¿Qué palabras podría encontrar para expresar la tristeza que leí aquel anochecer de mayo en los ojos de Ben, mi mejor amigo? La búsqueda en el pasado nos había desvelado una cruel lección y nos había revelado la vida como un libro en el que era preferible no volver las páginas atrás; un camino en el que no importaba la dirección que tomásemos, nunca podríamos elegir nuestro propio destino. Y deseé haber tomado ya aquel barco que había de llevarme lejos de allí y que partiría al día siguiente. La cobardía se fundía en mí con el dolor que sentía por mi amigo y con el amargo sabor de la verdad.

Todos escuchamos en silencio el relato de Aryami y ninguno de nosotros osó formular una sola pregunta, aunque cientos de ellas bullían en nuestras mentes. Sabíamos que por fin todas las líneas de nuestro destino confluían en un lugar, una cita que nos esperaba ineludiblemente al caer la noche en las tinieblas de Jheeter's Gate.

Cuando salimos a cielo abierto, las últimas luces del día se extinguían en una cinta escarlata tendida sobre el azul profundo de las nubes de Bengala. Una tenue llovizna impregnó nuestros rostros mientras enfilábamos aquella vía muerta que partía del patio trasero de la casa de Lahawaj Chandra Chatterghee hacia la gran estación al otro lado del río Hooghly, atravesando el Oeste de la ciudad negra.

Recuerdo que, poco antes de cruzar el puente de metal sobre el Hooghly que conducía directamente a las fauces de Jheeter's Gate, Ben nos hizo prometer con lágrimas en los ojos que nunca, bajo ninguna circunstancia, revelaríamos lo que habíamos oído aquella noche. Juró que si él tenía noticia de que Sheere había llegado a averiguar la verdad sobre su padre, sobre aquel espejismo que había alimentado su vida desde la niñez, por boca de uno de nosotros, le mataría con sus propias manos. Todos nos comprometimos a guardar el secreto.

Sólo quedaba ya una pieza para completar nuestra historia: la guerra...

EL NOMBRE
DE LA MEDIANOCHE

Calcuta, 29 de mayo de 1932.

La sombra del temporal precedió la llegada de la medianoche y tendió lentamente un extenso y plomizo manto sobre Calcuta que resplandecía como un sudario ensangrentado a cada estallido de la furia eléctrica que albergaba en su seno. El fragor de la tormenta que se avecinaba dibujaba en el cielo una inmensa araña de luz que parecía tejer su red sobre la ciudad. Mientras, la fuerza del viento del Norte barría la neblina sobre el río Hooghly y desnudaba a la noche cerrada el esqueleto devastado del puente de metal.

La silueta de Jheeter's Gate se irguió entre la niebla fugaz. Un rayo descendió del cielo hasta la aguja de la cúpula de la bóveda central de la estación y se escindió en una hiedra de luz azul que recorrió la retícula de arcos y vigas de acero hasta los cimientos.

Los cinco muchachos se detuvieron frente al umbral del puente; sólo Ben y Roshan se adelantaron unos pasos en dirección a la estación. Los dos raíles dibujaban una senda recta flanqueada por dos líneas plateadas que se hundían directamente en la boca de la estación. La luna se ocultó tras el manto de nubes y la ciudad pareció quedar al amparo de la lumbre de una lejana vela azul.

Ben examinó con cautela el recorrido del puente en busca de fisuras o grietas que pudieran enviarlos directamente a la corriente nocturna del río, pero apenas era posible vislumbrar más que la guía resplandeciente de los raíles entre la maleza y los escombros. El viento arrastraba un rumor enmascarado desde la otra orilla del río. Ben miró a Roshan, que observaba nerviosamente las fauces oscuras de la estación. Éste se acercó hasta los raíles y se agachó junto a ellos, sin apartar la mirada de Jheeter's Gate. El muchacho posó la palma de la mano sobre la superficie de uno de los raíles y la retiró súbitamente, como si hubiese recibido una descarga eléctrica.

—Está vibrando —dijo, atemorizado—. Como si se acercase un tren.

Ben se acercó y palpó la larga estría de metal. Roshan le miró, ansioso.

—Es la vibración del río contra el puente —le tranquilizó—. No hay ningún tren.

Seth y Michael se aproximaron a ellos mientras Ian se arrodillaba para asegurarse los zapatos con un doble nudo, un ritual que reservaba para las situaciones en que sus nervios se convertían en cables de acero.

Ian alzó la vista y le sonrió tímidamente, sin mostrar ni un ápice del temor que Ben sabía que rezumaba, al igual que en los demás y que en él mismo.

—Yo esta noche haría un nudo triple —bromeó Seth.

Ben sonrió y los miembros en activo de la Chowbar Society intercambiaron una mirada abierta y expectante. Un segundo después, todos procedieron a imitar a Ian y a reforzar los nudos de sus zapatos, conjurando aquel talismán que tan buen resultado había dado a su compañero en otros lances.

Poco después formaron una fila india abierta por Ben y cerrada por Roshan en la retaguardia y se adentraron con precaución en el puente. Ben, aconsejado por Seth, puso esmero en pisar cerca del raíl, donde la estructura del puente era más sólida. A pleno día resultaba sencillo sortear los maderos rotos y ver con antelación las zonas que habían cedido al paso del tiempo y pendían como toboganes directos al centro del río, pero a medianoche y bajo las nubes del temporal que se aproximaba, el trazado se transformaba en un bosque plagado de trampas en el que casi había que avanzar paso a paso, palpando el terreno.

No habían completado apenas una cincuentena de metros, una cuarta parte del recorrido, cuando

Ben se detuvo y alzó la mano en señal de alto. Sus compañeros miraron al frente sin comprender. Por un instante permanecieron en silencio, inmóviles sobre las vigas que basculaban gelatinosamente bajo el continuo embate del río que rugía a sus pies.

—¿Qué pasa? —preguntó Roshan desde el final de la formación—. ¿Por qué nos detenemos?

Ben señaló hacia Jheeter's Gate y todos pudieron ver dos arterias de fuego que se abrían camino hacia ellos sobre los raíles a gran velocidad.

—¡A un lado! —gritó Ben.

Los cinco muchachos se lanzaron al suelo y las dos paredes de fuego cortaron el aire junto a ellos, con la rabia de dos cuchillas de gas encendido. Su paso produjo un intenso efecto de succión, arrastró consigo trozos del tendido y sembró un rastro de llamas sobre el puente.

—¿Todo el mundo está bien? —preguntó Ian, incorporándose y comprobando que parte de sus ropas humeaban y desprendían vapor.

Los demás asintieron en silencio.

—Aprovechemos para cruzar antes de que se extingan las llamas —sugirió Ben.

—Ben, creo que hay algo debajo del puente —apuntó Michael.

Los demás tragaron saliva. Un extraño sonido repiqueteaba bajo la plancha de metal a sus pies. La visión de unas garras de acero arañando la lámina se iluminó en la mente de Ben.

—Pues no nos quedaremos aquí para comprobarlo —replicó el muchacho—. Rápido.

Los miembros de la Chowbar Society aligeraron el paso y siguieron a Ben serpenteando por el puente hasta su extremo, sin detenerse a mirar atrás. Al pisar de nuevo tierra firme a escasos metros de la entrada a la estación, Ben se volvió e indicó a sus compañeros que se alejasen del entramado metálico.

—¿Qué era eso? —preguntó Ian a su espalda.

Ben se encogió de hombros.

—¡Mirad! —exclamó Seth—. ¡En el centro del puente!

Las miradas de todos se concentraron en aquel punto. Los raíles estaban adquiriendo una tonalidad rojiza que irradiaba en ambas direcciones y desprendía un ligero halo humeante. Al cabo de pocos segundos, ambos raíles empezaron a combarse. La estructura entera del puente empezó a gotear gruesas lágrimas de metal fundido que caían sobre el Hooghly y producían explosiones violentas al impactar con la fría corriente.

Los cinco muchachos asistieron paralizados al sobrecogedor espectáculo de una estructura de acero de más de doscientos metros que se fundía ante sus ojos, como un bloque de manteca en una sartén ardiente. La luz ámbar del metal líquido se sumergió en el río y dibujó una densa pincelada sobre los rostros de los cinco amigos. Finalmente, el rojo incandescente dio paso a un tono metálico opaco, sin brillo, y los dos extremos se abatieron sobre el río como dos sauces de acero que hubieran quedado atrapados en la contemplación de su propia imagen.

El sonido furioso del acero chispeando en el agua se apaciguó lentamente. Entonces los cinco amigos pudieron oír a sus espaldas que la voz de la antigua sirena de Jheeter's Gate rasgaba la noche de Calcuta por primera vez en dieciséis años. Sin mediar palabra, se volvieron y cruzaron la frontera que los separaba del fantasmagórico escenario de la partida que se disponían a jugar.

* * *

Isobel abrió los ojos ante el alarido de la sirena que recorrió los túneles imitando la advertencia de un bombardeo. Sus pies y manos estaban sujetos firmemente a dos largas barras de metal herrumbrosas. La única claridad que percibía se filtraba desde la rejilla de un respiradero situado sobre ella. El eco de la sirena se perdió lentamente...

De pronto oyó que algo se arrastraba hacia el orificio de la trampilla. Miró hacia las rendijas de luz y observó que el rectángulo de claridad se oscurecía y la trampilla se abría. Cerró los ojos y contuvo la respiración. El cierre de los ganchos metálicos que la inmovilizaban de pies y manos saltó con un chasquido y sintió una mano de largos dedos que la asía por la base del cuello y la alzaba en vertical a través de la trampilla. La muchacha no pudo evitar gritar de terror y su secuestrador la lanzó contra la superficie del túnel como un peso muerto.

Abrió los ojos y contempló una silueta alta y negra, inmóvil, frente a ella, una figura sin rostro.

—Alguien ha venido por ti —murmuró la faz invisible—. No les hagamos esperar.

Al instante, dos pupilas ardientes se encendieron sobre aquel rostro, fósforos prendiendo en la oscuridad. La figura la agarró por el brazo y la arrastró a través del túnel. Tras lo que le parecieron horas de agónica caminata en la oscuridad, Isobel distinguió la silueta fantasmal de un tren detenido en las sombras. Se dejó arrastrar hasta el vagón de cola y no opuso resistencia cuando fue empujada al interior con fuerza, donde quedó encerrada.

Isobel había caído de bruces sobre la superficie carbonizada del vagón y notó una profunda punzada de dolor en el vientre. Un objeto le había abierto un corte de varios centímetros. Gimió. El terror se apoderó de ella totalmente al percibir unas manos que la aferraban y trataban de darle la vuelta. Gritó y se enfrentó al rostro sucio y exhausto de lo que parecía ser un muchacho todavía más asustado que ella.

—Soy yo, Isobel —murmuró Siraj—. No tengas miedo.

Por primera vez en su vida, Isobel dejó que sus lágrimas fluyesen sin freno frente a Siraj y abrazó el cuerpo huesudo y débil de su amigo.

*　*　*

Ben y sus compañeros se detuvieron al pie del reloj, con sus agujas caídas, que se alzaba en el andén principal de Jheeter's Gate. A su alrededor se desplegaba un amplio e insondable escenario de sombras y luces angulosas que entraban desde la claraboya de acero y cristal, y que dejaban entrever los rastros de lo que algún día había sido la más suntuosa estación de tren jamás soñada, una catedral de hierro erigida al dios del ferrocarril.

Al contemplarla desde allí, los cinco muchachos pudieron imaginar el semblante que Jheeter's Gate había lucido antes de la tragedia: una majestuosa bóveda luminosa tendida por arcos invisibles que parecían suspendidos del cielo y cubrían hileras e hileras de andenes alineados en curva, en forma de ondas dibujadas por una moneda en un estanque. Grandes carteles que anunciaban las salidas y llegadas de los trenes. Lujosos quioscos de metal labrado y relieves victorianos. Escalinatas palaciegas que ascendían por conductos de acero y cristal hacia los niveles superiores y creaban pasillos suspendidos en el aire. Las multitudes deambulando por sus salas y abordando largos expresos que habrían de llevarlos a todos los puntos del país... De todo aquel esplendor apenas quedaba más que un oscuro reflejo truncado, convertido en el amago de antesala al infierno que sus túneles parecían prometer.

Ian se fijó en las agujas del reloj, deformadas por las llamas, y trató de imaginar la magnitud del incendio. Seth se unió a él; ambos evitaron comentarios.

—Deberíamos separarnos en grupos de dos para esta búsqueda. El lugar es inmenso —indicó Ben.

—No creo que sea una buena idea —replicó Seth, que no podía borrar de su mente la imagen del puente derrumbándose sobre las aguas.

—Aunque lo hiciéramos así, solamente somos cinco —apuntó Ian—. ¿Quién irá solo?

—Yo —respondió Ben.

Los demás le observaron con una mezcla de alivio y preocupación.

—Sigue sin parecerme una buena idea —insistió Seth.

—Ben tiene razón —repuso Michael—. Por lo que hemos visto hasta ahora, poco importa si somos cinco o cincuenta.

—Hombre de pocas palabras, pero siempre llenas de ánimo —comentó Roshan.

—Michael —sugirió Ben—, tú y Roshan podéis registrar los niveles. Ian y Seth se ocuparán de este nivel.

Nadie parecía dispuesto a discutir el reparto de destinos. Tan poco apetecible parecía uno como otro.

—Y tú, ¿dónde piensas buscar? —preguntó Ian, intuyendo la respuesta.

—En los túneles.

—Con una condición —indicó Seth, tratando de imponer el sentido común.

Ben asintió.

—Sin heroísmos ni estupideces —explicó Seth—. El primero que vea un indicio de algo se para, marca el lugar y vuelve a buscar al resto.

—Suena razonable —convino Ian.

Michael y Roshan asintieron de buen grado.

—¿Ben? —solicitó Ian.

—De acuerdo —murmuró el chico.

—No lo hemos oído —insistió Seth.

—Prometido —dijo Ben—. Nos encontraremos aquí dentro de media hora.

—El cielo te oiga —dijo Seth.

* * *

En la memoria de Sheere, las últimas horas se transformaron en apenas unos segundos, durante los que su mente parecía haber sucumbido a los efectos de una poderosa droga que había nublado sus sentidos y la había precipitado a un abismo sin fondo. Recordaba vagamente sus esfuerzos vanos por zafarse de la presión implacable de aquella silueta ígnea que la había arrastrado a través de una interminable retícula de conductos, más oscuros que la noche cerrada. Recordaba también, como una escena extraída de un episodio lejano y confuso, el rostro de Ben debatiéndose en el suelo de una casa cuyos contornos le resultaban familiares, aunque ignoraba cuánto tiempo había transcurrido desde entonces. Tal vez una hora, una semana o un mes.

Cuando recobró la conciencia de su propio cuerpo y de las magulladuras que la lucha había dejado en él, Sheere comprendió que llevaba ya despierta unos segundos y que el escenario que la rodeaba no formaba parte de su pesadilla. Se encontraba en el interior de una estancia larga y profunda, flanqueada por dos hileras de ventanales a través de los cuales se aventuraba cierta claridad lejana que permitía adivinar los restos de lo que parecía un estrecho salón. Los esqueletos destrozados de tres pequeñas lámparas de cristal pendían del techo igual que arbustos secos. Los restos de un espejo astillado brillaban en la penumbra tras un mostrador que sugería el aspecto de un bar de lujo. Un bar de lujo, sin embargo, devorado por una furia incendiaria inmisericorde.

Trató de incorporarse y, al tiempo que comprobaba que la cadena que le sujetaba las muñecas a la espalda estaba trabada en una estrecha tubería, comprendió instintivamente dónde se hallaba: en el interior de un tren varado en las galerías subterráneas de Jheeter's Gate. La oscura certidumbre de su paradero dejó caer sobre ella una lluvia de agua helada que la despertó del sopor y el aturdimiento que pesaban sobre su mente.

Forzó la vista y trató de encontrar, entre la masa oscura de mesas caídas y restos del incendio, alguna herramienta que pudiera servirle para liberarse de sus ataduras. El interior del vagón devastado no parecía contener más que vestigios carbonizados e inservibles que habían sobrevivido milagrosamente. Forcejeó exasperada sin obtener más resultado que un endurecimiento en las ataduras que la retenían.

Dos metros frente a ella, una masa negra que había tomado desde el principio por una pila de escombros se volvió repentinamente, con la celeridad de un gran felino que hubiera permanecido inmóvil. Una sonrisa luminosa se encendió sobre un rostro invisible en la sombra. Su corazón dio un vuelco y la figura se acercó hasta un palmo escaso de su rostro. Los ojos de Jawahal resplandecieron como brasas al viento, y Sheere percibió el hedor ácido y penetrante de la gasolina quemada.

—Bien venida a lo que queda de mi hogar, Sheere —murmuró Jawahal fríamente—. ¿Es así como te llamas, no?

Sheere asintió, paralizada por el terror que le inspiraba aquella presencia.

—No debes temer nada de mí —dijo Jawahal.

La chica reprimió las lágrimas que pugnaban por escapar a su control; no pensaba rendirse tan pronto. Cerró los ojos con fuerza y respiró entrecortadamente.

—Mírame cuando te hablo —dijo Jawahal en un tono que le heló la sangre.

Sheere abrió los ojos lentamente y comprobó con horror que la mano de Jawahal se acercaba a su rostro. Sus largos dedos, protegidos por un guante negro, acariciaron su mejilla y le apartaron los mechones de cabello que caían sobre su frente con suma delicadeza. Los ojos de su secuestrador parecieron palidecer por un segundo.

—Te pareces tanto a ella... —susurró Jawahal.

Repentinamente, la mano se retiró al igual que un animal asustado, y Jawahal se incorporó. Sheere notó que las ligaduras a su espalda cedían y sus manos quedaban libres.

—Levántate y sígueme —ordenó.

Sheere obedeció dócilmente y dejó que Jawahal abriera el paso. En cuanto la oscura silueta se hubo adelantado un par de metros entre los escombros del vagón, echó a correr en dirección opuesta tan rápidamente como sus músculos entumecidos se lo permitieron. La muchacha atravesó el vagón atropelladamente y se lanzó contra la puerta que separaba los coches del convoy y los conectaba a través de una pequeña plataforma al aire libre. Posó su mano sobre la manilla de acero ennegrecido y presionó con fuerza. El metal cedió como arcilla de moldear y Sheere contempló atónita cómo se convertía en cinco afilados dedos que la asieron por la muñeca. Lentamente, la lámina de la puerta se dobló sobre sí misma y adquirió la forma de una estatua brillante de cuyo rostro liso emergieron los rasgos de Jawahal. Sus rodillas flaquearon y cayó postrada frente a él. Jawahal la alzó en el aire y la muchacha leyó la ira contenida en sus ojos.

—No trates de huir de mí, Sheere. Muy pronto, tú y yo seremos un solo ser. Yo no soy tu enemigo. Soy tu futuro. Cruza a mi lado o, de lo contrario, esto es lo que sucederá contigo.

Jawahal tomó del suelo los restos de una copa de cristal rota, los rodeó con sus dedos y presionó con fuerza. El cristal se fundió bajo su puño y derramó entre los dedos gruesas gotas de vidrio líquido que cayeron sobre la superficie del vagón formando un espejo de llamas entre los escombros. Jawahal soltó a Sheere y la dejó caer a escasos centímetros del cristal humeante.

—Ahora, haz lo que te he dicho.

* * *

Seth se arrodilló frente a lo que parecía una lámina brillante sobre el suelo en la sección central de la estación y la palpó con la yema de los dedos.

El líquido estaba tibio, era espeso y tenía la textura del aceite derramado.

—Ian, ven a ver esto —llamó Seth.

El joven se acercó y se arrodilló junto a él. Seth le mostró sus dedos impregnados en aquella sustancia viscosa. Ian humedeció la punta de su dedo índice y, tras comprobar la consistencia frotándola con el pulgar, olfateó la sustancia.

—Es sangre —dictaminó el aspirante a médico.

Seth palideció súbitamente y se limpió los dedos en la pernera del pantalón con impaciencia.

—¿Isobel? —preguntó Seth apartándose del charco y reprimiendo las náuseas que ascendían desde la boca de su estómago.

—No lo sé —respondió Ian, desconcertado—. Es reciente o eso parece.

El muchacho se incorporó y miró alrededor de la amplia mancha oscura.

—No hay marcas alrededor. Ni huellas —murmuró.

Seth le miró, sin comprender el alcance de aquella apreciación.

—Quienquiera que hubiera perdido toda esa sangre no podría ir muy lejos sin dejar un rastro —explicó Ian—, aunque lo hubiesen arrastrado. No tiene sentido.

Seth sopesó la teoría de su amigo y rodeó los restos de sangre, corroborando la observación de que no había marcas o señales que partiesen de él en varios metros a la redonda. Ambos amigos se reunieron de nuevo e intercambiaron una mirada de extrañeza. Repentinamente, una sombra de incertidumbre asomó en los ojos de Ian y Seth cazó al vuelo la idea que acababa de cruzar la mente de su amigo. Despacio, ambos alzaron la cabeza y miraron en dirección a la bóveda que se elevaba en la oscuridad.

Ian y Seth escrutaron las sombras superiores de la gran sala y su mirada se detuvo sobre la estructura de una gran araña de cristal que pendía de su centro. Desde uno de los extremos, una soga blanca sujetaba un cuerpo envuelto en un manto brillante que se balanceaba lentamente en el vacío. Ambos tragaron saliva.

—¿Está muerto? —preguntó tímidamente Seth.

Ian mantuvo la mirada fija en el macabro hallazgo y se encogió de hombros.

—¿No deberíamos avisar a los demás? —apuntó Seth nerviosamente.

—Tan pronto como averigüemos quién es —replicó Ian—. Si la sangre es suya, y todo parece indicar que así es, puede que aún viva. Vamos a descolgarlo.

Seth entornó los ojos. Había esperado que algo semejante sucediese tan pronto como habían cruzado el puente, pero constatar que su predicción era cierta reforzó la náusea que le bailaba en la garganta. El muchacho respiró profundamente y optó por no meditar más al respecto.

—De acuerdo —convino Seth, resignado—. ¿Cómo?...

Ian examinó la parte superior de la sala y advirtió que existía una plataforma metálica que rodeaba su perímetro a unos quince metros de altura. Desde allí partía un estrecho conducto hasta la araña de cristal, apenas una pasarela, probablemente destinada al mantenimiento y limpieza de la estructura.

—Subiremos hasta ese pasillo y lo descolgaremos —señaló Ian.

—Uno de nosotros tendría que quedarse aquí para atenderlo —precisó Seth—, y creo que deberías ser tú.

Ian observó detenidamente a su compañero.

—¿Estás seguro de que quieres subir solo?

—Me muero de ganas... —replicó Seth—. Espera aquí. Y no te muevas.

Ian asintió y vio partir a Seth en dirección a la escalinata que ascendía al nivel superior de Jheeter's Gate. Tan pronto como las sombras engulleron a su compañero y el sonido de sus pasos se alejó escaleras arriba, examinó la oscuridad a su alrededor.

Las brisas que escapaban de los túneles siseaban en sus oídos y arrastraban pequeños fragmentos de escombros sobre el suelo. Ian alzó de nuevo la vista y trató de reconocer aquella figura que giraba suspendida sin conseguirlo. La sola idea de que pudiera tratarse de Isobel, Siraj o Sheere no osaba insinuarse en su mente. De súbito, un reflejo fugaz pareció iluminar la superficie del charco a sus pies, pero cuando Ian bajó la mirada, ya no había nada.

* * *

Jawahal arrastró a Sheere a través del pasadizo fantasmal que formaba aquel tren detenido en el túnel hasta el vagón de cabeza, que precedía a la locomotora. Una intensa lumbre anaranjada asomaba bajo las compuertas del vagón, y el rumor furioso de una caldera rugía en su interior. Sheere sintió que la temperatura aumentaba vertiginosamente a su alrededor y que todos los poros de su piel se abrían al contacto del aire ardiente y abrasador que exhalaba aquel lugar.

—¿Qué hay ahí dentro? —preguntó Sheere, alarmada.

Jawahal cerró sus dedos sobre su brazo como un grillete y tiró de ella con fuerza.

—La máquina de fuego —respondió Jawahal abriendo la puerta y empujando a la muchacha al interior—. Ésta es mi casa y mi cárcel. Pero muy pronto todo eso cambiará gracias a ti, Sheere. Después de todos estos años, nos hemos reunido de nuevo. ¿No es eso lo que siempre has deseado?

Sheere se protegió el rostro de la bocanada de calor mordiente que le asaltó súbitamente y observó entre sus dedos el interior de aquel vagón. Una gigantesca maquinaria formada por grandes calderas metálicas unidas a un interminable alambique de tuberías y válvulas rugía frente a ella amenazando con estallar por los aires. De entre las junturas de aquel monstruoso ingenio exhalaban furiosos escapes de vapor y gas, que adquirían el intenso tinte cobrizo que revestía las paredes del vagón. Sobre una plancha de metal que sostenía todo un juego de llaves de presión y manómetros, Sheere reconoció una figura labrada en el hierro que representaba una águila alzándose majestuosamente de entre las llamas. Bajo la efigie del ave, Sheere advirtió unas palabras grabadas en un alfabeto que desconocía.

—El Pájaro de Fuego —dijo Jawahal junto a ella—, mi álter ego.

—Mi padre construyó esta máquina... —murmuró Sheere—. Usted no tiene ningún derecho a utilizarla. No es más que un ladrón y un asesino.

Jawahal la observó pensativo y se pasó la lengua por los labios.

—¿Qué mundo hemos construido donde ya ni los ignorantes pueden ser felices? —preguntó—. Despierta, Sheere.

La muchacha se volvió a contemplar con desprecio a Jawahal.

—Usted le mató... —dijo dirigiéndole una intensa mirada de odio.

Los labios de Jawahal se encogieron en una mueca silenciosa y grotesca. Segundos más tarde, Sheere comprendió que se estaba riendo. Mientras lo hacía, Jawahal la empujó suavemente contra la pared ardiente del vagón y la señaló con un dedo acusador.

—Quédate ahí y no te muevas —ordenó.

Sheere observó a Jawahal acercarse a la palpitante maquinaria del Pájaro de Fuego y vio que posaba las palmas de las manos sobre el metal ardiente de las calderas. Sus manos se adhirieron a la plancha y la chica pudo oler el hedor a piel chamuscada entre el espeluznante sonido que producía la carne al quemarse. Jawahal entreabrió lentamente los labios y las nubes de vapor que flotaban en el vagón parecieron adentrarse en sus entrañas. Luego se volvió y sonrió ante el rostro horrorizado de la joven.

—¿Te asusta jugar con fuego? Entonces jugaremos a otra cosa. No podemos decepcionar a tus amigos.

Sin esperar réplica, Jawahal se apartó de las calderas y se dirigió hasta el extremo del vagón, donde cogió un gran cesto de mimbre con el que se acercó a Sheere sosteniendo una inquietante sonrisa en los labios.

—¿Sabes cuál es el animal que más se parece al hombre? —le preguntó amablemente.

Sheere negó con la cabeza.

—Veo que la educación que te ha proporcionado tu abuela es más pobre de lo que cabría suponer. La ausencia de un padre es irreparable...

Abrió el cesto e introdujo el puño en el interior. Sus ojos despidieron un brillo malicioso. Cuando lo extrajo, sostenía en sus manos el cuerpo sinuoso y brillante de una serpiente. Un áspid.

—Éste es el animal más parecido al hombre. Se arrastra y cambia de piel a conveniencia. Roba y se come las crías de otras especies en sus propios nidos, pero es incapaz de enfrentarse a ellos en una lucha limpia. Su especialidad, con todo, es aprovechar la menor oportunidad para asestar su picadura letal. Sólo tiene veneno para una mordedura y necesita horas para rehacerse, pero aquel que lleva su marca está condenado a una muerte lenta y segura. Mientras el veneno penetra por las venas, el corazón de la víctima late cada vez más despacio, hasta detenerse. Incluso esta pequeña bestia, en su mezquindad, dispone de un cierto gusto por la poesía, como el hombre. Aunque ella, a diferencia de éste, nunca mordería a sus semejantes. Un fallo, ¿no crees? Tal vez por eso hayan acabado sirviendo de divertimento callejero de faquires y curiosos. Todavía no está a la altura del rey de la creación.

Jawahal acercó el reptil a Sheere y la muchacha se apretó contra la pared. De inmediato sonrió complacido ante la mirada de terror que advirtió en sus ojos.

—Siempre tememos a lo que más se nos parece. Pero no te preocupes —la tranquilizó Jawahal—, no es para ti.

Luego tomó una pequeña caja de madera roja e introdujo la serpiente en su interior. Sheere respiró con más calma una vez que el reptil estuvo fuera de su campo de visión.

—¿Qué piensa hacer con ella?

—Como he dicho, es para llevar a cabo un pequeño juego —explicó Jawahal—. Esta noche tenemos invitados y debemos procurarles toda suerte de entretenimientos.

—¿Qué invitados? —preguntó la chica, rogando que Jawahal no confirmase sus peores temores.

—Una cuestión superflua, querida Sheere. Reserva tus preguntas para los verdaderos interrogantes. Como, por ejemplo, ¿verán nuestros amigos la luz del día?, o, ¿cuánto tarda el beso de nuestra pequeña amiga en templar un corazón sano y joven, rebosante de la salud de los dieciséis años? La retórica nos enseña que eso son preguntas con sentido y estructura. Si no sabes expresarte, Sheere, no sabes pensar. Y si no sabes pensar, estás perdida.

—Esas palabras pertenecen a mi padre —acusó Sheere—. Él las escribió.

—Entonces veo que ambos leemos los mismos libros. ¿Qué mejor principio para una amistad eterna, querida Sheere?

La chica asistió en silencio al pequeño discurso de Jawahal sin apartar la vista de la caja de madera roja que cobijaba al áspid, imaginando su cuerpo escamoso retorciéndose en el interior. Jawahal alzó las cejas.

—Bien —concluyó—, ahora deberás disculparme si me ausento unos momentos para ultimar el recibimiento de nuestros huéspedes. Ten paciencia y espérame. Valdrá la pena.

Acto seguido, Jawahal asió de nuevo a Sheere y la condujo hasta un minúsculo cubículo al que se accedía por una estrecha puerta practicada en uno de los muros del túnel y que en otro momento había hecho las veces de cuarto para cobijar las clavijas de seguridad del cambio de vías. Empujó a la muchacha al interior y depositó la caja roja a sus pies. Sheere le miró suplicante, pero Jawahal cerró la puerta frente a ella y la dejó en la más absoluta de las oscuridades.

—Sáqueme de aquí, por favor —suplicó.

—Te sacaré muy pronto, Sheere —susurró la voz de Jawahal al otro lado de la puerta—. Y entonces nadie nos separará.

—¿Qué quiere hacer conmigo?

—Voy a vivir dentro de ti, Sheere. En tu mente, en tu alma y en tu cuerpo —respondió Jawahal—. Antes de que amanezca, tus labios serán los míos y tus ojos verán lo que yo vea. Mañana serás inmortal, Sheere. ¿Quién podría pedir más?

La muchacha gimió en la oscuridad.

—¿Por qué hace usted todo esto? —suplicó.

Jawahal guardó silencio unos instantes.

—Porque te quiero, Sheere... —respondió—. Y ya conoces el dicho: siempre matamos aquello que más amamos.

Tras una interminable espera, Seth apareció finalmente al pie de la plataforma que rodeaba la parte superior de la sala. Ian suspiró, aliviado.

—¿Dónde te habías metido? —exigió.

Su voz rebotó en la sala, formando un extraño diálogo con su propio eco. Sus escasas esperanzas de pasar desapercibidos durante el registro se estaban esfumando a toda prisa.

—No es fácil llegar hasta aquí —voceó Seth—. Este lugar es el peor nido de corredores y pasillos oscuros, quitando las pirámides de Egipto. Da gracias que no me haya perdido.

Ian asintió e indicó a Seth que se dirigiera al conducto que se internaba en el corazón de la araña de cristal. Seth recorrió la plataforma y se detuvo a su inicio.

—¿Algo va mal? —preguntó Ian observando a su compañero, situado a unos diez metros sobre él.

Seth negó con la cabeza y siguió caminando sobre la estrecha pasarela hasta detenerse de nuevo a dos metros del cuerpo que pendía de la soga. Se aproximó lentamente hasta el borde y se inclinó a examinar el cuerpo. Ian observó que el rostro de su compañero se desencajaba.

—¿Seth? ¿Qué ocurre, Seth?

Los cinco segundos siguientes transcurrieron a velocidad vertiginosa e Ian no pudo sino asistir al terrible espectáculo que se desplegaba ante sus ojos y registrar cada uno de sus detalles sin disponer de tiempo para reaccionar. Seth se arrodilló para desatar la soga que sujetaba el cuerpo, pero, al asirla, la cuerda se enroscó entre sus piernas como una serpiente y el cuerpo inerte se precipitó al vacío. Ian contempló que la cuerda que había sostenido el cuerpo tiraba de su amigo con una violenta sacudida y le arrastraba hacia las tinieblas de la bóveda, como a un títere indefenso. Seth, sujeto por la pierna, forcejeaba inútilmente y gritaba pidiendo ayuda mientras su cuerpo se elevaba en vertical a escalofriante velocidad y desaparecía de la vista.

Mientras eso sucedía, el cuerpo que había caído al vacío se precipitó sobre el charco de sangre. Ian observó que, bajo el manto brillante que lo envolvía, apenas quedaban los restos de un esqueleto cuyos huesos estallaron al impactar con el suelo y se disolvieron en polvo; el manto cubrió la mancha oscura y la absorbió. Ian reaccionó y se aproximó a él. Al examinarlo, reconoció aquel manto que había creído ver tantas ocasiones en el St. Patrick's durante sus noches de insomnio, sobre los hombros de aquella dama de luz que visitaba a su amigo Ben en sueños.

Alzó de nuevo la mirada en busca de algún rastro de su amigo Seth, pero la oscuridad impenetrable lo había devorado y no quedaba más vestigio de su presencia que el eco moribundo de sus gritos recorriendo los recovecos de la bóveda catedralicia.

* * *

—¿Has oído eso? —preguntó Roshan deteniéndose a escuchar los gritos que parecían provenir de las entrañas de la gigantesca estructura.

Michael asintió. El eco de los gritos se desvaneció y pronto ambos quedaron de nuevo envueltos en el intermitente tintineo que producían las gotas de la llovizna al impactar contra la parte superior de la bóveda bajo la que se encontraban. Habían ascendido hasta el último nivel de Jheeter's Gate, y una vez allí habían descubierto el insólito espectáculo de la gran estación desde las alturas. Los andenes y las vías aparecían lejanos y el preciosista entramado de arcos y niveles superpuestos se apreciaba con mucha mayor claridad desde aquel punto.

Michael se detuvo al borde de una balaustrada metálica que se adentraba en el vacío sobre la vertical del gran reloj bajo el que habían cruzado al penetrar en la estación. Su percepción pictórica le permitió apreciar el hipnótico efecto óptico que insinuaba la fuga de cientos de vigas combadas desde el centro geométrico de la cúpula y que parecían perderse en una curva infinita que jamás llegaba al suelo. Desde aquella atalaya privilegiada, el espectador experimentaba la sensación de que la estación ascendía hacia el cielo, trazando una insondable torre de Babel que se adentraba en las nubes y se retorcía entre ellas como una columna bizantina. Roshan se unió a él y echó un breve vistazo a la vertiginosa visión que parecía embrujar a su amigo.

—Te vas a marear. Venga, sigamos.

Michael alzó la mano en señal de protesta.

—No, espera. Ven aquí.

Roshan se asomó fugazmente al borde de la balaustrada.

—Si miro otra vez, me caeré.

Una enigmática sonrisa afloró a los labios de Michael. Roshan observó a su compañero, preguntándose qué era lo que sus ojos habrían descubierto.

—¿No te das cuenta, Roshan? —preguntó Michael.

Su amigo negó con la cabeza.

—Explícamelo.

—Esta estructura —indicó Michael—. Si observas la fuga desde ese punto de la cúpula, te darás cuenta.

Roshan trató de seguir las indicaciones de Michael, pero el objeto de sus observaciones ni siquiera se le insinuaba.

—¿Qué estás tratando de decirme?

—Es muy sencillo. Esta estación, toda la estructura de Jheeter's Gate, no es más que una inmensa esfera de la que sólo vemos la parte que emerge de la superficie. La torre del reloj está situada directamente en la vertical del centro de la cúpula, como un asomo del radio.

Roshan absorbió las palabras de Michael con parsimonia.

—Bien. Es una condenada pelota —admitió—. ¿Y qué?

—¿Sabes la dificultad técnica que entraña construir una estructura como ésta? —preguntó Michael.

Su compañero negó de nuevo con la cabeza.

—Deduzco que considerable —dijo.

—Radical —sentenció Michael, desempolvando el adjetivo que reservaba al súmmum de los superlativos—. ¿Por qué motivo alguien diseñaría una estructura como ésta?

—No estoy muy seguro de querer saber la respuesta —replicó Roshan—. Bajemos al nivel inferior. Aquí no hay nada.

Michael asintió, ausente, y siguió a Roshan en dirección a la escalinata.

El subnivel inferior que se extendía bajo la plataforma de observación de la cúpula apenas medía metro y medio de altura y estaba virtualmente inundado por las aguas filtradas de las lluvias que habían empezado a caer sobre Calcuta desde inicios de mayo. La superficie del suelo, casi bajo un palmo de agua estancada y corrompida que emitía un vapor fétido y nauseabundo, estaba cubierta por una masa de fango y escombros, descompuestos por la acción de las filtraciones durante más de una década. Michael y Roshan, agachados para poder introducirse en el angosto subnivel, avanzaban trabajosamente entre el lodo que los cubría hasta el tobillo.

—Este lugar es peor que las catacumbas —comentó Roshan—. ¿Por qué demonios este piso es tan condenadamente bajo? Hace siglos que la gente no mide metro y medio.

—Probablemente ésta era una zona restringida —respondió Michael—. Quizá albergue parte del sistema de pesos que compensan la bóveda. Procura no tropezar. A lo mejor se viene todo abajo.

—¿Eso es una broma?

—Sí —repuso escuetamente Michael.

—Es el tercer chiste que te oigo contar en seis años —comentó Roshan—. Y es el peor.

Michael no se molestó en contestar y siguió avanzando lentamente a través de aquel paradójico pantano elevado en las alturas. El hedor de las aguas corrompidas empezaba a martillearle el cerebro y comenzó a contemplar la posibilidad de sugerir que diesen la vuelta de nuevo y descendiesen a otro nivel, puesto que dudaba que nada ni nadie se ocultase en aquel lodazal inexpugnable.

—¿Michael? —preguntó la voz de Roshan, perdida unos metros más atrás.

El joven se volvió y advirtió la silueta de Roshan encorvada junto a un tramo oblicuo de una gran viga metálica.

—Michael —dijo Roshan en tono desconcertado—, ¿puede ser que esta viga se esté moviendo o son imaginaciones mías?

Michael supuso que su amigo también había inhalado aquellos vapores putrefactos demasiado tiempo y se dispuso a abandonar definitivamente el subnivel cuando oyó un fuerte estruendo en el otro extremo del piso. Ambos se volvieron al unísono y clavaron los ojos el uno en el otro. El sonido estalló de nuevo, esta vez con movimiento, y los dos muchachos observaron que algo avanzaba hacia ellos a gran velocidad, sumergido en el fango y levantando a su paso una estela de desperdicios y agua sucia que se estrellaban contra el techo bajo. Los dos muchachos, sin esperar un segundo, se lanzaron a toda prisa hacia la puerta de salida, avanzando tan rápidamente como podían hacerlo, agachados y sorteando una capa de barro y agua de treinta centímetros.

Antes de que pudieran alejarse más de unos pocos metros de allí, el objeto sumergido los rebasó a toda velocidad, describió una curva cerrada a su alrededor y enfiló de nuevo en línea recta en dirección a ellos. Roshan y Michael se separaron y cada uno corrió en direcciones opuestas, tratando de distraer la atención de lo que fuera que les estaba dando caza implacablemente. La criatura oculta bajo el lodo se dividió en dos mitades y cada una de ellas se lanzó en una vertiginosa persecución tras los muchachos.

Michael, jadeante y perdiendo el resuello, se volvió medio segundo para comprobar si aún le seguían y sus pies impactaron con un escalón sumergido en el barro. Su cuerpo cayó sobre la superficie cenagosa y las aguas fétidas le engulleron. Cuando emergió y abrió los ojos mordidos por el escozor, una columna de lodo se alzaba lentamente frente a él, semejante a una figura de chocolate caliente vertida desde una jarra invisible. Michael se arrastró entre el barro y sus manos resbalaron de nuevo, dejándole tendido sobre el lodo.

La figura de barro desplegó dos largos brazos, en cuyo extremo brotaron dedos largos y combados en grandes anzuelos de metal. Michael asistió aterrado a la formación de aquel siniestro golem y contempló que del tronco se alzaba una cabeza, en cuyo rostro se dibujaron unas grandes fauces surcadas de colmillos largos y afilados como cuchillos de caza. La figura se solidificó al instante y la arcilla seca desprendió una cortina de vaho. Michael se incorporó y oyó que la estructura de lodo crujía, mientras cientos de grietas se extendían sobre ella. Las fisuras del rostro se expandieron lentamente y los ojos de fuego de Jawahal se encendieron sobre él. La arcilla seca se desplomó en un mosaico de infinitas piezas. Jawahal asió a Michael por la garganta y acercó al muchacho a su rostro.

—¿Eres tú el dibujante? —preguntó alzando a Michael en el aire.

Él asintió.

—Bien —dijo Jawahal—. Tienes suerte, hijo. Hoy verás cosas que mantendrán tu lápiz ocupado durante el resto de tu vida. Suponiendo, claro está, que vivas para dibujarlas.

Roshan corrió hacia la puerta de salida sintiendo el latigazo de la adrenalina por sus venas como un reguero de gasolina encendida. Cuando apenas le separaban dos metros de la vía de escape, saltó y cayó de bruces sobre la superficie nítida y libre de barro de la galería de distribución. Al incorporarse, su primer impulso fue el de seguir corriendo hasta que su corazón se deshiciese como la mantequilla. El instinto adquirido en sus años previos a ingresar en el St. Patrick's como ladronzuelo callejero en la jungla de Calcuta no se había extinguido.

Sin embargo, algo le detuvo. Había perdido el rastro de Michael cuando ambos se habían separado en el interior del subnivel y ahora ni siquiera oía los gritos de su amigo corriendo desesperadamente por su vida. Roshan ignoró las advertencias que profería su sentido común y se acercó de nuevo hasta la entrada del subnivel. No había señal de Michael ni de la criatura que los había perseguido. Roshan sintió algo parecido al impacto de un puño de acero en el estómago al comprender que su perseguidor había ido tras Michael y que, gracias a eso, él estaba ahora sano y salvo. Se asomó al interior y trató de encontrar de nuevo a su amigo.

—¡Michael! —gritó con fuerza.

Sus palabras se perdieron sin respuesta.

Roshan suspiró abatido mientras se preguntaba cuál sería su siguiente paso: ir a buscar a los demás y abandonar a Michael en aquel lugar o entrar a por él. Ninguna de las alternativas parecía ofrecer grandes visos de éxito, pero alguien había decidido ya por él. Dos largos brazos de lodo emergieron de la puerta a ras de suelo, dos proyectiles dirigidos a sus pies. Las garras se cerraron sobre sus tobillos. Roshan intentó liberarse de la presa, pero los dos brazos tiraron de él con fuerza, consiguieron derribarle y lo arrastraron de nuevo al interior del subnivel como un niño haría con un juguete roto.

* * *

De los cinco muchachos que habían prometido reunirse bajo el reloj al cabo de media hora, el único en acudir a la cita fue Ian. Nunca la estación le había parecido tan desierta como en aquel momento. La angustia que le producía la incertidumbre del destino de Seth y de sus amigos le asfixiaba sin remedio. Aislado en aquel lugar fantasmal no era difícil imaginar que él era el único que todavía no había caído en las garras de su siniestro anfitrión.

Ian escrutó nerviosamente la estación desolada en todas direcciones, preguntándose qué debía hacer: esperar allí inmóvil o ir en busca de ayuda en mitad de la noche. La llovizna que se filtraba empezaba a formar pequeñas goteras que caían desde alturas insondables. Ian tuvo que hacer una llamada a la serenidad para apartar de su mente la idea de que aquellas gotas que se estrellaban sobre los raíles no eran sino la sangre de su amigo Seth, que se balanceaba en la oscuridad.

Por enésima vez, alzó la vista hacia la bóveda con la vana esperanza de adivinar algún indicio del paradero de Seth. Las agujas del reloj mostraban su sonrisa fláccida y las gotas de la lluvia se deslizaban lentamente sobre la esfera, formando canalillos brillantes entre las cifras en relieve. Ian suspiró. Sus nervios empezaban a traicionarle y supuso que, si no obtenía un signo inmediato de la presencia de sus amigos, se internaría él mismo en la red subterránea tras los pasos de Ben. No se le antojaba una idea particularmente inteligente, pero la baraja de alternativas estaba más desprovista de ases que nunca. Fue entonces cuando oyó el chasquido de algo que se acercaba desde la boca de uno de los túneles y respiró aliviado, al comprobar que no estaba solo.

Se aproximó al extremo del andén y observó la forma incierta que afloraba bajo el dintel del túnel. Un incómodo cosquilleo le recorrió la nuca. Una vagoneta se acercaba lentamente, impulsada por la inercia. Sobre ella se distinguía una silla y en ella, inmóvil, una silueta con la cabeza oculta en una capucha negra. Ian tragó saliva. La vagoneta desfiló lentamente frente a él hasta detenerse por completo. Permaneció clavado en el suelo contemplando la figura paralizada y se sorprendió dando voz temblorosa a la sospecha que albergaba en su corazón.

—¿Seth? —gimió.

La figura sobre la silla no movió un músculo. Ian se acercó hasta el extremo de la vagoneta y saltó al interior. No había señal de movimiento alguno en su ocupante. Recorrió con lentitud agónica la distancia que le separaba de él hasta detenerse a unos centímetros de la silla.

—¿Seth? —murmuró de nuevo.

Un extraño sonido emergió bajo la capucha, similar a un rechinar de dientes. Ian sintió que el estómago se le encogía hasta el tamaño de una pelota de críquet. El sonido amortiguado se repitió de nuevo. Asió la capucha y contó mentalmente hasta tres; luego cerró los ojos y tiró de ella.

Cuando los abrió de nuevo, un rostro sonriente e histriónico le observaba con una mirada desorbitada. La capucha se le cayó de las manos. Era un muñeco de rostro blanco como la porcelana y dos grandes rombos negros pintados sobre los ojos, cuyo vértice inferior descendía por las mejillas en una lágrima de alquitrán.

El muñeco rechinó los dientes mecánicamente. Ian examinó la grotesca figura de aquel arlequín de feria ambulante y trató de dilucidar qué se ocultaba tras aquella excéntrica maniobra. Con cautela, alargó su mano hasta el rostro de la figura y trató de examinarla en busca del mecanismo que parecía sustentar su movimiento.

Con celeridad felina, el brazo derecho del autómata cayó sobre el suyo y, antes de que pudiera reaccionar, Ian comprobó que su muñeca izquierda estaba presa de la anilla de unas esposas. La otra anilla rodeaba el brazo del muñeco. El muchacho tiró con fuerza, pero el muñeco estaba asido a la vagoneta y se limitó a rechinar los dientes de nuevo. Forcejeó desesperadamente y, cuando comprendió que no se libraría de aquella atadura por sí solo, la vagoneta ya había empezado a moverse; esta vez, sin embargo, de vuelta a la oscura boca del túnel.

* * *

Ben se detuvo en una intersección entre dos túneles y por un segundo estimó la posibilidad de que tal vez había cruzado dos veces por el mismo sitio. Desde el momento en que se había adentrado en los túneles de Jheeter's Gate, aquélla estaba empezando a resultar una sensación recurrente e intranquilizadora. Extrajo uno de los fósforos que economizaba con criterio espartano y lo encendió arañando suavemente la pared con la punta. La débil penumbra a su alrededor se tiñó con la cálida luz de la lumbre. Ben examinó la unión del túnel surcado por los raíles y el amplio respiradero que lo atravesaba perpendicularmente.

Una bocanada de aire polvoriento apagó la llama del fósforo y Ben regresó a aquel mundo de penumbras en el que, por mucho que caminase en una u otra dirección, nunca parecía llegar a ninguna parte. Empezaba a sospechar que tal vez se había extraviado y que, si persistía en adentrarse más en aquel complejo mundo subterráneo, podía llegar a tardar horas, o días, en salir. El sentido común le aconsejaba con prudencia deshacer sus pasos y volver en dirección a la sección principal de la estación. Por más que trataba de visualizar mentalmente el laberinto de túneles y el enrevesado sistema de ventilación e intercomunicación entre las galerías adyacentes, no conseguía eludir la absurda sospecha de que aquel lugar se movía a su alrededor; ensamblar en la oscuridad nuevos caminos sólo le conduciría al punto de partida.

Resuelto a no dejarse aturdir por la confusa red de galerías, dio la vuelta y apretó el paso, preguntándose si ya se habría cumplido el plazo de tiempo que habían acordado para reunirse de nuevo bajo el reloj de la estación. Mientras deambulaba por los interminables conductos de Jheeter's Gate, imaginó que tal vez existía una extraña ley física que demostraba que, en la ausencia de luz, el tiempo corría más deprisa.

Ben empezaba a tener la sensación de haber recorrido millas enteras en la oscuridad cuando la diáfana claridad que emanaba del espacio abierto bajo la gran cúpula de Jheeter's Gate se insinuó al límite de la galería. Respiró aliviado y corrió hacia la luz con la certeza de haber escapado de la pesadilla del laberinto tras un interminable peregrinaje.

Pero cuando rebasó finalmente la boca del túnel y enfiló el estrecho canal que se prolongaba entre los dos andenes colindantes, su inyección de optimismo se le reveló fugaz y pronto una nueva sombra de inquietud se abatió sobre él. La estación aparecía desolada y no había rastro alguno de los restantes miembros de la Chowbar Society.

Se aupó de un salto hasta el andén y recorrió la cincuentena escasa de metros que le separaban de la torre del reloj con la sola compañía del eco de sus propios pasos y el rumor amenazador de la tormenta eléctrica. Rodeó la torre y se detuvo al pie de la gran esfera, con sus agujas deformadas. No necesitaba reloj para intuir que el período que habían determinado sus compañeros para reunirse en aquel punto había prescrito ampliamente.

Se apoyó contra la pared de ladrillo ennegrecido de la torre y constató que su idea de separar al grupo en pos de una mayor eficacia en la búsqueda no parecía haber dado el fruto esperado. La única diferencia entre aquel instante y el momento en que había cruzado el umbral de Jheeter's Gate era que ahora estaba solo; al igual que a Sheere, había perdido al resto de sus compañeros.

La tormenta lanzó un furioso rugido como si hubiese partido el cielo en dos de una dentellada. Ben decidió empezar a buscar a sus amigos. Poco le importaba si necesitaba una semana o un mes para dar con su paradero; a la vista de las cartas servidas, aquélla era la única jugada que podía contemplar. Se dirigió al andén central, en dirección al ala trasera de Jheeter's Gate, donde se albergaban las antiguas oficinas, las salas de espera y la pequeña ciudadela de bazares, cafeterías y restaurantes carbonizados tras apenas unos minutos de vida útil. Fue entonces cuando divisó un manto brillante caído sobre el suelo en el interior de una de las zonas de espera. Su memoria le insinuó que la última vez que había visto aquel lugar, antes de adentrarse en los túneles, aquel pedazo de tela satinada no estaba allí. Apresuró el paso y, en su nervioso avance, no advirtió que alguien le esperaba en las sombras, inmóvil.

Ben se arrodilló frente al manto y extendió una mano furtiva hasta él. La tela estaba impregnada de un líquido oscuro y tibio, cuyo tacto le resultaba vagamente familiar y le producía una repulsión instintiva. Bajo el manto se adivinaban las formas de lo que a Ben se le antojó como las piezas sueltas de algún objeto. Extrajo la caja de cerillas que guardaba y se dispuso a encender una para examinar detenidamente el hallazgo, pero comprobó que sólo le quedaba un último fósforo. Resignado, lo guardó para mejor ocasión y forzó la vista, intentando recoger el mayor número de detalles en pos de una pista que diese luz sobre el paradero de alguno de sus amigos.

—Toda una experiencia, contemplar tu propia sangre derramada, ¿no es así, Ben? —dijo Jawahal a su espalda—. La sangre de tu madre, al igual que yo, no encuentra descanso.

Ben sintió que el temblor se apoderaba de sus manos y se volvió lentamente. Jawahal reposaba sentado en el extremo de un banco de metal, un siniestro rey de las sombras en su trono erigido entre escombros y destrucción.

—¿No vas a preguntarme dónde están tus amigos, Ben? —ofreció Jawahal—. Tal vez temas obtener una respuesta poco esperanzadora.

—¿Me respondería si lo hiciera? —replicó el chico, inmóvil junto al manto ensangrentado.

—Tal vez —sonrió Jawahal.

Ben trató de no descansar su mirada en los ojos hipnóticos de Jawahal y, sobre todo, de alejar de su mente aquella absurda idea que alguien parecía gritar desde el interior de su cerebro intentando convencerle de que aquella sombra funesta con la que conversaba en un escenario robado del mismo infierno era su padre, o lo que quedaba de él.

—¿Las dudas te asaltan, Ben? —preguntó Jawahal, que parecía estar disfrutando de la conversación.

—Usted no es mi padre. Él nunca haría daño a Sheere —espetó Ben nerviosamente.

—¿Quién te ha dicho que voy a hacerle daño?

Ben enarcó las cejas y observó cómo Jawahal alargaba su mano enfundada en un guante y la impregnaba de la sangre que yacía a sus pies. Luego se llevó los dedos tintos en sangre al rostro y la esparció sobre sus rasgos angulosos.

—Una noche, hace muchos años, Ben —dijo Jawahal—, la mujer cuya sangre fue derramada aquí mismo fue mi esposa y la madre de mis hijos, uno de los cuales se llamaba como tú. Es curioso pensar cómo los recuerdos se convierten a veces en pesadillas. Aún la añoro. ¿Te sorprende? ¿Quién crees que es tu padre, ese hombre que vive en mis recuerdos o esta sombra sin vida que tienes frente a ti? ¿Qué te hace creer que existe alguna diferencia entre ambos?

—La diferencia es obvia —replicó Ben—. Mi padre era un buen hombre. Usted no es más que un asesino.

Jawahal bajó la cabeza y asintió lentamente. Ben le dio la espalda.

—Nuestro tiempo se agota —dijo Jawahal—. Es hora de que nos enfrentemos a nuestro destino. Cada cual al suyo. Ahora ya somos todos adultos, ¿no es así? ¿Sabes cuál es el significado de la madurez, Ben? Deja que tu padre te lo explique. Madurar no es más que el proceso de descubrir que todo aquello que creías cuando eras joven es falso y que, a su vez, todo cuanto rechazabas creer en tu juventud resulta ser cierto. ¿Cuándo piensas madurar tú, hijo mío?

—No creo que me interese su filosofía —insinuó el muchacho con desprecio.

—El tiempo te la recordará, hijo.

Ben se volvió a contemplar a Jawahal con odio.

—¿Qué es lo que quiere? —exigió.

—Quiero cumplir una promesa, la promesa que mantiene viva mi llama.

—¿Cuál es? —preguntó Ben—. ¿Cometer un crimen? ¿Ésa es su hazaña de despedida?

Jawahal entornó los ojos pacientemente.

—La diferencia entre un crimen y una hazaña suele depender de la perspectiva del observador, Ben. Mi promesa no es otra que la de encontrar un nuevo hogar para mi alma. Y ese hogar me lo proporcionaréis vosotros. Mis hijos.

Ben apretó los dientes y sintió que la sangre le hervía en las sienes.

—Usted no es mi padre —dijo con serenidad—. Y si alguna vez lo fue, me avergüenzo de ello.

Jawahal sonrió paternalmente.

—Hay dos cosas en la vida que no puedes elegir, Ben. La primera son tus enemigos. La segunda, tu familia. A veces la diferencia entre unos y otra es difícil de apreciar, pero el tiempo te enseña que, al fin y al cabo, tus cartas siempre podrían haber sido peores. La vida, hijo mío, es como la primera partida de ajedrez. Cuando empiezas a entender cómo se mueven las piezas, ya has perdido.

Ben se abalanzó súbitamente sobre Jawahal con toda la fuerza de su rabia contenida. Jawahal permaneció inmóvil en el extremo del banco y, cuando el chico atravesó su imagen, la silueta se desvaneció en el aire en una escultura de humo. Ben se precipitó contra el suelo y sintió que uno de los tornillos oxidados que asomaban bajo el banco le abría un corte en la frente.

—Una de las cosas que aprenderás pronto —dijo la voz de Jawahal a su espalda— es que, antes de combatir a tu enemigo, debes saber cómo piensa.

Ben se limpió la sangre que le caía por el rostro y se volvió en busca de aquella voz en la penumbra. La silueta de Jawahal se recortaba claramente sentada en el extremo opuesto del mismo banco. Por unos segundos el muchacho experimentó la desconcertante sensación de haber intentado atravesar un espejo y haber sido víctima de un enrevesado truco de geometría bizantina.

—Nada es lo que parece —dijo Jawahal—. Ya deberías haberlo advertido en los túneles. Cuando diseñé este lugar, me guardé varias sorpresas que sólo yo conozco. ¿Te gustan las matemáticas, Ben? La matemática es la religión de las gentes con cerebro, por eso tiene tan pocos adeptos. Es una lástima que ni tú ni tus ingenuos compañeros vayáis a salir jamás de aquí, porque podrías revelar al mundo algunos de los misterios que oculta esta estructura. Con un poco de suerte, obtendríais a cambio las mismas burlas, envidias y desprecios que coleccionó quien los inventó.

—El odio le ha cegado, le cegó hace mucho tiempo.

—Lo único que el odio ha hecho conmigo —replicó Jawahal— es abrirme los ojos. Y ahora más vale que abras bien los tuyos porque, aunque me tomas por un simple asesino, vas a comprobar que tú dispondrás de una oportunidad para salvarte y salvar a tus amigos. Algo que yo nunca tuve.

La figura de Jawahal se alzó y se acercó a Ben. El muchacho tragó saliva y se aprestó a echar a correr. Jawahal se detuvo a dos metros de él, cruzó las manos con parsimonia y le ofreció una leve reverencia.

—Me ha gustado esta conversación, Ben —dijo amablemente—. Ahora, prepárate y búscame.

Antes de que Ben pudiese articular una palabra o mover un solo músculo, la silueta de Jawahal se escindió en un torbellino de fuego y se proyectó a velocidad vertiginosa a través de la bóveda de la estación, describiendo un arco de llamas. Al cabo de pocos segundos, el haz de fuego se sumergió en los túneles como una flecha ardiente y dejó tras de sí una guirnalda de briznas ardientes que se desvanecían en la oscuridad, indicando así al muchacho el camino de su destino.

Ben dirigió una última mirada al manto ensangrentado y penetró de nuevo en los túneles con la certeza de que esta vez, tomase el camino que tomase, todas las galerías convergirían en un mismo punto.

* * *

La silueta del tren emergió de las tinieblas. Ben contempló el interminable convoy de vagones que exhibían la cicatriz de las llamas y, por un momento, creyó haber encontrado el cadáver de una gigantesca serpiente mecánica huida de la diabólica imaginación de Jawahal. Le bastó con aproximarse para reconocer el tren que había creído ver atravesar los muros del orfanato noches atrás, envuelto en llamas y transportando en su interior las almas atrapadas de cientos de niños que pugnaban por escapar de aquel infierno perpetuo. El tren yacía ahora inerte y oscuro, sin ofrecer indicio alguno que le permitiese suponer que sus compañeros pudieran estar en su interior.

Una corazonada, sin embargo, le llevaba a creer lo contrario. Dejó atrás la locomotora y recorrió lentamente el convoy de vagones en busca de sus amigos.

A medio camino, se detuvo a mirar a su espalda y comprobó que la cabeza del tren se había perdido ya en las sombras. Al disponerse a reanudar la marcha, advirtió que un rostro pálido y mortecino le observaba desde una de las ventanas del vagón más próximo.

Ben giró la cabeza bruscamente y sintió que el corazón le daba un vuelco. Un niño de no más de siete años le observaba atentamente, sus profundos ojos negros clavados en él. Tragó saliva y avanzó un paso en su dirección. El niño abrió los labios y las llamas asomaron entre ellos y prendieron su imagen como una hoja de papel seco que se deshizo ante sus ojos. Ben sintió un frío glacial en la nuca y continuó caminando, ignorando el espeluznante murmullo de voces que parecía provenir de algún lugar oculto en las entrañas del tren.

Finalmente, cuando alcanzó el vagón de cola del convoy, se acercó a la puerta de entrada y empujó la manija. La lumbre de cientos de velas ardía en el interior del vagón. Ben se adentró y los rostros de Isobel, Ian, Seth, Michael, Siraj y Roshan se iluminaron de esperanza. Ben suspiró de alivio.

—Ahora ya estamos todos. Tal vez podamos empezar a jugar —dijo una voz familiar junto a él.

El chico se giró lentamente, los brazos de Jawahal rodeaban a su hermana Sheere. La puerta del vagón se selló como una compuerta acorazada y Jawahal soltó a Sheere. La muchacha corrió hasta Ben y él la abrazó.

—¿Estás bien? —preguntó Ben.

—Por supuesto que está bien —objetó Jawahal.

—¿Estáis todos bien? —preguntó Ben a los

miembros de la Chowbar Society, que permanecían atados en el suelo, ignorando a Jawahal.

—Perfectamente —confirmó Ian.

Ambos intercambiaron una mirada que explicaba más que mil palabras. Ben asintió.

—Si alguno luce un rasguño —aclaró Jawahal—, se lo ha infligido su propia torpeza.

Ben se volvió hacia Jawahal y apartó a Sheere a un lado.

—Diga lo que quiere claramente.

Jawahal mostró una mueca de extrañeza.

—¿Nervioso, Ben, o con prisa por acabar? Yo he esperado dieciséis años este momento y puedo esperar un minuto más. Especialmente desde que Sheere y yo gozamos de nuestra nueva relación.

La idea de que Jawahal hubiese revelado su identidad a Sheere pendía sobre Ben como la espada de Damocles. Jawahal parecía haber leído su mente y disfrutar de la situación.

—No le escuches, Ben —dijo Sheere—. Este hombre mató a nuestro padre. Cuanto diga o pretenda hacernos creer no tiene más valor que la porquería que cubre este agujero.

—Duras palabras para pronunciarlas sobre un amigo —comentó Jawahal pacientemente.

—Moriría antes que ser su amiga...

—Nuestra amistad, Sheere, es cuestión de tiempo —murmuró Jawahal.

La sonrisa ecuánime de Jawahal se desvaneció

al instante. A un gesto de su mano, Sheere salió proyectada contra el otro extremo del vagón, embestida por un ariete invisible.

—Ahora descansa. Muy pronto estaremos juntos para siempre...

Sheere impactó contra la pared de metal y cayó al suelo, inconsciente. Ben se lanzó tras ella, pero la férrea presión de Jawahal le retuvo.

—Tú no vas a ninguna parte —dijo Jawahal y después, dirigiendo una mirada helada a los demás, añadió—: El próximo que tenga algo que decir verá sus labios sellados por el fuego.

—Suélteme —gimió Ben sintiendo que la mano que le asía el cuello estaba a punto de descoyuntarle las vértebras.

Jawahal le soltó instantáneamente y Ben se desplomó al suelo.

—Levántate y escucha —ordenó Jawahal—. Tengo entendido que formáis una especie de fraternidad en la que habéis jurado ayudaros y protegeros hasta la muerte. ¿Es cierto?

—Lo es —dijo Siraj desde el suelo.

Un puño invisible golpeó con fuerza al muchacho y lo derribó como a un muñeco de trapo.

—No te he preguntado a ti, chico —dijo Jawahal—. Ben, ¿piensas responder o experimentamos con el asma de tu amigo?

—Déjele en paz. Es cierto —respondió Ben.

—Bien. Entonces permíteme felicitarte por la

fabulosa labor que has desempeñado al traer a tus amigos hasta aquí. Protección de primera clase.

—Dijo que nos concedería una oportunidad —recordó Ben.

—Sé lo que dije. ¿En cuánto valoras la vida de cada uno de tus amigos, Ben?

El muchacho palideció.

—¿No entiendes la pregunta o quieres que averigüe la respuesta de otro modo?

—La valoro como la mía.

Jawahal sonrió lánguidamente.

—Me cuesta creerlo —afirmó.

—Lo que usted crea o deje de creer me trae sin cuidado.

—Entonces vamos a comprobar si tus bonitas palabras se corresponden con la realidad, Ben —indicó Jawahal—. Éste es el trato. Sois siete, sin contar a Sheere. Ella queda fuera de este juego. Por cada uno de vosotros siete, hay una caja cerrada que contiene... un misterio.

Jawahal señaló una hilera de cajas de madera pintadas en diferentes colores y que se alineaban una junto a la otra como una fila de pequeños buzones.

—Cada una de ellas tiene un orificio en la parte delantera que permite meter la mano, pero no sacarla hasta después de unos segundos. Es como una pequeña trampa para curiosos. Imagina que cada una de esas cajas contiene la vida de uno de tus amigos, Ben. De hecho, así es, pues en cada una hay una pequeña placa de madera con el nombre de todos vosotros. Puedes introducir tu mano y sacarla. Por cada caja en la que metas tu mano y extraigas su pasaporte, liberaré a uno de tus amigos. Pero, por supuesto, hay un riesgo. Una de las cajas, en vez de la vida, contiene la muerte.

—¿Qué quiere decir con eso? —preguntó Ben.

—¿Has visto alguna vez un áspid, Ben? Una pequeña bestia de temperamento volátil. ¿Sabes algo de serpientes?

—Sé lo que es un áspid —replicó Ben, sintiendo que las rodillas le flojeaban.

—Entonces te ahorraré los detalles. Te basta con saber que una de las cajas oculta un áspid.

—Ben, no lo hagas —dijo Ian.

Jawahal le dirigió una mirada maliciosa.

—Ben. Estoy esperando. No creo que nadie te ofrezca un trato más generoso en toda la ciudad de Calcuta. Siete vidas y sólo una posibilidad de error.

—¿Cómo sé que no miente? —preguntó Ben.

Jawahal alzó un largo dedo índice y negó lentamente con la cabeza frente al rostro de Ben.

—Mentir es una de las pocas cosas que no hago, Ben. Y lo sabes. Ahora decídete o, si no tienes valor para afrontar el juego y demostrar que tus amigos te son tan caros como nos quieres hacer creer, dilo claramente y le pasaremos el turno a otro con más agallas.

Ben sostuvo la mirada de Jawahal y asintió finalmente.

—Ben, no —repitió Ian.

—Dile a tu amigo que se calle, Ben —indicó Jawahal—, o lo haré yo.

El chico dirigió una mirada suplicante a Ian.

—No lo hagas más difícil, Ian.

—Ian tiene razón, Ben —dijo Isobel—. Si nos quiere matar, que lo haga él. No te dejes engañar.

Ben alzó una mano pidiendo silencio y se encaró con Jawahal.

—¿Tengo su palabra?

Jawahal le miró largamente y, por fin, asintió.

—No perdamos más tiempo —concluyó Ben dirigiéndose hacia la hilera de cajas que le aguardaban.

* * *

Ben contempló detenidamente las siete cajas de madera pintadas en diferentes colores y trató de imaginar en cuál de ellas Jawahal podía haber ocultado la serpiente. Intentar descifrar la mentalidad con la cual habían sido dispuestas era como tratar de reconstruir un puzzle sin conocer la imagen que componía. El áspid podía estar oculto en una de las cajas del extremo o en las del centro, en una de las pintadas en colores vivos o la que lucía una brillante capa negra. Cualquier suposición era superflua, y Ben descubrió que su mente se quedaba en blanco ante la decisión que había de tomar inmediatamente.

—La primera es la más difícil —susurró Jawahal—. Escoge sin pensar.

Ben examinó su mirada insondable y no apreció en ella más que el reflejo de su rostro pálido y asustado. Contó mentalmente hasta tres, cerró los ojos e introdujo la mano en una de las cajas bruscamente. Los dos segundos que siguieron se hicieron interminables, mientras Ben esperaba sentir el contacto rugoso de un cuerpo escamoso y la punzada letal de los colmillos del áspid. Nada de eso sucedió; tras ese lapso de espera agónica, sus dedos palparon una placa de madera y Jawahal le ofreció una sonrisa deportiva.

—Buena elección. El negro. El color del futuro.

Ben extrajo la tablilla y leyó el nombre que había escrito sobre ella. Siraj. Dirigió una mirada inquisitiva a Jawahal y éste asintió. El crujido de las esposas que sujetaban al endeble muchacho se oyó claramente.

—Siraj —ordenó Ben—. Baja de este tren y aléjate.

Siraj se frotó las muñecas doloridas y miró a sus compañeros, abatido.

—No pienso irme de aquí —replicó.

—Haz lo que Ben te ha dicho, Siraj —indicó Ian tratando de contener el tono de su voz.

Siraj negó con la cabeza. Isobel le sonrió débilmente.

—Siraj, vete de aquí —suplicó la muchacha—. Hazlo por mí.

El chico dudó, desconcertado.

—No tenemos toda la noche —dijo Jawahal—. Te vas o te quedas. Sólo los tontos desprecian la suerte. Y esta noche tú has agotado tu reserva de suerte para el resto de tu vida.

—¡Siraj! —ordenó Ben, terminante—. Lárgate ahora. Ayúdame un poco.

Siraj dirigió una mirada desesperada a Ben, pero su amigo no cedió un milímetro en su expresión severa e imperativa. Finalmente, asintió cabizbajo y se dirigió hacia la compuerta del vagón.

—No te detengas hasta llegar al río —indicó Jawahal—, o te arrepentirás.

—No lo hará —respondió Ben por él.

—Os esperaré —gimió Siraj desde el escalón del vagón.

—Hasta pronto, Siraj —dijo Ben—. Márchate ya.

Los pasos del muchacho se alejaron por el túnel y Jawahal alzó las cejas señalando que el juego continuaba.

—He cumplido mi promesa, Ben. Ahora te toca a ti. Hay menos cajas. Es más fácil elegir. Decídete rápido y otro de tus amigos salvará su vida.

Ben posó sus ojos sobre la caja contigua a la que había elegido en primer lugar. Era tan buena como cualquier otra. Lentamente, extendió la mano hasta ella y se detuvo a un centímetro de la trampilla.

—¿Seguro, Ben? —preguntó Jawahal.

El muchacho le miró, exasperado.

—Piénsalo dos veces. Tu primera elección ha sido perfecta; no lo vayas a estropear ahora.

Ben le ofreció una sonrisa despectiva y, sin apartar sus ojos de los de Jawahal, introdujo la mano en la caja que había escogido. Las pupilas de Jawahal se contrajeron como las de un felino hambriento. Ben extrajo la tablilla y leyó el nombre.

—Seth —indicó—. Sal de aquí.

Las esposas de Seth se abrieron al instante y el muchacho se incorporó, nervioso.

—Esto no me gusta, Ben —dijo.

—A mí me gusta menos que a ti —replicó Ben—. Sal ahí afuera y asegúrate de que Siraj no se pierde.

Seth asintió gravemente, consciente de que cualquier otra alternativa en lugar de seguir las instrucciones de Ben pondría en peligro la vida de todos. Seth dirigió una mirada de despedida a sus amigos y se encaminó hacia la puerta. Una vez allí, se volvió y miró de nuevo a los miembros de la Chowbar Society.

—Saldremos de ésta, ¿de acuerdo?

Sus amigos asintieron con tanta voluntad como la ley de las probabilidades parecía recomendar.

—En cuanto a usted —dijo Seth señalando a Jawahal—, no es más que un montón de estiércol.

Jawahal se relamió y asintió.

—Es fácil ser un héroe cuando sales por piernas y abandonas a tus amigos a una muerte segura, ¿verdad, Seth? Puedes insultarme de nuevo si lo deseas, chico. No te voy a hacer nada. Seguramente te ayudará a dormir mejor cuando recuerdes esta noche y varios de los que están aquí sirvan de alimento a los gusanos. Siempre podrás contarle a la gente que tú, el valiente Seth, insultaste al villano, ¿no es así? Pero, en el fondo, tú y yo sabremos la verdad, ¿eh, Seth?

El rostro de Seth se encendió de ira y una mirada de odio ciego asomó a sus ojos. El muchacho empezó a caminar en dirección a Jawahal, pero Ben se interpuso violentamente en su camino y le detuvo.

—Por favor, Seth —le murmuró al oído—. Vete ahora. Por favor.

Seth dirigió una última mirada a Ben y asintió, apretándole fuertemente el brazo. Ben esperó a que el muchacho hubiese descendido del vagón y se encaró de nuevo a Jawahal.

—Esto no estaba en el trato —recriminó Ben—. No pienso continuar si no promete dejar de martirizar a mis amigos.

—Lo harás te guste o no. No tienes otra alternativa. Pero, como muestra de buena voluntad, me guardaré mis comentarios sobre tus amigos. Y ahora, continúa.

Ben observó las cinco cajas restantes y situó la mirada sobre la que se encontraba en el extremo derecho. Sin más preámbulos, introdujo la mano en ella y palpó en su interior. Una nueva tablilla. Ben respiró profundamente y oyó el suspiro de alivio de sus amigos.

—Un ángel vela por ti, Ben —dijo Jawahal. El chico examinó el rectángulo de madera.

—Isobel.

—La dama tiene suerte —señaló Jawahal.

—Cállese —murmuró Ben, harto ya de los comentarios con que Jawahal se complacía en apostillar cada nuevo paso de aquel macabro juego.

»Isobel —dijo—, hasta pronto.

La chica se incorporó y cruzó frente a sus compañeros con la mirada baja y arrastrando cada paso como si sus pies estuviesen cosidos al suelo.

—¿No tienes una última palabra para Michael, Isobel? —preguntó Jawahal.

—Déjelo ya —pidió Ben—. ¿Qué es lo que espera sacar de todo esto?

—Elige otra caja —replicó Jawahal—. Así verás lo que espero sacar.

Isobel descendió del vagón y Ben barajó mentalmente las cuatro cajas restantes.

—¿Lo tienes ya, Ben? —preguntó Jawahal.

El muchacho asintió y se situó frente a la caja pintada de rojo.

—El rojo. El color de la pasión —comentó Jawahal—. Y del fuego. Adelante, Ben. Creo que hoy es tu noche.

* * *

Sheere entreabrió los ojos y vio que Ben se acercaba a la caja roja con el brazo extendido. Una punzada de pánico le recorrió el cuerpo. La muchacha se incorporó bruscamente y se lanzó hacia Ben con todas sus fuerzas. No podía permitir que su hermano introdujese la mano en aquella caja. Las vidas de aquellos muchachos no tenían ningún valor para Jawahal. No eran para él más que comodines con los que empujar a Ben a su autodestrucción. Jawahal necesitaba que fuese él quien le sirviera en bandeja su propia muerte, limpiándole el camino. De ese modo, aquel espectro maldito entraría en ella y saldría de aquellos túneles encarnado en un ser de carne y hueso. Un ser joven que le devolviese al mundo de aquéllos a quienes deseaba destruir.

Antes de mover un solo músculo, Sheere comprendió que únicamente quedaba una alternativa, una única pieza capaz de desbaratar el complejo rompecabezas que Jawahal había tramado alrededor de ellos. Sólo ella podía alterar el rumbo de los acontecimientos haciendo la única cosa en el universo que Jawahal no había previsto.

Los instantes que transcurrieron a continuación se grabaron en su mente con la precisión de una colección de láminas cuidadosamente detalladas.

Sheere recorrió vertiginosamente los seis metros que la separaban de su hermano, sorteando a los tres miembros restantes de la Chowbar Society que yacían apresados. Ben se volvió lentamente y el primer gesto de perplejidad y sorpresa se tornó en una mueca de horror al observar que Jawahal se incorporaba y cada uno de los dedos de su mano derecha se prendía en llamas y formaba una garra de fuego. Sheere oyó perderse el grito de Ben en un eco lejano e impactó contra él, le derribó al suelo y arrancó así su mano de la trampilla de la caja roja. Ben cayó sobre el vagón y Sheere contempló la silueta fantasmal de Jawahal alzarse frente a ella y alargar su garra incandescente hacia su rostro. Clavó sus ojos en los de aquel asesino y leyó la negativa desesperada que empezaba a dibujarse en sus labios. El tiempo pareció detenerse a su alrededor como un viejo carrusel.

Décimas de segundo más tarde, Sheere atravesaba la trampilla de la caja escarlata con el puño. Sintió las láminas de la escotilla cerrarse sobre su muñeca como una flor envenenada. Ben gritó a sus pies y el puño ígneo de Jawahal se cerró frente a su rostro. Pero Sheere sonrió triunfante y, en algún momento, sintió cómo el áspid le asestaba su beso mortal y el estallido ardiente del veneno encendía la sangre que corría por sus venas como una bengala lo haría con una estela de gasolina.

* * *

Ben rodeó a su hermana con los brazos y arrancó su mano de la caja roja, pero ya era demasiado tarde. Dos punzadas sangrantes brillaban sobre la pálida piel del dorso de su muñeca. Sheere le sonrió, desvaneciéndose.

—Estoy bien —murmuró la muchacha, pero antes de que pudiera acabar de pronunciar la última sílaba, sus piernas sucumbieron a una sacudida invisible y se desplomó sobre él.

—¡Sheere! —gritó Ben.

Sintió que una náusea indescriptible se apoderaba de todo su ser y que las fuerzas parecían escaparse de su cuerpo como el tiempo en un reloj de arena. Sujetó a Sheere y la acomodó sobre su regazo, acariciando su rostro.

Sheere abrió los ojos y le sonrió débilmente. Su rostro se adivinaba blanco como la cal.

—No me duele, Ben —gimió.

El chico encajó cada palabra como un puntapié en el estómago y alzó la mirada en busca de Jawahal. El espectro contemplaba la escena inmóvil y su rostro resultaba impenetrable. Los ojos de ambos se encontraron.

—Nunca lo planeé así, Ben —dijo Jawahal—. Esto va a hacer las cosas más difíciles.

Ben sintió el odio crecer en su interior; igual que una gran grieta, sesgaba su alma en dos.

—Es usted un asqueroso asesino —murmuró entre dientes.

Jawahal dirigió una última mirada a Sheere, que temblaba en brazos de Ben, y meneó la cabeza. Sus pensamientos parecían muy lejos de allí.

—Ahora sólo quedamos tú y yo, Ben —dijo Jawahal—. Cara o cruz. Despídete de ella y ven en busca de tu venganza.

El rostro de Jawahal se enmascaró en un velo de llamas y su silueta encendida se volvió y atravesó la puerta del vagón, lo que dejó una brecha abierta en el metal, que goteaba acero candente.

Ben oyó el crujido de apertura de los cerrojos que mantenían presos a Ian, Michael y Roshan. Ian corrió hasta ellos y, asiendo el brazo de Sheere, llevó la herida a sus labios. Succionó con fuerza y escupió la sangre impregnada de veneno que le quemaba la lengua. Michael y Roshan se arrodillaron frente a la chica y dirigieron una mirada desesperada a Ben, que se maldecía a sí mismo por haber dejado transcurrir aquellos segundos preciosos sin comprender que él debería haber hecho lo que su amigo se había apresurado a realizar.

Ben alzó la vista y observó el rastro de llamas que Jawahal dejaba a su paso fundiendo el metal al igual que la punta de un cigarro atravesaría unas láminas de papel. El tren sufrió una fuerte sacudida y, lentamente, empezó a desplazarse a través del túnel. El fragor de la locomotora inundó las galerías subterráneas del laberinto de Jheeter's Gate con su estruendo. Ben se volvió hacia sus compañeros y dirigió una intensa mirada a Ian.

—Cuida de ella —ordenó.

—No, Ben —suplicó Ian leyendo los pensamientos que anegaban su mente—. No vayas.

Ben abrazó a su hermana y la besó en la frente.

—¿Volverás a decirme adiós, Ben? —preguntó la muchacha con voz temblorosa.

El chico sintió que las lágrimas inundaban sus ojos.

—Te quiero, Ben —murmuró Sheere.

—Te quiero —replicó, comprendiendo que nunca había dirigido esas palabras a nadie.

El tren aceleró con rabia, arrastrándolos por el túnel. Ben corrió hacia la puerta del vagón y sorteó la herida fresca en la plancha de metal en pos de Jawahal.

Al atravesar el siguiente vagón advirtió que Michael y Roshan corrían tras él. Rápidamente, se detuvo en la plataforma que separaba los vagones para arrancar la llave que unía los dos últimos coches y la lanzó al vacío. Los dedos de Roshan rozaron sus manos durante una décima de segundo, pero cuando Ben alzó la vista de nuevo, las miradas desesperadas de sus amigos se quedaban atrás, mientras el tren los arrastraba a él y a Jawahal a toda velocidad hacia el corazón de las tinieblas de Jheeter's Gate. Ahora sólo quedaban ellos dos.

* * *

A cada paso que Ben daba en dirección a la locomotora, el tren adquiría mayor velocidad en su carrera infernal a través de los túneles. La vibración que sacudía el metal le hacía tambalearse en su camino entre los escombros tras el rastro luminoso de las huellas hundidas en el metal que Jawahal había dejado. Ben consiguió llegar hasta una nueva plataforma y se asió con fuerza a la barra que servía de agarradero mientras el tren enfilaba una curva en forma de media luna y se sumergía en una pendiente que parecía conducir a las entrañas de la Tierra. Luego, en una nueva sacudida, el tren aceleró aún más y la bola de fuego desapareció en la oscuridad. Ben se incorporó y corrió de nuevo tras el rastro de Jawahal, mientras las ruedas del tren arrancaban a los raíles estelas de metal encendido, del mismo modo que las cuchillas sobre el hielo.

Sintió un estallido bajo sus pies y pronto advirtió que espesas lenguas de fuego envolvían todo el esqueleto del tren y hacían saltar en pedazos los restos de madera carbonizada que todavía permanecían adheridos a la estructura. Las llamas también hicieron estallar los dientes de cristal que rodeaban los huecos de las ventanillas como colmillos emergiendo de las fauces de una bestia mecánica. Ben tuvo que lanzarse al suelo para evitar la tormenta de astillas de vidrio que se estrellaron contra las paredes del túnel, igual que salpicaduras de sangre tras un disparo a bocajarro.

Cuando consiguió levantarse, pudo distinguir a lo lejos la silueta de Jawahal que avanzaba entre las llamas, y comprendió que estaba muy próximo a la máquina. Jawahal se volvió y Ben apreció su sonrisa criminal incluso entre los estallidos de gas que formaban anillos de fuego azul y atravesaban el tren trazando un tornado de pólvora enloquecida.

—Ven por mí —oyó en su mente.

El rostro de Sheere se encendió en su memoria y Ben emprendió lentamente el trayecto hacia el último vagón que le restaba por recorrer. Cuando cruzó la plataforma externa, notó una bocanada de aire fresco; el tren debía de estar a punto de dejar atrás los túneles y se dirigían, a toda velocidad hacia la estación central de Jheeter's Gate.

* * *

Ian no cesó de hablarle a Sheere durante todo el trayecto de vuelta. Sabía que si se abandonaba al sueño letal que la acosaba, apenas viviría para ver de nuevo la luz que existía más allá de aquellos túneles. Michael y Roshan le ayudaban a sostenerla, pero ninguno de los dos conseguía arrancarle una sílaba. Ian, enterrando en lo más profundo de su alma el sentimiento que le carcomía por dentro, contaba anécdotas absurdas y toda suerte de ocurrencias, dispuesto si era preciso a desenterrar hasta la última palabra que quedase en su mente para mantenerla despierta. Sheere le escuchaba y asentía vagamente, entreabriendo sus ojos idos y soñolientos. Ian sostenía la mano de la chica entre las suyas, sintiendo cómo su pulso se apagaba lenta pero inexorablemente.

—¿Dónde está Ben? —preguntó.

Michael miró a Ian y éste sonrió abiertamente.

—Ben está a salvo, Sheere —contestó con serenidad—. Ha ido a buscar un médico, lo cual, dadas las circunstancias, me parece una grosería. Se supone que yo soy el médico. O lo seré algún día. ¿Qué clase de amigo es ése? Menudos ánimos me da. A la primera de cambio, desaparece en busca de un doctor. Menos mal que médicos como yo hay pocos. Se nace con ello, eso es todo. Por eso sé, por instinto, que te pondrás bien. Con una condición: no te duermas. ¿No te habrás dormido, verdad? ¡Ahora no te puedes dormir! Tu abuela nos espera a doscientos metros de aquí y yo soy incapaz de explicarle lo que ha pasado. Si lo intento, me lanzará al Hooghly y tengo que coger un barco dentro de unas horas. Así que manténte despierta y ayúdame con tu abuela. ¿De acuerdo? Di algo.

Sheere empezó a jadear pesadamente. El color se desvaneció del rostro de Ian y el muchacho la zarandeó. Los ojos de Sheere se abrieron de nuevo.

—¿Dónde está Jawahal? —preguntó.

—Ha muerto —mintió Ian.

—¿Cómo murió? —consiguió articular Sheere.

Ian dudó un segundo.

—Cayó bajo las ruedas del tren. No se pudo hacer nada.

Sheere pareció sonreír.

—No sabes mentir, Ian —susurró, luchando por pronunciar cada palabra.

Ian sintió que no podría continuar mucho más tiempo representando su papel.

—El mentiroso del grupo es Ben —dijo—. Yo siempre digo la verdad. Jawahal ha muerto.

Sheere cerró los ojos e Ian indicó a Michael y a Roshan que se apresurasen. Medio minuto después, la luz al final del túnel iluminó sus rostros y la silueta del reloj de la estación se recortó a lo lejos. Cuando llegaron allí, Siraj, Isobel y Seth los esperaban. Las primeras luces del alba asomaban en una línea escarlata en el horizonte, más allá de las grandes arcadas de metal de Jheeter's Gate.

* * *

Ben se detuvo frente a la entrada del último vagón y posó sus manos sobre la llave giratoria que aseguraba su cierre. La anilla estaba ardiendo. La hizo girar lentamente, sintiendo el metal que mordía cruelmente su piel. Una nube de vapor emergió del interior. Ben empujó la puerta de un puntapié. La silueta de Jawahal, inmóvil entre una densa masa de vapor de las calderas, le contemplaba silenciosamente. Ben observó la diabólica maquinaria que atronaba junto a él e identificó el símbolo de una ave ascendiendo entre las llamas que estaba grabado sobre el metal. La mano de Jawahal estaba apoyada sobre la lámina palpitante de la caldera y parecía absorber la fuerza que ardía en su interior. Ben examinó el complejo entramado de tuberías, válvulas y tanques de gas que se estremecía junto a ellos.

—En otra vida fui un inventor, hijo mío —dijo Jawahal—. Mis manos y mi mente podían crear cosas. Ahora sólo sirven para destruirlas. Ésta es mi alma, Ben. Acércate y contempla cómo late el corazón de tu padre. Yo mismo lo creé. ¿Sabes por qué lo llamé Pájaro de Fuego?

Ben contempló a Jawahal sin responder.

—Hace miles de años existió una ciudad maldita, casi tanto como Calcuta —explicó Jawahal—. Su nombre era Cartago. Cuando fue conquistada por los romanos, era tanto el odio que despertaba en ellos el espíritu de los fenicios que no les bastó con arrasarla ni con asesinar a sus mujeres, hombres y niños. Tuvieron que destruir cada piedra hasta reducirla a polvo. Pero tampoco eso fue suficiente para aplacar su odio. Por eso Catón, el general que mandaba sus tropas, ordenó que sus soldados sembrasen de sal cada resquicio de aquella ciudad, para que jamás un solo brote de vida pudiese crecer en aquel suelo maldito.

—¿Por qué me cuenta todo eso? —preguntó

Ben mientras sentía que el sudor recorría su cuerpo y se secaba casi al instante ante el asfixiante calor que escupían las calderas.

—Aquella ciudad fue el hogar de una divinidad, Dido, una princesa que entregó su cuerpo al fuego para aplacar la ira de los dioses y purgar sus pecados. Pero ella volvió y se convirtió en diosa. Es el poder del fuego. Igual que el ave fénix, un poderoso pájaro de fuego bajo cuyo vuelo crecían las llamas.

Jawahal acarició la maquinaria de su letal creación y sonrió.

—Yo también he renacido de mis cenizas y, como Catón, he vuelto para sembrar de fuego el destino de mi sangre, para borrarlo para siempre.

—Está usted loco —cortó Ben—. Especialmente si cree que podrá entrar en mí para mantenerse vivo.

—¿Quiénes son los locos? —preguntó Jawahal—. ¿Aquellos que ven el horror en el corazón de sus semejantes y buscan la paz a cualquier precio? ¿O son aquellos que fingen no ver cuanto sucede a su alrededor? El mundo, Ben, es de los locos o de los hipócritas. No existen más razas en la faz de la Tierra que esas dos. Y tú debes elegir una de ellas.

Ben contempló largamente a aquel hombre y, por primera vez, creyó ver en él la sombra de quien algún día había sido su padre.

—¿Y cuál elegiste tú, padre? ¿Cuál elegiste tú al regresar para sembrar la muerte entre los pocos que te amaban? ¿Has olvidado tus propias palabras? ¿Has olvidado el relato que escribiste sobre las lágrimas de aquel hombre que se convirtieron en hielo cuando comprobó, al volver a su hogar, que todos se habían vendido a aquel brujo itinerante? Tal vez puedas acabar con mi vida también, como lo has hecho con la de todos los que se han cruzado en tu camino. No creo ya que eso suponga una gran diferencia. Pero antes de hacerlo, dime a la cara que tú no vendiste también tu alma a ese brujo. Dímelo, con la mano en este corazón de fuego en el que te escondes, y te seguiré hasta el mismísimo infierno.

Jawahal dejó que los párpados de sus ojos cayeran pesadamente y asintió despacio. Una lenta transformación pareció apoderarse de su rostro, y su mirada palideció entre las brumas ardientes, derrotada y abatida. La mirada de un gran depredador herido que se retira a morir en la sombra. Aquella visión, aquella súbita imagen de vulnerabilidad que Ben vislumbró durante apenas unos segundos, se le antojó más estremecedora y terrorífica que cualquiera de las previas apariciones fantasmales de aquel espectro atormentado. Porque en ella, en aquel rostro consumido por el dolor y el fuego, Ben ya no podía ver a un espíritu asesino, sino sólo el triste reflejo de su padre.

Por un instante ambos se observaron mutuamente como viejos conocidos perdidos en la niebla del tiempo.

—Ya no sé si yo escribí esa historia o lo hizo otro hombre, Ben —dijo finalmente Jawahal—. Ya no sé si esos recuerdos son míos o los soñé. Ni sé si mis crímenes los cometí yo o fueron obra de otras manos. Cualquiera que sea la respuesta a estas preguntas, sé que ya nunca podré volver a escribir una historia como la que tú recuerdas ni llegar a comprender su significado. Yo no tengo futuro, Ben. Ni vida alguna. Lo que ves no es más que la sombra de una alma muerta. No soy nada. El hombre que fui, tu padre, murió hace mucho tiempo y se llevó consigo todo cuanto yo podría soñar. Y si no vas a darme tu alma para que viva en ella durante toda la eternidad, dame entonces la paz. Porque ahora sólo tú puedes devolverme la libertad. Has venido a matar a alguien que ya está muerto, Ben. Cumple con tu palabra o únete conmigo en las tinieblas...

En ese momento el tren emergió del túnel y atravesó el carril central de Jheeter's Gate a toda velocidad, proyectando su manto de llamas que se alzaban hacia el cielo. La locomotora cruzó el umbral de las grandes arcadas de la estructura metálica y recorrió los raíles que conducían a un camino esculpido sobre la luz del amanecer hacia el horizonte.

Jawahal abrió los ojos y Ben reconoció en ellos el horror y la profunda soledad que encarcelaban aquella alma maldita.

Mientras el tren recorría los últimos metros que lo separaban del puente desaparecido, Ben palpó su bolsillo y extrajo la caja que contenía aquel último fósforo que había guardado. Jawahal hundió su mano en la caldera de gas y una nube de oxígeno puro le envolvió en una cascada de vapor. Su espectro se fundió lentamente en la maquinaria que albergaba su alma y el gas tiñó su silueta en un espejismo de cenizas. Los ojos de Jawahal le dirigieron una última mirada, y Ben creyó vislumbrar en ellos el brillo de una lágrima solitaria deslizándose por su rostro.

—Libérame, Ben —murmuró la voz en su mente—. Ahora o nunca.

El muchacho extrajo el fósforo y lo prendió.

—Adiós, padre —susurró.

Lahawaj Chandra Chatterghee bajó la cabeza y Ben lanzó el fósforo encendido a sus pies.

—Adiós, Ben.

En ese momento, durante un instante fugaz, el chico sintió junto a él la presencia de un rostro envuelto en un velo de luz. Mientras las llamas prendían como un río de pólvora hasta su padre, aquellos dos profundos ojos tristes le miraron por última vez. Ben pensó que su mente jugaba con él y reconoció en ellos la misma mirada herida de Sheere. Luego, la silueta de la princesa de luz se sumergió para siempre en las llamas con la mano en alto y una débil sonrisa en los labios, sin que Ben llegase a sospechar a quién había visto desvanecerse entre el fuego.

* * *

La explosión empujó su cuerpo hasta el extremo del vagón al igual que una corriente de aguas invisibles y le proyectó fuera de aquel tren en llamas. Al caer, su cuerpo rodó entre la maleza que había crecido al amparo de los raíles del puente. El convoy se alejó y Ben corrió tras él siguiendo el camino letal al que conducían las vías dirigidas al vacío. Segundos después, el vagón que albergaba a su padre volvió a estallar con tal fuerza que las vigas de metal que formaban el tendido del puente colgante salieron proyectadas hacia el cielo. Una pira de llamas ascendió hasta las nubes de la tormenta dibujando el haz de un rayo de fuego y quebró el cielo en un espejo de luz.

El tren saltó al vacío y la serpiente de acero y llamas se precipitó sobre las aguas negras del Hooghly. Un estallido ensordecedor conmovió el cielo sobre Calcuta e hizo temblar el suelo bajo sus pies.

El último aliento del Pájaro de Fuego se extinguió llevándose consigo para siempre el alma de Lahawaj Chandra Chatterghee, su creador.

Ben se detuvo y cayó de rodillas entre las vías mientras sus amigos corrían hacia él desde el umbral de Jheeter's Gate. Sobre ellos, cientos de pequeñas lágrimas blancas parecían llover del cielo. Ben alzó la mirada y las sintió sobre su rostro. Estaba nevando.

* * *

Los miembros de la Chowbar Society se reunieron por última vez aquel amanecer de mayo de 1932 junto al puente desaparecido a orillas del río Hooghly, frente a las ruinas de Jheeter's Gate. Una cortina de nieve despertó a la ciudad de Calcuta, donde nunca nadie había visto aquel manto blanco que empezó a recubrir las cúpulas de los viejos palacios, los callejones y la inmensidad del Maidán.

Mientras los habitantes de la ciudad salían a las calles a contemplar aquel milagro que jamás volvería a producirse, los miembros de la Chowbar Society se retiraron hasta el puente y dejaron a solas a Sheere en brazos de Ben. Todos habían sobrevivido a los acontecimientos de aquella noche. Habían presenciado cómo aquel tren en llamas se precipitaba al vacío y una explosión de fuego ascendía al cielo y rasgaba la tormenta como una cuchilla infernal. Sabían que tal vez nunca volverían a hablar de los acontecimientos de aquella noche y que, si algún día lo hacían, nadie les creería. Sin embargo, aquel amanecer, todos comprendieron que no habían sido más que invitados, pasajeros ocasionales de aquel tren venido del pasado. Poco después, contemplaron en silencio el abrazo de Ben a su hermana, bajo la nieve. Paulatinamente, el día desvanecía las tinieblas de aquella noche interminable.

* * *

Sheere sintió el contacto frío de la nieve sobre sus mejillas y abrió los ojos. Su hermano Ben la sostenía y le acariciaba suavemente el rostro.

—¿Qué es esto, Ben?

—Es nieve —respondió el chico—. Está nevando sobre Calcuta.

El rostro de la muchacha se iluminó por un instante.

—¿Te he hablado alguna vez de mi sueño? —preguntó.

—Ver nevar sobre Londres —dijo Ben—. Lo recuerdo. El año que viene iremos juntos allí. Visitaremos a Ian mientras esté estudiando Medicina. Nevará todos los días. Te lo prometo.

—¿Recuerdas el cuento de nuestro padre, Ben? ¿El que os conté la noche que fuimos al Palacio de la Medianoche?

Ben asintió.

—Éstas son las lágrimas de Shiva, Ben —dijo Sheere trabajosamente—. Se fundirán cuando salga el sol y nunca más volverán a caer sobre Calcuta.

Ben incorporó suavemente a su hermana y le sonrió. Los profundos ojos perlados de Sheere le observaban atentamente.

—¿Voy a morirme, verdad?

—No —respondió Ben—. No vas a morirte

hasta dentro de muchos años. Tu línea de la vida es muy larga. ¿Ves?

—Ben —gimió Sheere—, era lo único que podía hacer. Lo hice por nosotros.

Él la abrazó con fuerza.

—Lo sé —murmuró.

La muchacha trató de incorporarse y acercó sus labios al oído de Ben.

—No me dejes morir sola —susurró.

Ben ocultó su rostro de la mirada de su hermana y la apretó contra sí.

—Nunca.

Permanecieron juntos, así, abrazados bajo la nieve y en silencio, hasta que el pulso de Sheere se apagó lentamente como una vela al viento. Poco a poco, las nubes se alejaron hacia el oeste, mientras la luz del amanecer desvanecía para siempre aquel lienzo de lágrimas blancas que había cubierto la ciudad.

Los lugares que albergan la tristeza y la miseria son el hogar predilecto de las historias de fantasmas y aparecidos. Calcuta guarda en su cara oscura cientos de esas historias, historias que nadie reconoce creer y que, sin embargo, perviven en la memoria de generaciones como la única crónica del pasado. Se diría que, iluminadas por una extraña sabiduría, las gentes que pueblan sus calles comprenden que la verdadera historia de esta ciudad fue siempre escrita en las páginas invisibles de sus espíritus y sus maldiciones calladas y ocultas.

Tal vez fuera esa misma sabiduría la que, en sus últimos minutos, iluminó el camino de Lahawaj Chandra Chatterghee y le permitió entender que había caído irremisiblemente en el laberinto de su propia maldición. Tal vez comprendiese, desde la profunda soledad de un alma condenada a recorrer una y otra vez las heridas de su pasado, el verdadero valor de las vidas que había destruido y el de las que todavía podía salvar Es difícil saber qué vio en el rostro de su hijo Ben segundos antes de permitir que éste apagase para siempre las llamas del rencor que ardían en las calderas del Pájaro de Fuego. Tal vez él, en su locura, fue capaz, por un segundo, de reunir la cordura que todos sus verdugos le habían arrebatado desde los días de Grant House.

Todas las respuestas a estas preguntas, al igual que sus secretos, sus descubrimientos, sus sueños y sus anhelos, desaparecieron para siempre en la terrible explosión que abrió el cielo sobre Calcuta al alba de aquel 30 de mayo de 1932, como aquellos copos de nieve que se fundieron al besar el suelo.

Cualquiera que sea la verdad, me basta con recordar que, poco después de que aquel tren en llamas se sumergiese en las aguas del Hooghly, el charco de sangre fresca que había albergado el espíritu atormentado de la mujer que dio a luz a los dos gemelos se evaporó para siempre. Supe entonces que el alma de Lahawaj Chandra Chatterghee y de la que había sido su compañera descansarían en paz eternamente. Nunca más volvería a ver en sueños la mirada triste de la princesa de luz inclinándose sobre mi amigo Ben.

No he vuelto a ver a mis compañeros en todos estos años desde que subí a bordo de aquel buque que habría de llevarme rumbo a mi destino en Inglaterra al atardecer de aquel mismo día. Recuerdo los rostros de aquellos muchachos asustados despidiéndome desde los muelles a orillas del río Hooghly mientras el barco levaba anclas. Recuerdo las promesas que hicimos de mantenernos unidos y no olvidar jamás lo que habíamos presenciado. No negaré que, en ese mismo momento, me di cuenta de que aquellas palabras se perderían para siempre en el rastro de aquel buque que partió bajo el crepúsculo encendido de Bengala.

Todos estaban allí, a excepción de Ben. Pero ninguno como él estaba tan presente en el corazón de todos nosotros.

Al volver ahora la memoria hasta aquellos días, siento que todos y cada uno de ellos perviven en un lugar sellado de mi alma que cerró para siempre sus puertas aquel atardecer en Calcuta. Un lugar donde todos seguimos siendo apenas unos jóvenes de dieciséis años y donde el espíritu de la Chowbar Society y el Palacio de la Medianoche permanecerán vivos mientras yo lo esté.

En cuanto a lo que el destino nos reservaba a cada uno de nosotros, el tiempo ha borrado las huellas de muchos de mis compañeros. Supe que Seth, con los años, sucedió al orondo Mr. De Rozio como jefe de Bibliotecas y Documentación del museo hindú, con lo que se convirtió en el hombre más joven que ocupaba aquel cargo en la historia de la institución.

Tuve también noticias de Isobel, que años más tarde contrajo matrimonio con Michael. Su unión duró cinco años y tras su separación Isobel marchó a recorrer el mundo con una modesta compañía de teatro.

Los años no le impidieron mantener vivos sus sueños. No sé qué habrá sido de ella. Michael, que todavía vive en Florencia, donde da clases de dibujo en un instituto, no ha vuelto a verla jamás. Todavía hoy espero encontrar algún día su nombre en grandes titulares.

Siraj falleció en 1946 tras haber pasado los últimos cinco años de su vida en una prisión de Bombay acusado de un robo que hasta el último día juró no haber cometido. Como predijo Jawahal, la poca suerte que había tenido le abandonó para siempre.

Roshan es hoy un próspero y poderoso comerciante, dueño de buena parte de las antiguas calles de la ciudad negra, donde se crió como un mendigo sin techo. Él es el único que, año tras año, cumple con el ritual de enviarme una carta de felicitación en la fecha de mi cumpleaños. Sé por sus cartas que se casó y que el número de nietos que corretean por sus propiedades sólo es comparable al de las cifras que componen su fortuna.

Por lo que a mí respecta, la vida ha sido generosa conmigo y me ha permitido recorrer este extraño pasaje a ninguna parte en paz y sin privaciones. Poco después de finalizar mis estudios, la clínica del doctor Walter Hartley en Whitechapel me ofreció un puesto, y fue allí donde realmente aprendí el oficio con el que siempre soñé y del que todavía vivo. Hace veinte años, tras la muerte de mi esposa Iris, me trasladé a Bournemouth, donde mi hogar y mi consulta comparten una pequeña y confortable casa desde la que se divisa la marisma de Poole Bay. Mi única compañía desde que Iris me dejó han sido su recuerdo y el secreto que un día compartí con mis compañeros de la Chowbar Society.

Una vez más, he dejado a Ben para el final. Incluso hoy, cuando hace ya más de cincuenta años que no le veo, me resulta difícil hablar del que fue y siempre será mi mejor amigo. Me enteré, gracias a Roshan, de que Ben se fue a vivir a la que había sido la casa de su padre, el ingeniero Chandra Chatterghee, en compañía de la anciana Aryami Bosé, cuya fortaleza de ánimo nunca se sobrepuso al impacto de la muerte de Sheere, lo que la arrastró sin remedio a una larga melancolía que habría de sellar sus ojos para siempre en octubre de 1941. Desde aquel día, Ben vivió y trabajó solo en la casa que su padre había construido. Fue allí donde escribió todos sus libros hasta el año en que desapareció para siempre sin dejar rastro.

Una mañana de diciembre, años después de que todos, incluso Roshan, le dieron por muerto, recibí un pequeño paquete mientras contemplaba la marisma desde el pequeño muelle que se alza frente a mi casa. El envoltorio llevaba estampado un matasellos de la oficina postal de Calcuta y mi nombre aparecía dibujado en una caligrafía que no podría olvidar aunque viviese cien años. En su interior, envuelta entre varias capas de papel, encontré la mitad de la medalla en forma de sol que Aryami Bosé dividió en dos partes cuando separó a Ben y a Sheere aquella trágica noche de 1916.

Esta mañana, mientras escribía al amanecer las últimas líneas de esta memoria, las primeras nieves del año han tendido su manto blanco frente a mi ventana y el recuerdo de Ben ha vuelto a mí como el eco de un susurro después de todos estos años. Le he imaginado recorriendo las turbulentas calles de Calcuta entre la multitud, entre mil historias desconocidas como la suya y, por primera vez, he comprendido que mi compañero, al igual que yo, ya es un hombre viejo y que su reloj está a punto de completar su círculo. Es tan extraño sentir cómo la vida se nos ha escapado de las manos...

No sé si volveré a saber de mi amigo Ben. Pero sé que, en algún punto de la misteriosa ciudad negra, el muchacho de quien me despedí para siempre aquel amanecer en que nevó sobre Calcuta sigue vivo y mantiene encendida la llama del recuerdo de Sheere, soñando con el momento de reunirse con ella en un mundo donde ya nada ni nadie los pueda separar jamás.

Espero que la encuentres, amigo.